上海寶貝

-----送給我的父母我的愛人還有復旦

目錄

1

遇到我的愛

道拉說：「生幾個孩子？」媽媽和貝茨說：「為自己找一個慈善團體，幫助窮人和病殘者，或者投入時間改善生態環境。」是的，高尚的事業有很寬廣的世界、有可愛的景象，等著你去發現，但是現在，我真正想做的是，找一個屬於我的——愛人。

——Joni Michell《獻給莎倫的歌》

我叫倪可，朋友們都叫我CoCo（恰好活到九十歲的法國名女人CoCo.Chanel正是我心目中排名第二的偶像，第一當然是亨利・米勒嘍）。每天早晨睜開眼睛，我就想能做點什麼惹人注目的了不起的事，想像自己有朝一日如絢爛的煙花噼里啪拉升起在城市上空，幾乎成了我的一種生活理想，一種值得活下去的理由。

這與我住在上海這樣的地方大有關係，上海終日飄著灰濛濛的霧靄，沉悶的流言，還有從十里洋場時期就沿襲下來的優越感。這種優越感時刻刺激著像我這般敏感驕傲的女孩，我對之既愛又恨。

然而不管怎樣，我還只有二十五歲，一年前出過一本不賺錢卻帶來某種聲譽的小說集（有男性讀者給我寫信並寄色情照片），三個月前從一家雜誌社辭去記者之職，現在我在一家叫綠蒂的咖啡店，穿著露腿迷你裙做女招待。

在我上班的綠蒂咖啡館，有一個頎長英俊的男孩子經常光顧，他喝著咖啡看著書一坐就是半天。我喜歡觀察他細微的表情、他每一個動作，他似乎也知道我在觀察他，但他從來不說話。

直到有一天他遞上一張紙片，上面寫著「我愛你」，還有他的名字和住址。

這個比我小一歲的屬兔男孩以那種捉摸不定的美迷住了我，這種美來源於他對生命的疲憊，對愛情的渴念。

儘管我們看上去是截然不同的兩種人，我野心勃勃，精力旺盛，世界在我眼裏是個芬芳的水果，隨時等待被咬上一口，而他沉默寡言，多愁善感，生活對於他彷彿是一只撒上砒霜的蛋糕，每吃一口就中毒愈深。但這種差異只能加深彼此的吸引，就像地球的北極和南極那樣不可分離。我們迅速地墜入情網。

認識不多久他就告訴我一個隱含在他家庭內部的秘密。他媽媽住在西班牙一個叫加達克斯的小鎮上，和一個當地的男人同居並開著一家中餐館，據說靠著賣龍蝦和中國餛飩非常賺錢。

而他的爸爸很早就死了，是去西班牙探親不到一個月就突然死去的，死亡鑒定書上寫著：「心肌梗塞」。死者的骨灰由一架麥道飛機托運回來，他還記得那天陽光燦爛，矮個子的奶奶在機場哭得老淚縱橫，像塊濕抹布。

「我奶奶認定這是一齣謀殺，我爸從來沒有心臟病，是我媽殺死了我爸，奶奶說我媽媽在那兒有了另外一個男人，和那男人一起同謀害死了丈夫。」名叫天天的他用一種奇怪的眼神盯著我說，「你相信嗎，我到現在還弄不清楚怎麼回事，可能那是真的。不過我媽媽每年都給我寄很多錢，我一直靠這些錢生活。」

他靜靜地看著我。這個離奇的故事一下子攫住了我，我天生就是那種容易被悲劇和陰謀打動的女孩。在復旦大學中文系讀書的時候我就立下志向，做一名激動人心的小說家，凶兆、陰謀、潰瘍、匕首、情欲、毒藥、瘋狂、月光都是我精心準備的字眼兒。我溫柔而熱切地看著他脆弱而美麗的五官，明白了他身上那種少見的沉鬱從何而來。

「死亡的陰影只會隨著時間的遞增層層加深，你現在的生活與破碎的往事永遠只隔著一層透明的玻璃。」

我把這意思跟他說了，他的眼睛突然濕了，一隻手緊緊地握住另一隻手。「可我找到了你，我決定相信你，和你在一起。」他說，「不要只是對我好奇，也不要馬上離開我。」

我搬進了天天在城市西郊的住所，一套三居室的大公寓。他把房間佈置得簡潔舒適，沿牆放著一圈從IKEA買來的布沙發，還有一架史特勞斯牌鋼琴，鋼琴上方掛著他的自畫像，他的腦袋看上去像剛從水裏撈上來。可說實話，我不太喜歡公寓周圍那片居民區。幾乎每條馬路都坑坑窪窪，馬路兩邊佈滿了醜陋的矮房子，生銹的廣告牌，腐臭不堪的垃圾堆，還有一到下雨天就像「鐵達尼號」一樣漏水的公用電話亭。從我的窗戶看出去，看不到一棵綠色的樹、漂亮的男人或女人、乾淨的天空，似乎也看不到未來。

天天經常說，「未來是一個陷阱，挖在大腦正中的地方。」

他在父親死後曾一度患上失語症，然後在高一就退了學，現在他已在少年孤獨中成長為一名虛無主義者。對外面世界本能的抗拒使他有一半的時間在床上度過，他在床上看書、看影碟、抽煙、思考生與死、靈與肉的問題、打影音視訊電話、玩電腦遊戲或者睡覺，剩下來的時間用來畫畫、陪我散步、吃飯、購物、逛書店和影音店，坐咖啡館、去銀行，需要錢的時候他去郵局用漂亮的藍色信封給媽媽寄信。

他很少去看奶奶，在他搬離奶奶家的時候，那兒正像一個不斷散發腐爛氣息的惡夢。奶奶沉浸在西班牙謀殺案的沒完沒了的譫妄症裏，心碎了，臉青了，神靈不見了，可她一直沒有死去，到現在奶奶還怒氣衝衝地住在市中心的老洋房裏，詛咒兒媳詛咒命運。

星期六，天氣晴朗，室溫適宜，我在清晨八點半準時醒來，旁邊的天天也睜開了眼睛。我們對視片刻，然後開始靜靜地親吻。清晨的吻溫情脈脈，像小魚在水裏游動時的那種潤滑。這是我們倆每天一開始必做的功課，也是我和天天之間唯一存在的性愛方式。

他在性上存有很大障礙，我不太清楚這是否與他心理上所受的悲劇的暗示有關。記得第一次在床上抱住他，發現他的無助後我確實感到失望透頂，甚至懷疑自己是否會繼續與他相廝守。從大學開始我就被一種「性本論」影響了人生觀，儘管現在已有所矯正。

他進入不了我的身體，他沉默不語地看著我，全身都是冰冷的汗，這是他二十多年來第一次接觸異性。

在男性的世界中，性的正常與否幾乎與他們的生命一樣重要，這方面的任何殘缺都是一種不能承受的痛苦。他哭了，我也哭了。然後我們整夜都在親吻、愛撫、喃喃低語。我很快喜歡上他甜蜜的吻和溫柔的撫摸。吻在舌尖像霜淇淋一樣化掉。他第一次讓我知道親吻也是有靈魂，有顏色的。

他用小海豚般善良而摯愛的天性吸住了狂野女孩的心，而其他的，尖叫或爆發，虛榮心或性高潮，在一瞬間似乎都變得無關緊要。

米蘭，昆德拉在《生命不能承受之輕》中創造了一種經典的愛情論語，「同女人做愛和同女人睡覺是兩種互不相干的感情，前者是情欲——感官享受，後者是愛情——相濡以沫。」

一開始我並不知道這樣的情景會發生在我身上，然而接下去發生的一連串事和出現的另一個男人卻證實了這一點。

九點鐘，我們起床，他走進大大的浴缸，我抽著一天中第一根七星牌香煙，在小小的廚房裏煮玉米粥、雞蛋和牛奶。窗外一片金色陽光，夏天的早晨總是那麼富有詩意，像一塊融化的蜜糖。我全身放鬆，聽著浴室裏傳來嘩嘩的水聲。

「你跟我去綠蒂嗎？」我端著一大杯牛奶走進蒸氣騰騰的浴室，他閉著眼睛，像魚一樣打了一個長長的呵欠，「CoCo，我有一個想法」他輕聲說。

「什麼想法？」我把牛奶遞到他面前，他不用手接，湊過嘴吸了一小口。「你把咖啡館裏的工作辭掉好嗎？」

「那我能幹什麼？」

「我們有足夠的錢，不用總是出門掙錢，你可以寫小說」他的這個念頭似乎醞釀已久，他希望我能寫出一鳴驚人的小說把文壇震一震，現在書店裏幾乎沒有值得一讀的小說，到處是令人失望的虛假的故事。

「好吧，」我說，「但不是現在，我還想再做段時間，在咖啡館裏能看到一些有趣的人。」

「隨便你好了。」他咕噥著，這是一句口頭禪，表示他聽之任之，再不想多說一句話。

我們一起吃早餐，然後我穿衣化妝，像清晨美女那樣楚楚動人地在屋裏走動著，最後終於找到了我心愛的豹紋手袋。出門前，他坐在沙發上拿起一本書，瞥了我一眼，「我會給你打電話」，他說。

這是上班高峰期時的城市。各種車輛和行人交織在一起，像大峽谷裏的激流那樣流通、流動，夾雜著看不見的欲望數不清的秘密，迤邐向前。太陽照在街道上，街道兩邊的高樓鱗次櫛比地聳立於天地之間，是人類發明的瘋狂產物，而日常生活的卑微像塵埃一樣懸浮在空氣裏，組成工業時代千篇一律的主題。

2

摩登都市

這些摩天大樓聳立在眼前，光線從它們的肋骨間透出，看到從哈來姆到炮臺公園的整個紐約展現在眼前，看到被螞蟻般的人群堵塞的街道，看到高架鐵道上的車呼嘯而過，看到人流湧出劇院，我隱約想到，不知我的妻子怎樣了。

——亨利・米勒《北回歸線》

下午三點半，綠蒂裏面空無人影。一縷陽光透過人行道上的梧桐葉照進來，四周的空氣裏有暗塵浮動，書架上的時尚雜誌和唱機裏的爵士樂都有種奇怪的陰影，彷彿從三十年代殘存到現在，一堆聲色犬馬的殘骸。

我站在吧台後面無所事事。沒生意的時候總是會讓人覺得悶的。

領班老楊在裏面的小房間打瞌睡，他作為老闆的親戚兼心腹日夜駐守在這店裏，管著帳，也管著我們幾個服務生。

我的搭檔蜘蛛趁著這空檔溜到街角轉彎處的電腦商行，去淘一些便宜的小配件。他是個一心一意要做超級駭客的問題少年，算我的半個校友，有一五〇的智商，卻沒能讀完復旦電腦專業大學本科課程，原因是多次攻擊「上海熱線」，並且用瘋子般的機智盜用別人的帳戶在網際網路上神遊。

我和他，一個曾經前途無量的記者和一個名震一方的電腦殺手，時過境遷，現在咖啡館作侍者，這不能不說是生活的喜劇性之一。錯誤的地點，錯誤的角色，卻交織成一個青春之夢的漩渦的渦心。工業時代的文明在我們年輕的身體上感染了點點鏽斑，身體生鏽了，精神也沒有得救。

我開始擺弄一大瓶養在水裏的白色香水百合，手指和那些白色嫵媚的花瓣纏繞在一起，分外溫柔。愛花的天性使我變成不能免俗的女人，但相信終有一天我會把自己在鏡子裏的臉比作一朵有毒的花，並在我那一鳴驚人的小說裏盡情洩露關於暴力、優雅、色情、狂喜、謎語、機器、權力、死亡、人類的真相。

那架老式的轉盤電話機用刺耳的聲音響起來，是天天打來的。幾乎每天這個時候都能收到他的一通電話，恰好是我們對各自所呆的地方感到厭倦的時候。他迫切而又煞有介事地說：「老時間，老地點，我等妳一起吃晚飯。」

黃昏的時候，我脫下那身作為工作服的絲綢短襖和迷你裙，換上自己的緊身衫褲，提著手袋步履輕鬆地走出咖啡館。

這時華燈初上，商店的霓虹像碎金一樣閃爍。我走在堅硬而寬闊的馬路上，與身邊穿梭的成千上百萬的人群車流相互融合，恍若人間爆炸的星河。城市最動人的時分降臨了。

棉花餐館位於淮海路復興路口，這個地段相當於紐約的第五大道或者巴黎的香榭麗舍。遠遠望去，那幢法式的兩層建築散發著不張揚的優越感，進進出出的都是長著下流眼珠的老外和單薄而閃光的亞裔美女。那藍熒熒的燈光招牌活像亨利・米勒筆下所形容的「楊梅大瘡」。正是因為喜歡這個刻薄而智慧的比喻（亨利寫了《北回歸線》，窮而放縱，活了八十九歲，一共有過五個妻子，一直被我視為精神上的父親），我和天天經常光顧此地。

推開門，轉頭四望，看到天天在一個舒適的角落向我舉手示意。令我猛吃一驚的是，他身邊還坐著一位時髦的女郎，戴著一眼就能認出然而又動人心魄的假髮，穿黑色閃光面料的吊帶裝，小小的臉上金粉銀粉搽了一大把，彷彿剛從匪夷所思的火星旅行回來，帶著一種匪夷所思的衝擊力。

「這是馬當娜，我的小學同學，」天天指一指那奇怪的女孩，唯恐不能引起我足夠的重視，補充說，「她也是我在上海幾年裏唯一的朋友」。然後對那女孩介紹我，「這是倪可，我的女朋友」。說完他自然而然地拉起我的手，放在他的膝蓋上。

我們互相點頭微笑，因為都做了小蝴蝶般純潔的天天的朋友，也彼此有了信任和好感。她一開口就嚇我一跳，「好幾次在電話裏聽天天說起妳，一說就是好幾小時，愛得不得了，都讓我覺得嫉妒了」。她笑著說，嗓音極其沙啞低沈，像古堡幽靈這類懸疑片裏一個老婦人的聲音。

我看了一眼天天，他裝作沒有那回事。「他喜歡講電話，一個月的電話費可以買架三十一吋大彩電。」我順口說，說了又覺自己格調不高，凡事都與錢相關。

「聽說你是作家」馬當娜說。

「哦，可我很久沒寫了，而事實上，……我也算不上是作家。」我感到一絲羞愧，空有一腔熱情是不夠的，而我看上去也不太像作家。這時，天天插話說，「噢，CoCo已經出過一本小說集，很棒，有一種令人信服的觀察力在裏面。她以後會很成功的。」他平靜地說著，臉上毫無恭維之意。

「現在我在一家咖啡館做服務生。」我實事求事地說，「妳呢？挺像演員的」。

「天天沒說過嗎？」她臉上掠過一絲揣摩的神情，似乎在想我對她的話會有什麼反應，

「我在廣州做過媽咪，後來嫁人了，再後來老公死了，留下一筆鉅款，現在我就過著幸福生

活」。

我點點頭，表現得從容不迫的樣子，心裏卻升起一個驚歎號，原來眼前是一個貨真價實的富孀！我明白了她身上那股風塵味從何而來，還有她那種尖銳懾人的眼神，使人自然而然地聯想到江湖女傑這類角色。

我們一時中止了談話，天天已經點了菜，依次端上來，都是我喜歡的本幫菜。「你要吃什麼可以再點的。」天天對馬當娜說。

她點點頭，「其實我的胃好小的，」她用雙手拱成一個拳頭大小的形狀，「對於我，傍晚總是一天的開始，別人的晚餐就是我的早餐，所以吃不多，這些年亂七八糟的生活已經把我身體變成個大垃圾場了。」

天天說，「我就喜歡妳是垃圾場。」我一邊吃一邊觀察她，她擁有一張只有充滿故事的女人才會有的臉。

「有空來我家好了，唱歌、跳舞、打牌、喝酒，還有各種奇怪的人可以讓你人間蒸發。我住的屋子前陣子剛裝修過，光燈具和音響就花了五〇萬港幣，比上海有些夜總會還牛

×。」她說，臉上卻絲毫沒有得意的表情。

她提包裏的手機響起來，她拿出來，換上一種沙啞而肉感的聲音。「在哪兒呢？猜你就在老五家，終有一天你會死在麻將桌上的。我現在跟朋友吃飯，晚上十二點再通電話吧。」她嘎嘎嘎地笑著，眉眼間風情閃爍。

「是我新交的小男朋友打來的，」她放下電話對我們說，「他是個瘋狂的畫家，下次介紹你們認識。現在的小男孩很會說話的，剛才他口口聲聲說要死在我床上」。她又笑起來。「不管真真假假，能哄得老娘高興就好嘛」。

天天不聞不問地在看手邊的《新民晚報》（上海著名的一家報紙——編按），這是他與上海沾邊的唯一市民氣的東西，以此來提醒自己還住在這個城市。我在馬當娜率直的面前有些拘謹起來。

「妳蠻可愛的」馬當娜盯著我的臉說，「不光柔美，還有股男人喜歡的孤傲勁頭，可惜我現在已經洗手不幹了，否則在那個圈子裏我會把妳做成最紅的小姐。」

沒等我反應過來，她已經笑得上氣不接下氣，「對不起，對不起哦，只是開玩笑」。

她的眼睛在燈光下飛快地轉動著，顯出一種神經質的興奮。讓我想起古今中外那麼多的風月老手，都有這種八面玲瓏但又人來瘋的毛病。

「不要亂說，我很嫉妒的。」一天大從報紙上起頭，滿懷愛情地看了我一眼，一隻手環到我的腰上。我們總是並排坐，像連體嬰兒那樣，即使在一些高級場合這樣坐有失禮儀。

我微微一笑，看著馬當娜，「妳也很美呀，另類的那種，不是假另類，是真另類。」

我們在棉花門口告別，她在和我擁抱的時候說，「親愛的，我有一些故事要告訴妳，如果妳真想寫本暢銷書的話」。

她又與天天緊緊相擁，「我的小廢物」，她這樣稱呼他，「看好你的愛情，愛情在這個世界裏是最有力的，它可以讓你飛讓你忘記一切，沒有愛情，像你這樣的孩子會很快完蛋，因為你對生活沒有免疫力，我會給你打電話的。」

她對我們飛吻，鑽進停在路邊的一輛白色桑塔納（福斯汽車在大陸生產的一種廠牌——編按）2000，開著車一溜煙似地消失了。

我回味著她的話，那些話語裏埋藏著哲理的碎片，比夜色更閃爍比真理更真。而她的那些飛吻還留在空氣裏，餘香猶存。

「真是個瘋女人。」天天高興地說，「但她很棒，是不是？以前她為了防止我一個人在房間裏呆久了做傻事，經常在半夜裏帶我出去在高架公路上飆車。我們喝得很多，還抽大麻，就這樣我們很HIGH地遊蕩到天亮。再以後我就碰到了妳，一切都是冥冥之中安排好的。妳跟我們不太一樣，是兩種人，妳有很強的進取心，對未來充滿指望，妳和妳的進取心對我就意味著繼續生活下去的理由。相信我的話嗎？我從不說假話的。」

「傻瓜」，我擰了一下他的屁股。他痛得尖叫，「妳也是個瘋女人」。在天天的眼裏，不同於正常範疇裏的人物，尤其是瘋人院裏的人，都是值得推崇的物件。瘋子只因其聰明之處不被人理解才被社會認為是瘋子，美的東西只有與死亡、絕望甚至是罪惡聯繫在一起才是可靠的美。比如患了羊癲瘋的杜斯妥也夫斯基，割了耳朵的梵谷，終生陽萎的達利，同性戀者艾倫・金斯堡；還有美國五〇年代冷戰時期因被疑為共產黨間諜關進瘋人院、割去小腦葉的影星法默小姐，一生濃妝豔抹的愛爾蘭男歌手GavinFriday，在最窮的時候徘徊在飯店外只為了乞討一塊牛排，以及徘徊在路燈下只為了乞討坐地鐵的一毛錢的亨利・米勒，多麼像一株自生自滅、生機勃勃的野生植物啊。

夜色溫柔。

我和天天依偎著走在乾淨的淮海路上，那些燈光、樹影和巴黎春天百貨哥德式的樓頂，還有穿著秋衣步態從容的行人們，都安然浮在夜色裏，一種上海特有的輕佻而不失優雅的氛圍輕輕瀰漫著。

我一直都像吮吸玉漿瓊露一樣吸著這種看不見的氛圍，以使自己丟掉年輕人特有的憤世嫉俗，讓自己真正鑽進這城市心腹之地，像蛀蟲鑽進一隻大大的蘋果那樣。

這想法讓人心情愉快，我拉起天天，我的愛人，在人行道上共舞。「你的浪漫都是即興的，像急性闌尾炎。」天天小聲說。幾個行人向我們這邊張望，「這叫拖著懶步去巴黎，我最喜歡的狐步舞」。我認真地說。

我們照例慢慢步行到外灘。每逢夜深，這兒就成了一個安靜的天堂。我們爬到和平飯店的頂樓，我們知道一條翻過女廁所的矮窗，再從防火樓梯爬上去的秘密通道。爬過很多次，從來沒有人發覺過。

站在頂樓看黃浦江兩岸的燈火樓影，特別是有亞洲第一塔之稱的東方明珠塔，長長的鋼柱像陰莖直刺雲霄，是這城市陽具崇拜的一個明證。輪船、水波、黑駿駿的草地、刺眼的霓虹、驚人的建築，這種植根於物質文明基礎上的繁華只是城市用以自我陶醉的催情劑。與作為個體生活在其中的我們無關。一場車禍或一場疾病就可以要了我們的命，但城市繁盛而不可抗拒的影子卻像星球一樣永不停止地轉動，生生不息。

想到這一點，讓我自覺像螞蟻一樣渺小。

這種念頭並不影響我們站在這積滿歷史塵埃的頂樓上的心情。在飯店老年爵士樂隊奏出的若有若無的一絲靡靡之音裏，我們眺望城市，置身於城市之外談我們的情、說我們的愛。我喜歡在習習從黃浦江吹來的濕潤夜風裏，脫得只剩胸衣和底褲，我肯定有戀內衣癖，或者自戀癖、當眾裸露癖之類的毛病，我希望此情此景可以刺激天天的性欲神經。

「不要這樣」天天痛苦地說，轉過頭去。

於是我繼續脫，像脫衣舞孃那樣。肌膚上有藍色的小花在燃燒，這輕微的感覺使我看不見自己的美、自己的個性、自己的身份，彷彿只為了全力製作一個陌生的神話，在我和心愛的男孩之間的神話。

男孩目眩神迷地坐在欄杆下，半懷著悲哀，半懷著感激，看女孩在月光下跳舞，她的身體有天鵝絨的光滑，也有豹子般使人震驚的力量，每一種模仿貓科動物的蹲伏、跳躍、旋轉的姿態發出優雅但令人幾欲發狂的蠱惑。

「試一試，到我身體裏來，像真止的愛人那樣，我的蜜糖，試一試。」

「不行，我做不到的」。他縮成一團。

「好啦，我就往樓下跳吧」，女孩笑起來，抓住欄杆作勢要爬出去。他一把抑住她，吻著她。支離破碎的情欲找不到一條流淌的通道，愛情造成的幻覺，肉體不能企及的奇蹟，還有被冥冥中的神驅趕著失敗但狂歡著的幽靈。所有粉塵撲向我們，黏住了我和我的愛的咽喉。

凌晨三點，我蜷縮在寬大而舒適的床上，注視著旁邊的天天，他已經入睡或者假裝入睡了，房間裏有種別樣的寧靜。他的自畫像掛在鋼琴的上方，是一張毫無瑕疵的面孔，誰能拒絕愛這樣一張臉？這靈魂的愛一直撕裂著我們的肉體。

我一次次地在愛人身邊用纖瘦的手指自瀆，讓自己飛，飛進性高潮的泥淖裏，想像中永遠有一盞罪與罰的長明燈。

3

我有一個夢

好女孩上天堂，壞女孩走四方。

——伊芙・泰勒

一個女人選擇寫作這個職業，多半是為了在男權社會裏給自己一個階層。

——艾瑞卡・瓊

我是這樣一個人，對於父母來說，我是個沒良心的小惡人（在五歲時我就學會拿著一把棒棒糖傲然出走），對於師長或昔日雜誌社領導、同事來說，我是個不可理喻的聰明人（專業精通，喜怒無常，只要看過開頭就猜得出任何一部電影或一個故事的結尾），對於眾多男人來說，我算得上春光瀲漣的小美人（有一雙日本卡通片裏女孩特有的大眼睛和一個如可可・香奈爾的長脖子）。而在我自己眼裏，我是個很不怎麼樣的女孩子，儘管有朝一日可能會推也推不掉地成為名女人。

我的曾祖母在世時經常說，「人的命運好比一根風箏線，一端在地上，另一端在天上。上天入地都逃不過這命的」，或者說「人如三節草，不知哪節好」。

她是一個頭髮雪白、個子小小的老年人，像白線團一樣終日坐在一把搖椅上，據說很多人相信她有特異通靈能力，曾經成功預測過一九八七年那次上海三級小地震，也準確地在死前三天向家人通告了她的死期。她的照片至今還掛在我父母家的牆壁上，他們認為她繼續在保佑全家。也正是我的曾祖母預言了我會成為舞文弄墨的才女，文曲星照在我頭頂，墨水充滿了我的肚子，她說我終將出人頭地。

在大學裏我經常給一些我暗戀的對象寫信，那些情書聲情並茂，幾乎使我出手必勝。在雜誌社裏我採寫的人物故事像小說一樣情節曲折、語言優美，以至於經常使真的變得像假的，假的變得像真的。

在終於意識到我以前所做的一切只是在浪費我的寫作天才後，我辭了那份高薪的工作，為此我的父母對我再次感到絕望，當初還是我父親四處托人才得到那份工作的。

「妳這小孩到底是不是我生的？怎麼老是頭上長角、腳上長刺？妳說妳折騰來折騰去為了個什麼呢？」媽媽說。她是個柔美而憔悴的女人，她把她的一生都花在給丈夫燙襯衣、給女兒尋找一條幸福大道上，她不能接受婚前性行為，也絕不能容忍女孩子穿緊身T恤時不穿胸罩，故意露出乳頭的形狀。

「終有一天妳會意識到，人活在世上安穩踏實最重要，人家張愛玲也說，人生還是以安穩作底子的。」爸爸說。他知道我喜歡張愛玲。爸爸是個微胖的喜歡抽雪茄、喜歡和年輕人談心的大學歷史系教授，風度翩翩，從小就對我溺愛有加，在我三歲的時候就訓練我欣賞「波西米亞人」這樣的歌劇。他總是擔心我長大後會被色狼騙色騙心，他說我是他一生最重要的寶貝，我應該慎重地對待男人，不要為了男人哭泣。

「我們的想法太不一樣了，隔了一百條代溝。還是互相尊重，不要強求算了。反正說也白說的。我二十五歲了，我要成為作家，雖然這個職業現在挺過氣的，但我會讓寫作變得很酷、很時髦。」我說。

在遇到天天後我決定搬出去，家裏又是一陣軒然大波，可以把太平洋掀翻。

「我拿妳沒有辦法，是好是壞你走著瞧吧，就當沒養妳這個小孩。」媽媽幾乎是尖叫著說，臉上有種被狠狠打了一拳的表情。

「妳讓你媽媽傷心了，」爸爸說，「我也很灰心，妳這樣的女孩最後要吃虧的。聽妳說那個男孩的家庭古怪，他父親死得不明不白，那麼他本人是不是正常，是不是可靠呢？」

「相信我，我知道我在做什麼。」我說。很快我拿著一枝牙刷、一些衣服、一些唱片和一箱書走了。

唱機前方的地板上泛著琥珀色的太陽光，像潑翻的蘇格蘭威士忌酒。在一幫衣冠楚楚的美國人離開後，咖啡店恢復了安靜。老楊在他的辦公室兼臥室裏煲電話粥。蜘蛛懶懶地倚著窗，吃一塊客人吃剩下的巧克力鬆餅（他老幹這事，以此來體現他動物般的生存能力），窗外是栽著懸鈴木的馬路，城市的景色在夏季裏發綠發亮，像歐洲電影裏的一種情緒。

「CoCo，妳無聊的時候會做什麼？」他沒頭沒腦地問了一句。

「無聊的時候當然是什麼也做不了的時候，還能做什麼？」我說，「好比是現在。」

「昨天晚上我也很無聊，我選擇上網Chat，同時與十個人Chat蠻爽的。」於是我注意到他那半圓形的黑眼圈，就像兩隻調羹印一樣浮在臉上。「我認識了一個叫媚兒的人，看樣子倒不像是那種男扮女裝的。她說自己很漂亮，還是處女。」

「現在這時候，處女也瘋狂，你知不知道？」我笑起來。不管怎樣，那個女孩口出此言，臉皮也蠻厚的。

「我覺得這媚兒說話挺酷的，」他沒笑，「我發現我們的生活理想驚人地相似，我們都想惡狠狠地賺一筆錢，然後環遊全地球。」

「聽上去像《天生殺人狂》裏的一對男女。」我好奇地說，「那麼，錢怎麼賺？」

「開店，搶銀行，做雞做鴨都行啊。」他大言不慚，半真半假。「目前我就有個計畫，」他附頭過來，在我耳邊低語了幾句，讓我嚇了一大跳。「不行，這不行，你發神經啊。」我連連搖頭。

這小子居然想要和我聯手偷店裏的錢。他觀察下來，發現老楊每晚都把錢裝進一個迷你保險箱，積滿一個月後再去銀行存上。他有一個朋友專撬各類保險箱，他的計畫就是請來那個職業小偷，來個裏外串通，眾人聯手，把錢偷光光再來個腳下滑溜溜，當然事後還得造成是無名小偷闖入店裏行竊的假象。

日子也定好了，下星期二就是蜘蛛的生日，恰逢我和他當夜班，他將以慶祝生日為由邀請老楊喝酒，把老楊灌得暈暈乎乎的就成了。

蜘蛛的話使我感到緊張，甚至有輕微的胃絞痛。「千萬不要做夢，忘掉那事吧，想點別的來轉移注意力，哎，不會是那個媚兒的主意吧？」

「噓！」他示意我老楊已經打完電話往這邊走來。我緊緊閉上嘴，唯恐洩漏一點點剛才的密謀內容。

店門被推開，我看見天天走進來。我的胃感到一陣溫暖。他穿灰色襯衫黑色燈芯絨褲，手裏拿著一本書，頭髮有點長有點亂，眼睛有點近視有點濕，嘴唇有點笑意有點冷，這幾乎是我的甜蜜愛人的標準樣子。

「老公來了，開心是開心得來。」老楊趁機起哄，一口上海話帶著評彈的口音。他其實是個性格簡單、和和氣氣的好人。

天天被他這麼一說，表情拘謹起來。我端著一杯卡布基諾咖啡走過去，輕輕握住他的手。「還有四十五分鐘，我等妳下班。」他看看手錶低聲說。

「蜘蛛肯定是想錢想瘋了。」我忿忿地說。對面的牆上印出我誇張揮舞的雙臂。小圓桌上點著蠟燭，我和天天坐在桌邊，在圍棋盤上下五子棋。「智商高的人一旦產生犯罪的念頭，真是比得狂犬病還糟。會用電腦偷銀行的錢，用電子炸藥消滅飛機和船，用看不見的刀殺人，製造瘟疫和悲劇。一九九九如果有末日，我相信是這些頂尖怪人所致。」

「你輸了，我拉3沖4。」天天負責地提醒我。

「聰明是種天賦，瘋狂是種本能，但如果功利地利用這些東西，就不對頭了。」我的演講欲這會兒剛被吊起來，「到頭來，聰明人會陷入比笨蛋更難堪的境地。最近我覺得綠蒂有種特別安靜的氣氛，眨一下眼皮都聽得到聲音。原因就在於某種殺機暗伏，我的預感不太妙。」

「那就離開那個地方，回家寫作。」天天簡單地說。

每次他說「回家」這個詞總說得很自然。這三房一廳的住所，這充滿水果醱酵味、煙蒂焦味、法國香水味、酒精味，充滿書和音樂，還有無休止的空想的地方，已經像一團來自巫仙森林的雲霧一樣緊緊附在我們身上，揮之不去，飄之澹澹。事實上它是一種比家更有宿命感也更真實的一方空間。它與血緣無關，但與愛情、靈魂、喜悅、第六感、誘惑法則、不明目地的飛行等諸如此類的東西緊密相聯

回家吧，現在該是切入正題的時候了。開始寫作，通向夢境和愛欲之旅的盡頭。用毫無瑕疵的敘述完成一篇篇美麗的小說，在故事的開場、懸念、高潮、結局巧用心機、煽情至極，像世界最棒的歌手那樣站在世界之巔大聲放歌。

一隻手抓著這個念頭在我腦子裏劃過。天天要我向他保證，明天就打電話向老楊辭工。

「好吧。」我說。辭掉一份工作，離開一個人，丟掉一個東西，這種背棄行為對像我這樣的女孩來說幾乎是一種生活本能，易如反掌。從一個目標轉移到另一個目標，盡情操練，保持活力。

「從我第一次在綠蒂看著妳的時候，我就覺得妳天生是作家的料子。」天天進一步激發我的虛榮心，「妳的眼神複雜，妳說話的聲音顯得很有感情，妳一直在觀察店裏的顧客，有一次我還聽到妳和蜘蛛在討論存在主義和巫術。」

我溫柔地抱住他，他的話像一種撫摸，能夠給我別的男人所不能給的快樂。經常是這樣，聽他說話的聲音，看他的眼睛和嘴唇，我會突然感到下身一陣熱浪湧流，一瞬間濕透了。「還有什麼，再說點什麼，我想聽。」我吻著他的耳根，請求著。

「還有，……還有妳讓人永遠看不透，也許適合當作家的人都有些人格分裂，也就是說，有些靠不住。」

「你在擔心什麼？」我奇怪地問，把嘴唇從他的耳邊移開。

天天搖搖頭，「我愛妳。」他說著，輕輕摟住我，把頭放在我的肩膀上，能感覺到他的睫毛在我的脖頸上細微顫動，在我心裏引發一陣天鵝絨般的柔情。一雙手慢慢地抵住我的小腹，另一雙手也觸動了他的臀部，我們面對面地站著，看到了鏡中的自己，看到了水中的倒影。

五彩的肌膚在夜色中歸於黯淡。他睡著了，在床上彎成S形，我從背後抱著他，昏昏沈沈。是的，他的執拗、他的柔弱始終像謎一樣困著我，我無端端地覺得自己對他懷有一份責任，還有一份夢境般的悵惘。

事實上，到了蜘蛛生日的那天，綠蒂咖啡店裏什麼也沒發生，沒有職業小偷出現，沒有保險箱失蹤，沒有陰謀，連一隻蒼蠅都沒上門打擾。

老楊照舊在心寬體胖地數錢、監工、煲電話粥、睡午覺。新來的女招待幹起活來一點不比我遜色，而心懷鬼胎的蜘蛛隨後不久也離開了綠蒂，一時間足迹全無，像一個小氣泡一樣蒸發了。

我的注意力轉到寫作，女作家的漫漫長路擺在我腳下，我無暇顧及其他。當務之急是與自己的靈魂接上熱線，在精神病院般的靜謐中等待故事和人物悄悄到來。天天像工頭一樣整天盯著我，督促我以小魔女的法力寫出真正的魔法書。這同時也成了他現在的生活重心。

他變得熱愛去超市購物。我們像我們的父母輩一樣推著小車，在頂頂鮮超市裡小心謹慎地選購日常用品和食物。健康專家說，「不要熱衷於買巧克力和爆米花之類食物」，可我們偏偏都愛這樣的東西。

在家裏我鋪開雪白的稿紙，不時照著一面小鏡子，看自己的臉是不是有作家的智慧和不凡氣質。天天在屋裏輕聲走動著，給我倒「三得利」牌汽水，用「媽媽之選」牌沙拉醬給我做水果沙拉，還有「德芙」黑巧克力有助於啟發靈感，唱片選有點刺激但不分散注意力的來放，調試冷氣的溫度，巨大的寫字臺上有數十盒七星牌香煙，像牆那樣整齊地堆砌著，還有書和厚厚的稿紙。我還不會用電腦，也不打算學。

有一長串的書名已想好，理想中的作品應該是兼具深度的思想內涵，和暢銷的性感外衣。

我的本能告訴我，應該寫一寫世紀末的上海，這座尋歡作樂的城市，它泛起的快樂泡沫，它滋長出來的新人類，還有彌漫在街頭巷尾的凡俗、傷感而神秘的情調。這是座獨一無二的東方城市，從三〇年代起就延續著中西方互相交合、衍變的文化，現在又進入了第二波西化浪潮。天天曾用一個英文單詞「post-colonial」（後殖民）來加以形容，綠蒂咖啡店裏那些操著各國語言的客人，總讓我想起大興詞藻華麗之風的舊式沙龍，時空交移，恍若一次次跨國旅行。

在我寫出一段自以為不錯的文字後，我會充滿感情地唸給天天聽。

「親愛的CoCo，我說過妳能行的，妳跟別人不一樣，妳能用筆創造另一個真實的世界，比身邊這個更真實。這兒，……」他抓起我的手，放在他的左胸，我感覺到他心跳的節奏，「我保證這兒會帶給妳無盡靈感的。」他說。他會給我買意想不到的禮物，似乎把錢花在那些美而無用的小玩意上才過癮。

而我寧可只要他，怎樣才能等到他用他的身體作禮物的那一天？

相愛愈深，肉體愈痛。

有一個深夜，我做著一個色情的夢。在夢裏，我跟一個蒙著眼罩的男人赤身裸體地糾纏在一起，四肢交錯，像酥軟的八腳章魚那樣，擁抱，跳舞，男人身上的汗毛金光閃爍，挑得我渾身癢癢的，在我最喜愛的一支酸性爵士樂過後，我醒過來。

我對那個夢感到一絲羞愧，然後我想到了一個問題，天天到底陷在怎樣一種預感裏？他比我本人更關注著我的寫作，近乎偏執，也許寫作真的可以像強力春藥一樣，滋養著我們之間不可理喻的然而無疑又是有缺陷的愛情，它帶著使命帶著上帝的祝福，或者，一切會相反……誰知道呢，人面對各種想法做單項選擇題，有時得分，有時失分。

我想著想著，轉身抱住天天，他馬上醒了，他的臉能感覺到我臉上的濕度，什麼也不問，也不說，有一隻手輕緩地撫摸我的身體，沒有人教他怎麼做，可他的確用那種令人窒息的方式讓我飛上了天，如劍走偏鋒，如魂飛魄散，不要哭泣，不要說分離，我只想飛一飛，飛到夜的盡頭處，人生苦短，春夢無痕，你沒有理由不讓我這般陶醉。

4

引誘者

我來自柏林，你的愛屬於我，夜晚降臨的時候，抱住我，親愛的，我們開始飛行。

——鮑・布拉赫特

馬當娜邀請我們參加一個叫做「重回霞飛路」的懷舊派對，地點選擇在位於淮海路與雁蕩交叉口的大廈頂樓。三〇年代的霞飛路如今的淮海路，一向是海上舊夢的象徵，在世紀末的後殖民情調裏，它和那些充斥著旗袍、月份牌、黃包車、爵士樂的歲月重又變得令人矚目起來，像打在上海懷舊之心裏的一個蝴蝶結。

那天天天的精神並不好，但他還是陪我去了那裏。我說過，很多場合我們倆連體嬰兒一樣，彼此互為影子。

我們身穿預告做好的旗袍和長衫，走進大樓電梯。似乎有個聲音在說，「請等一下」。

天天用手扳住正在閉合的電梯門，我看見一個高個子的西方男人大踏步地走進來。隨之而來的是一股CK香水味。

淡得發紫的燈光暗暗地照在我們頭上，兩個男人一左一右站在我兩旁，指示燈依次顯示爬升的樓層數，在寂靜無語中一瞬間有種失重感。於是，我瞥見了高個子的男人臉上那種心不在焉但性感無比的神情，一種成熟的花花公子式的招牌。

電梯門開的時候，一股聲浪夾雜著煙草和體味迎面撲來，高個子男人用微笑示意，請我先走。我和天天穿過一塊用泡沫塑料做成的霞飛路路標牌，撩起重重的絲絨幔簾，一轉眼，一個在昔日靡靡之音裏舞動的豔妝海洋呈現在眼前。

馬當娜神采飛揚的臉像一種會發光的海底生物，帶著一千伏的光芒走向我們。「我的寶貝，你們終於來了，噢，God，Mark，你好嗎？」她對著我們身後的高個男人做了個媚態，「來，我來介紹一下，這是從柏林來的Mark，這是天天和CoCo，我的好朋友，CoCo還是個作家。」

馬克禮貌地伸出手來，「你好。」他的手有很重的汗毛，溫暖乾燥，是讓人覺得舒服的那種。天天已經自顧自地坐到一張柔軟的沙發上抽煙，一雙眼睛不知道在看什麼地方。

馬當娜稱讚著我的黑緞旗袍，旗袍的胸襟上是一朵美得霸道的牡丹刺繡，這是在蘇州的絲廠訂做的。她又稱讚馬克身上的一襲古董西服很酷，這是一件從上海某資本家遺少的手裏高價買來的小領口三粒扣西服，局部的色澤已經黯敗，但這黯敗裏憑空藏著昔日貴族氣。

幾個男女走過來，馬當娜介紹說，「這是我男朋友阿Dick，這是老五和西西。」

叫阿Dick的長髮男孩子看上去甚至還不到十八歲的樣子，但卻是上海小有名氣的前衛畫家，卡通人物也畫得不錯。當初馬當娜就是被他送的一疊卡通漫畫所打動的。他的天賦、他的髒話、他的孩子氣混在一起，就足以能激發像馬當娜那樣女人的母性和熱情。老五是玩卡丁車高手，他和穿西服、紮領帶、反串男角的女友西西看上去蠻配的，一對怪模怪樣的小兔子。

馬克的目光在隱隱地向我這邊掃來，他彷彿考慮了一下，然後走過來問我，「要不要跳舞？」我看看角落裏的沙發，天天低著頭在動手捲一個小煙捲，手上的塑膠袋裏裝著幾盎司hash，在他出現幽閉症前兆的時候他總會抽這些東西。

我嘆了口氣，「我們跳舞吧。」我說。

唱機的膠木唱片吱吱嘎嘎地放出金嗓子周璇的「四季歌」，於沙啞失真中居然還唱得人心顫悠悠的。馬克彷彿對此情此景很是受用，微閉著眼睛，我看見天天也閉上眼睛，蜷縮在寬大的沙發裏，喝紅酒吸hash總讓人犯睏，我確信他這會兒已經睡著了。往往在人聲嘈雜、幻影交錯的場合，他更容易入睡。

「妳在走神。」馬克突然用德語腔很重的英文說。

「是嗎？」我茫然地看著他，他的眼睛在暗中閃閃發亮，像潛伏在灌木叢裏的動物的眼睛，我驚詫於這雙眼睛給我的奇異感覺。他渾身上下收拾得筆挺整潔，頭髮也上了足夠的髮蠟，總之看著像一把嶄新的雨傘那樣。所以那雙不太老實的眼睛彷彿成了全身中心，所有的能量從那兒一泄而出。是的，白種人的眼睛。

「我在看我的男朋友。」我說。

「他好像睡著了。」他微微一笑。

我被他的笑激起了好奇心，「很funny嗎？」我問。

「妳是完美主義者嗎？」他轉而問，

「不知道，我不是百分之百瞭解自己，為什麼這麼問？」

「是妳跳舞時的感覺告訴我的。」他說，看起來是個敏感自信的人。我浮上一個略帶譏諷的笑。

音樂換成爵士，我們跳起狐步舞。四周是一片天鵝絨、絲綢、印花布、陰丹士林布交織成的復古之迷天迷地。漸漸地旋轉成一種輕飄飄的快樂。

等到曲終人散時，我發現那張沙發是空的，天天不見了，馬當娜也不見了，問老五，老五說馬當娜剛和阿Dick離開，而天天剛才還在沙發上。

緊接著馬克從洗手間出來，向我們報告一個不算太壞的消息，天天倒在小便池邊上，沒有嘔吐，也沒有流血，他好像在上廁所時突然睡著的。馬克幫助我把天天弄到了樓下馬路邊，攔了輛計程車。

馬克說：「我送妳們吧，妳一個人不行的。」我看看昏睡不醒的天天，他很瘦，可一昏迷就重得像頭小象。

計程車在凌晨兩點的街頭飛馳，窗外是高樓、櫥窗、霓虹、廣告牌、一兩個步履踉蹌的行人，徹夜無眠的城市裏總有什麼在秘密地發生著，總有什麼人會秘密地出現，一陣陣酒精味還有淡而堅定的CK香水味時不時飄進我的胸腔，我的大腦空空如也，身邊的男人一個失去知覺，另一個靜默無聲，雖然沒有聲音，但我還是感覺到了人行道上發粘的影子，和昏暗中陌生男人閃閃爍爍的注視。

車很快到了我的住所，馬克和我合力抱著天天上了樓梯，到了屋裏。天天躺到床上，我為他蓋上一床毯子，馬克指著寫字臺說：「這是妳工作的桌子嗎？」

我點點頭。「對，我不會用電腦，事實上有人說會讓人得皮膚病，也有人說電腦使人變得厭世、有潔癖、不想出門，不管怎麼說……」我突然發現馬克向我走過來，面帶那種心不在焉但性感無比的笑容。「很高興能認識妳，我想以後能再見到妳。」他用法國式親吻輕輕親著我兩邊的臉頰，然後道聲晚安走了。

我手裏留著他的名片，上面寫著他的公司地址電話，那是一家位於華山路上的德資跨國投資顧問公司。

5

不可靠的男人

不管你把性說成什麼，反正不能說它是一種尊貴的表演就是了。

——海倫・勞倫森

我對高個子的男人產生的好感，一小部分來自於虛榮（我個子不高，湊巧的是我最喜歡的兩個法國女人瑪格麗特．杜拉絲和可可．香奈爾也都是矮個女人），一大部分則來自於我對以前曾有過的某個矮個男人的極度惡感。

那個男人身高不足五英呎半高，長相平平，架一幅劣質眼鏡，是個偽基督教徒（以後的事實證明他更是一個邪教徒，摩尼教或太陽教之類的邪教徒）。

我不太清楚他當時是怎麼迷倒我的，也許是他才高八斗、學富五車，能用牛津音的英語背誦莎氏名篇，並且與我坐在復旦大學中央草坪的毛主席像後，一連三天跟我談基督降生於馬廄的那一刻所意味的世界真實面目。

草地像厚厚的舌苔一樣隔著裙子舔我的屁股和大腿，癢酥酥的。輕風拂面，他像被咒語迷惑住了不能停止，而我也像被咒語鎮住，不能停止聽他說，似乎可以這樣子坐上七天七夜，直至燦爛涅磐，於是我對他矮得令人失望的外表視而不見，直接撲向他那博學、雄辯的心靈（可能我一輩子迷戀的男人首先是些淵博多學、才情勃發、胸有千千壑的人，我不能想像自己和一個不能說出十個成語、五個哲學典故、三個音樂家的男人談戀愛），當然，我很快發現自己撲進的是一個綠油油的臭水塘。

他不僅是個宗教狂人，還是性欲超人，喜歡在我身上驗證黃色錄影帶所提供的種種成人表演姿勢，熱衷於肛交，幻想坐在幽暗一角的沙發裏偷窺我被一個沒文化的木匠或管道工強姦。連我們坐高速公路上的巴士去拜訪他父母時也不放過，他會一把拉開拉鏈，抓住我的手放在那裏，那根陰莖就像流油的蠟燭一樣遮人耳目地藏在一大份報紙後，興奮難捺，一切都讓人感到悲哀，失望透頂，甚至發出好萊塢最成功的小電影"Boogie night"那樣的恐怖之音。

當我發現他還是個撒謊高手（連去報亭買份報紙都要說成是去找一個朋友喝茶）、撈錢小丑（他居然大段大段抄襲別人文章寫成一本洋洋大著在深圳出版），我感到忍無可忍，尤其這一切惡行發生在一個身高不足五英呎半、面相老老實實的男人身上，我覺得被徹底愚弄。想像的毛毛雨迷住了我的眼睛，我收回了我那被羞辱的感情，迅速離開他。

「妳不能就這樣走！」他站在單身宿舍門口對我的背影嚷嚷著。

「因為你讓我噁心。」我回敬他，心裏有一塊堅硬的冰。對世上的男人不能輕信，媽媽們總在女兒第一次出門約會前教誨著女兒們，可在小女孩子的耳朵裏變成嘮叨絮語，只有一個女人真正用成熟的眼光去看待男人這另一半世界時，她才會看清楚自己所在的一個位置，看清擺在眼前的生活脈絡。

他往我的宿舍打電話，門衛房的寧波阿姨一遍遍地在揚聲器裏叫我的名字，「倪可，電話，電話，倪可。」後來我在父母家度過的每個周末成了惡夢的另一部分，他不停地往我父母家打電話，不找到我就絕不言敗，甚至半夜三點都會響起惡作劇般的電話鈴聲，直到改掉電話號碼。母親在那一段時間對我徹底失望，她不想看我，連一眼也不想看，在她眼裏我招惹到如此一個渣滓全拜自己所賜。我交友不慎，良莠不分，總而言之，看錯男友是身為女人最大的恥辱。

我的前男友最瘋狂的舉動是在學校裏、在馬路上、在地鐵站跟蹤我，出乎人意地對著人群叫一聲我的名字。他戴一幅蹩腳墨鏡，臉上橫肉暴起，在我猛一扭頭的時候會迅速躲到旁邊的樹後或商店裏，做三流動作片裏的替身演員實在再合適不過。

那段時期我盼望有個穿警服的男人摟著我走路，警察是我那一刻最心儀渴望的男性角色，我的心跳聲像SOS。到雜誌社上班後不久我終於藉著記者所有的關係網，找了市政府辦公室的一個朋友，再通過區派出所，向我的前男友提出警告，他還沒瘋到與國家機器對抗。這事很快就過去了。

事後我去拜訪一個在青年中心做心理醫生的朋友吳大維。「從此不再找矮個子男人了。」我坐在一把似乎有催眠作用的椅子上說。「他們連我的門也別想進，我已經受夠了。我是個地地道道的壞女孩，至少對我媽媽而言，她總是那麼容易受刺激，我除了叫她傷心再沒給她別的什麼。」

他告訴我，我身上的女性氣質與作家氣質之間的衝突注定使我經常地陷入混亂，而藝術家多半有不輕的虛弱、依賴、矛盾、天真、受虐狂、自戀狂以及戀母情結等傾向。我的前男友正巧迎合了我身上諸多分裂氣質，從依賴到受虐到自戀，而對母親懷有的贖罪感將是我一生的情感主題之一。

「對於一個人的身高，」大衛清清嗓子，「我覺得身高的確會對人，尤其是男人，成年後行為產生某種影響。小個子男人往往會有比常人激烈的表現，比如他們更發奮地讀書、更努力地賺錢，更渴望擊敗對手。另外他們更喜歡追漂亮女人，以求某種雄性證明。西恩潘（Sean Penn）個子很矮是不是？但他卻是好萊塢最偉大的演員之一，也是瑪丹娜曾經最愛的男人。儘管他總是把那位全球第一性感明星像隻火雞一樣綁在椅子上盡情施虐。諸如此類的男士可以舉出很多，他們令人難忘之極。

他坐在這間光線過分柔和的房間裏思緒萬千，因為經常對著病人充當上帝代言人的角色，使他的臉看上去不甚真實。他的身體在皮椅上轉來轉去，不時放一兩個悶屁，在室內不良的空氣裏，幾盆巴西鐵和龜背竹正長得鬱鬱蔥蔥，終年不敗。

「好吧！」我說，「當然一個人的愛情不能以身高來衡量，但不管怎樣我想忘了這些。人一生有很多遺忘，對於我來說，經歷得愈不快的事就愈能忘得快。」

「所以妳會成為不錯的作家。作家用文字埋葬過去。」大維和氣地說。

6

芬芳的夜

夜是流動的一切。

——狄蘭・托馬斯

天氣愈來愈涼快，城市變成一大塊透明的玻璃，南方的秋天是潔淨而明朗的，在人的心裏滲進了一層淡淡的愛意。在一個沒有意外的下午，我接到馬克的電話。當一聲帶著德國腔的問候在我耳邊響起時，跳進我腦子裏的第一個反應是：「一個高個子的西洋男人來了！」

我們在電話裏說著你好你好，天氣真夠舒服的，柏林這會兒比上海還涼快，不過夏天的感覺也是值得懷念的。

電話裏誰都有點心不在焉，我知道天天在床上閉著眼睛在聽我說話，我也知道電話那頭的德國人為什麼會打電話來。可這樣的一種微妙局面就像一塊滲了一點大麻的餅乾一樣，吃一點無所謂，再吃一點也無所謂，吃第三口的時候有一種令人生厭而又使你放縱的東西出現了。我，可能就是這樣一種骨頭發癢的女孩。

最後馬克說：「下星期五，在上海展覽館有一齣德國前衛藝術展，你和你男朋友想來的話我可以寄請柬。」

「那太好了，謝謝你。」

「OK，下周見。」

天天閉著眼睛好像睡著了。我把電視的音量放小，這電視一天有二十個小時在開著。最近我們都喜歡開著電視和影碟機上床，在昆汀・塔倫提諾的暴力片紅色背景下互相撫摸，在烏瑪舒曼呻吟聲和約翰屈伏塔的槍聲裏一起入睡。

我點上香煙，坐在沙發上想剛才那個電話。想那個高高的、渾身香香的、臉上的笑壞壞的男人。想著想著突然覺得很煩，他居然明目張膽地勾引一個有男友的女孩，而且他知道她和她的男友如水乳交融不可分離，於是一切可能淪落到性遊戲的簡單地步。

我走到書桌前，像每日作業那樣寫著小說情節發展的最新一章，我寫下了有關馬克出現的偶然性和我生命中某些故事的必然性。我的種種預感埋伏在小說裏，也隨著我永不能回頭的腳步一一消解。

晚上，馬當娜和阿Dick不請自來，隔著門就能聽到馬當娜的聲音從幾層樓梯下傳來。他們打著一隻迷你小手電，差點忘了我們住幾層樓，只好一路叫上來。兩個人在暗中都戴著一副小墨鏡，走得磕磕絆絆的。

「天啊，怪不得我一直都覺得光線不足，剛才開車的時候還差一點撞上人家自行車。」

馬當娜一邊笑一邊取下墨鏡，「怎麼都忘了還戴著這個啊？」

阿Dick手裏提著幾罐可樂、啤酒，穿著Esprit黑色毛衫，看上去蒼白而漂亮。他們一進來就打破了屋內的安靜，天天不得不放下手裏的一本英文雜誌，這雜誌以提供無數智力遊戲出名，天天最愛玩的是算術和填字。

「我們本來想開車隨便兜兜，結果兜到這兒來了，就上來了。我包裏有張影碟，不過說不准好不好看。」她對著屋子四周轉了轉眼睛，「要不要打麻將？四個人剛好一桌。」

「我們沒有麻將。」天天趕緊說。

「我車裏有啊，」馬當娜一斜眼，笑著對阿Dick說，「阿Dick可以去拿的。」

「算了，還是聊天吧。」阿Dick伸出細長的手指，撩撩頭髮，似乎有點輕微的煩躁。

「不防礙妳寫東西吧？」他的臉對著我。

「沒事，」我把一張MONO放進唱機，傷感、潮濕、冶麗的女聲在法國舊式電影音樂般的背景中慢慢浮現出來。沙發很舒服，燈光適宜，廚房裏擺滿了紅酒和香腸，漸漸地大家都喜歡上這種感覺，話題在真真假假的傳聞和似是而非的評議中繞來繞去。

「這城市真的好小，一撥人全在這圈子裏了。」馬當娜說，她說的圈子由真偽藝術家、外國人、無業遊民、大小演藝明星、時髦產業的私營業主、真假另類、新青年組成。這圈子遊移於公眾的視線內外，若隱若現，卻始終佔據了城市時尚生活的絕對部分。他們像吃著欲望和秘密存在的漂亮小蟲子，肚子上能發出藍色而蠱惑的光，一種能迅速對城市文化和狂歡生活作出感應的光。

「我曾經一連三夜在不同的地方遇見同一些面孔，我從來不知道他們叫什麼名字。」我說。

「昨天晚上在Paulaner我碰到馬克，他說下個月有個德國畫展。」馬當娜突然插話，我用眼睛的餘光看看她，又看看天天，可能裝作漫不經心地說，「他打過電話來，說到時會給我們寄請柬。」

「又是老一套，又是一些老面孔啦，」阿Dick說，「大家都是party animal，派對動物。」阿Dick說。他喝著酒，迷人的臉越喝越白。

「我不喜歡這些，」天天開始動手往一個煙斗裏塞hash，「這圈子裏的人比較浮華、比較膚淺。有些人到了最後就像泡沫一樣消失了。」

「不會吧。」馬當娜說。

「上海是座尋歡作樂的城市。」我說。

「這是妳的小說主題嗎？」阿Dick好奇地問。

「CoCo，唸一唸你寫的東西吧。」天天說，雙目灼亮地看著我，這是使他倍感安慰和愉快的時刻，寫作進入我們的共同生活後它就不再單純是寫作了，它與無法碰觸的愛欲有關，與忠貞有關，與我們倆誰也不能承受的生命之輕有關。

大家顯出愉快的表情，一隻裝著hash的煙斗、幾瓶酒和一疊小說稿，輪流在大家手裏傳來傳去。「輪船、水波、黑駿駿的草地、刺眼的霓虹、驚人的建築，這種植根於物質文明基礎上的繁華只是城市用以自我陶醉的催情劑，與作為個體生活在其中的我們無關。一場車禍或一場疾病就可以要了我們的命，但城市繁盛而不可抗拒的影子卻像星球一樣永不停止地轉動，生生不息。」

想到這一點，讓我自覺像螞蟻一樣渺小。

……

肌膚上有藍色的小花在燃燒，這輕微的感覺使我看不見自己的美、自己的個性、自己的身分，彷彿只為了全力製作一個陌牛的神話，在我和心愛的男孩之間的神話。

男孩目眩神迷地坐在欄杆下，半懷著悲哀，半懷著感激，看女孩在月光下跳舞，她的身體有天鵝絨的光滑，也有豹子般使人震驚的力量，每一種模仿貓科動物的蹲伏、跳躍、旋轉的姿態發出優雅但令人幾欲發狂的蠱惑。……

我們嚮往西方六〇年代的那種狂歡的詩歌沙龍，艾倫．金斯堡依靠一連參加四十多場這種分享大麻和語言的沙龍走紅，《嚎叫》征服無數毀於瘋狂的頭腦。而這一夜偶發的一次小聚會在不經意間把一種抒情的快樂以酒精、天真和愛的形式帶給我，我在朦朧的目光中被催化，我把這一切與上帝聯繫起來，在韋瓦第的《四季》協奏裏，無邊的草地和水鋪展開來，我們像小羔羊一樣躺在一本大書裏，它不是聖經，它是我天真而狂妄的小說，小說的每一行字都刺在我蒼白的皮膚上。

牆上的鐘敲過十二點的時候大家都餓了，我去廚房拿了盤香腸出來，馬當娜問「還有沒有別的？」我抱歉地搖搖頭，「都吃完了。」

「可以叫外賣的。」天天說。「樓下的小四川開到很晚的，打個電話他們送來就行了。」

「寶貝你最聰明。」馬當娜高興地說著，摟著阿Dick的小健腰，又親了一下天天。她屬於那種很容易興奮起來又容易顯得性感而輕佻的女人。

飯店的服務生很快就把四盒菜飯送上來了，我道了謝，額外地付了點小費給他，他一開始不要，後來紅著臉收下了那十塊錢。這種羞澀使我有點好奇，他說他姓丁，剛從家鄉出來，飯店裏沒做幾天。我點點頭，新手總是被差遣來差遣去的。

吃完東西又喝酒，一直喝到要睡著了才算結束，馬當娜和阿Dick就留在我們另一間屋子裏過。那兒有床有冷氣，原先是挪出來預防哪天我和天天吵架了分開來住的。但到現在為止，我們從未吵過架，也從未分過床。

已是半夜兩三點的樣子，有一些模糊柔軟的東西存在於黑夜的中心，我看清了，是一絲月光。月光從沒有拉緊的窗簾縫裏斜溢進來，我盯著這絲月光足足有半小時，它看上去虛弱、清冷，像一條在稠密洞穴裏冬眠的小蛇，把腳尖繃直，像跳芭蕾那樣地緊張著，慢慢移到那束月光下，慢慢沿著光划動著，我聽到了身邊的男孩淺淺的呼吸，睡在隔壁客房裏的一對情人一直在床墊上弄出沈悶的撲擊聲。只隔著一層牆壁，卻可以想像成遙遠的地方陌生的人群進行的性交，可以想像成父女亂倫、兄妹亂倫，也可以想像成兩個男人、兩個女人、兩女一男，或更多的混亂，想像的翅膀永遠是安全而乾淨的，聲音卻淪落成任何一種可能的情緒的背景。

海水浮上來，月光慢慢地沈下去，我聽到自己的心跳，血液流動的聲音，北歐男人的曖昧呻吟，還有牆上機械鐘的嘎答嘎答聲。手指悄悄地在膨脹的子宮口磨擦著，一陣高潮突如其來地從小腹開始波及了全身，濕淋淋的手指從痙攣的陰道抽出來，疲倦地放到嘴裏，舌尖能感覺到一絲甜腥的傷感的味道，那是我身體最真實的味道。

床單上的月光不見了，那條小蛇像煙一樣毀於無形。

7 我們的一天

醒來，起床，梳梳頭，下樓，喝一杯，找衣服，拿帽子，上樓抽煙，有人說話，我在入夢。

——披頭士《佩珀軍士的孤獨之心俱樂部樂隊》

只有太陽沒有樹葉，我們一天到晚留在房間裏，我們不朝窗戶外多看一眼，不打一個呵欠，浴室的洗衣機裏塞滿了發硬的襪子、不潔的床單，天天向來反對請鐘點工或保姆做家務，因為不喜歡陌生人在他的私人空間走來走去，還要碰他的內衣、煙缸或拖鞋，可是我們越來越懶，最好連一日三餐都不用吃了。

「只要一天攝取2790卡路里的熱量，1214毫克的維生素A，1094毫克的鈣，就行了，」天天說著，晃晃手裏抓著的好幾瓶藥丸，依他的看法，這些綠色、白色、淡黃色的現代科技生物製品，足以提供人體所需的營養。「為了增加口感，還可以與果汁、酸奶等調和在一起吃。」天天認真地說。

我相信他說的話句句是實話，可那樣肯定會吃出神經病的，吃到人厭世。我寧可天天叫小四川的外賣來吃，儘管那又貴又不好吃。

天天像工頭一樣督促著我寫作。他則在另一個房間不停地畫畫，他畫些小豹子、變形的人臉、金魚缸，……漸漸地他從超市買了很多宜而爽內衣褲，用丙烯顏料直接畫在上面。吃完飯，我們互相展示作品給對方看，我給他唸我的小說片斷，其中被我刪掉的一段哈哈大笑，那是一段「一個女病人與男心理醫師的對話」：

「我討厭我丈夫，他像頭豬。」

「在床上還是在床下？」

「他沒有腦袋，只想亂搞。相信連一隻草地上的母羊都不會放過，總有一天我會控制不了自己，我會閹了他，像七年前美國維吉尼亞州那起著名閹夫案的女主角羅瑞娜（Lorena Bobbit）一樣。」

「妳真的這麼想嗎？」

「老天，男人都是這麼自以為是！在你們眼裏女人成了什麼？逆來順受的漂亮玩具嗎？看來分析家也解決不了問題，錢花在白癡身上。」

「妳說什麼？」

「你有真知灼見嗎？我可再也受不了愚弄了。」

「如果妳覺得我不行，大可請便！出去的時候請順手關門。」

「哦，我受不了了，都是豬！」她狂叫著跑出去了。

「這樣的對話可真夠低俗的，一齣鬧劇。」天天笑著說，「但很好笑。」
我試著把天天畫的一件白色T恤穿上身，一隻卡通大臉貓，看上去很不錯，不少內褲上有月亮、嘴唇、眼睛、太陽、美女的造型畫。沙發上足足堆了幾十套這樣的手工品。
「我們可以找個地方賣掉這些作品。」我說。
「妳覺得會有人喜歡嗎？」
「試試看吧，反正很有意思，賣不掉就送朋友。」
天天怕難為情，不敢去大街上兜售。我們選擇去附近的華師大校園。校園裏的感覺挺好的，清新、多綠、整潔，總給人一種與世隔絕的幻覺。當然這只是幻覺，像牙塔也有對外的窗口，不少學生佩帶有呼叫器和手機，在外面打工，特別是不少女大學生從事某種曖昧的職業，她們出售青春和智慧換取物質的快樂。當我還在復旦讀書的時候社會形勢還沒發展得這麼快，頂多在相輝堂看一回女大學生模特兒隊在臺上搔首弄姿地走一走，而且那時候復旦和大多數高校一樣還沒有真正設立自己的電子網路。
我們挑了操場邊的一條小雜貨店林立的路邊做生意。正逢吃晚飯時間，學生拿著飯盒去食堂，路過時都好奇地看著我們，也有人蹲下來仔細地看了看我們的貨物，問價錢。一切都由我來應答，天天始終保持著沈默。

「T恤六十，內褲四十」。

「太貴啦。」他們說，毫不客氣地砍價。我不讓步，因為過低的價錢是對天天藝術勞動的不尊重。天色暗了，學生騎著車去教室上夜自習，操場上已沒有人打球了。

「我肚子很餓，」天天低聲說，「要不算了，回家吧。」

「再等等，」我從口袋裏拿出一塊巧克力給他，自己點了一根煙，「等十分鐘看看。」

這時，一個長得像喬治．邁克爾的黑皮膚美男子摟著一個戴眼鏡的白人姑娘走過來，

「Hello，藝術內衣，非常便宜。」我用英語向他招呼，在羞澀的天天身邊我必須得大膽而自信，儘管小時候媽媽讓我去麵包店買塊麵包，都會讓我緊張，攥錢的小手裏全是汗。

「是你們自己畫的嗎？」白人女孩看著我們的商品微笑起來，「真的很可愛。」她聲音圓潤動人，眼睛裏有種聰明的東西，「是我男朋友畫的。」我指指天天。

「他畫得很好，有點像莫里迪格阿尼，或者馬蒂斯。」女孩說。

天天高興地看著她，「謝謝妳。」他說，然後對我耳語，「便宜點賣給她吧。這女老外挺好的。」我假裝沒聽見，甜蜜地對著這一對黑白留學生情侶笑。

「莫亞，你覺得呢？——我想全買下來。」女孩說著開始拿錢包，叫莫亞的男人黑黑的臉上有種威風凜凜的酋長風範，可能來自於非洲某地區。他體貼地摟著女孩，「我來吧！」他也拿出一疊百元人民幣，白人女孩堅持自己付費，臨走前她微笑著說，「謝謝，希望以後能再見到你們。」

近一千元的錢到了手，天天跳起來，抱住我親了一口，驚奇而興奮地說，「我居然也能賺錢，以前我不知道。」

「對啊，你是個了不起的人，只要願意，你能做成功很多事情的。」我鼓勵他。

我們在附近的餐館吃飯，胃口奇好，甚至還在音響效果低劣的卡拉OK包廂裏唱英文情歌。「親愛的，如果你迷失了方向，有我在你身邊，親愛的，如果你害怕了，受傷了，有我在你身邊。……」一首老老的蘇格蘭歌謠。

8

離婚的表姐

我周圍住著十九個男人，其中十八個都是笨蛋，剩下的那個也好不到哪裏去。

——Bessie Smith

我的父母都打過電話來，他們終於向我投降了。中國的父母很容易在一份兒女情面前就範。

電話裏他們的語氣竭力顯得溫和而不失原則，他們問我怎麼樣？有沒有什麼麻煩？當聽說沒人做家務時，媽媽甚至願意過來幫忙。我勸他們：「多關心你們自己，多出去玩玩吧！等爸爸學校放了假，就可以去外地看看風景散散心。」人生最美妙的時光可能就在中年以後能看清腳下的路，也能參透很多道理，我希望他們可以別那樣牽掛我，這樣就能有很多自己的快樂。

在電話裏媽媽還告訴我一個消息，表姐朱砂剛剛離了婚，從原先的住所搬出來，暫時找不到合適的地方住，就住在我家裏，剛好我那張床也空著。再加上她在公司裏做得也不是很開心，所以最近她的心情不太好，如果我有空多陪陪她，和她聊聊吧！

我微微有些吃驚。朱砂離婚了？

朱砂是個舉止端莊的淑女，比我大四歲，從外國語學院德語專業畢業後，她與同班的男同學結了婚，在一家德國人開的商行裏做事，她一直不喜歡別人以「白領麗人」這個詞稱呼她，她某些地方的不媚俗頗對我的胃口，雖然我們性情各異，志向不同，但這並不妨礙我們對彼此的好感。

記得小時候我的父母就一直鼓勵我向朱砂學習，她在年紀小小的時候就已展露頭角，考試成績全校第一，唱歌、跳舞、朗誦樣樣都行，她的一張作天真微笑狀的照片還被南京路上的上海照相館大大地貼在玻璃櫥窗上，引得不少熟人朋友同學去看。那時我很嫉妒這位表姐，有一次過六一節的時候我偷偷把鋼筆裏的藍墨水滴在她的白色紗裙上，結果她在學校大禮堂的舞臺上表演「五朵小花」的時候出盡洋相，一下臺她就氣哭了。誰也不知道那是我做的，看到她難過的樣子一開始我想笑，可是後來我也有些難過起來，其實她平時對我蠻好的，教我做算術、分棒棒糖給我吃、過馬路時總拉著我的手。

漸漸地，我們都長大了，見面的次數也越來越少。我還記得她結婚的時候，我還在復旦讀書。那一天本來陽光燦爛，當新人在丁香花園的草地上錄影留念的時候，天上突降大雨。朱砂披著被淋濕的婚紗的樣子特別深刻地留在我的記憶裏，她臉上那氤氳的微笑，濕的黑的鬈髮，白色的被雨粘上一絲頹敗氣息的紗裙，一切彷佛有種奇怪而脆弱得難以言傳的美。

她的丈夫李明偉是她的同班同學，也是系裏的學生會主席。他高大白晰，戴著一副銀邊眼鏡，在德領館做過一段時間的翻譯，到他們結婚的時候他已在一家德國商會做一份金融快報的編輯。他不善言辭，但彬彬有禮，嘴角總掛著安靜而冷淡的笑紋。我曾經以為有那樣的表情的男人雖然不適合做情人，但很適合做丈夫。

想不到她這麼突然地離了婚，又為這個城市高居不下的離婚率增加了一個小數點。

我跟表姐朱砂通了個電話，她的聲音果然帶著十分明顯的陰鬱，手機的效果也不十分好，聽上去像在沙沙地下冷雨。我問她現在在什麼地方，她說在計程車上，等一下就要到溫莎堡了——那是一個很受白領女性鍾愛的女子健身中心。

「你來嗎？」她問我，「可以一起做體操。」

我想了一想，「不，我不做體操，不過我可以跟你說說話。」

穿過一個走道，在一個房間裏有一群上了年紀的女人穿緊身服，在一個俄羅斯教練的指揮下扮「小天鵝」跳業餘芭蕾。在另一個房間，在一堆器械中我看到我的表姐在汗涔涔地跑步。

她的身段一直都很好，現在則略微偏瘦。「嗨！」她揚揚手。

「每天都來這裏嗎？」我問。

「對，特別是最近。」她邊跑邊說。

「小心健美過度，渾身硬梆梆的，這比離婚還可怕。」我開玩笑。

她不說話，很快地跑步，臉上都是汗。

「停下來歇歇吧，別晃來晃去了，我看了都頭暈。」我說。

她遞給我一瓶水，自己也開了一瓶。我們坐在一邊的臺階上，她仔細地看了我一眼，

「你越來越漂亮，小時候不好看的女孩大了都好看。」她試圖說俏皮話。

「有愛情的女孩就好看。」我說，「你跟李明偉到底怎麼回事？聽說他後來居然虐待你。」

她沈默，彷彿不再想提過去的事。然後她慢慢地也很簡單地說了事情發生的經過。

婚後很長一段時間的生活似乎是和諧而完美的。他們夫婦參加其他類似的白領夫婦的

社交圈，經常有沙龍或派對舉辦，旅遊、度假、聊天、聚餐、看戲，互通有無。她和丈夫都喜歡網球、游泳這樣的健身活動，還喜歡同樣的歌劇、同樣的書。這樣的生活無風無浪，有閒但不無聊，有錢但沒有多到嚇死人，雅痞的生活雖然不夠刺激但卻是人生安穩優雅的反映。

光滑宜人的生活外表下，卻還是有著暗疾。她和丈夫幾乎沒有什麼性生活，起因是新婚夜在初次經驗中她痛到尖叫。她和丈夫在婚前都還是純潔的處子身，他們分別是對方生命中的第一個戀人，也是最後一個，他們的婚姻也因此無可避免地帶有一點乏味色彩。

他們不太重視性，漸漸地分房而臥。每天清晨丈夫總是端著做好的早餐來敲她的門，他吻她，稱她是他的「公主」，每次她咳嗽他就給她準備糖漿水，她每個月的痛經一到他也會緊張地出汗，他陪她看老中醫，陪她在百貨店裏逛來逛去，她穿黑色CHANEL長裙，他就穿ARMANI西裝，她說話他就傾聽。總而言之，是一對現代白領圈中的典範夫妻，只是對性撇開不談。

當時有部電影《鐵達尼號》正風靡一時，他們手拉手去看。也不知道是什麼東西觸動了朱砂，也許是電影女主角最後的選擇打動了她——寧可不要一個安穩體貼無聊的未婚夫，而選擇一個激情澎湃的男人一段刻骨銘心的愛情。她哭著用掉了一包紙巾，突然發現自己好像從來沒有愛過。而一個近三十歲的女人沒有愛過是令人悲哀的。

而當天晚上丈夫想留在她的房裏，他問她想不想要一個孩子。她搖頭，心裏很亂，很多想法需要慢慢地整理。沒有愛的婚姻再加一個孩子太糟了。丈夫很生氣，她也很生氣，說不要孩子就是不要。

無名的裂痕出現了。丈夫開始懷疑她有外遇。有一個晚上問她腿上的絲襪為什麼左右調過來了？原來早上他就留意帶有一點紅色指甲油的襪子穿在左邊，而現在它在她的右腿。還有一次一個朋友很晚打電話來，她接電話的時候聽到另一房間裏的話筒也拿起來了，「咯」的一聲。

送上門的溫情脈脈的早餐早就沒有了，近似無賴的是當她忘記帶鑰匙的時候他任她敲一小時的門都不會來開。

「想來真是可怕，就彷彿世界完全變了樣，原來你自以為很瞭解的一個男人居然用這種方式對待你，畢竟生活了五年啊！從天上到地下，轉眼成陌生人，甚至比陌生人還可怕，他瞭解你，會用你最受不了的方式折磨你……這就是男人。」朱砂淡淡地說，眼睛紅紅的，回憶使她心有餘悸。

「可怕。」我點點頭，一個溫文爾雅、體貼異常的好男人轉眼變成折磨女人的邪派高手的確可怕。

「為什麼男人總認為一個女人要離開他，就必定是因為有了外遇呢？女人就不能只是因為自己的真實感覺而做選擇嗎？以為女人一刻也離不開他們？」朱砂認真地問我。

「因為他們只是一群自我陶醉而智商不高的傢伙！」我肯定地說，彷彿自己是這個城市女權協會的會長。

9

誰在敲門

別來打擾我，別敲門，也別寫信。

——威廉姆．巴勒斯

有人在敲門，唱機裏正在放柴可夫斯基的《睡美人》，音量很響，但我還是聽見了敲門聲。天天看看我說「是誰啊？」，「不會是馬當娜吧。」我說，我們倆沒有很多朋友，這是我們的致命弱點，但也是可愛的優點。

我走到門邊，從貓耳眼裏一瞧，果然是個陌生人。我把門開了一條縫，問他找誰。

「如果您有興趣有時間的話，我願意向您介紹我們公司新開發的吸塵器。」他的臉上浮上熱情洋溢的微笑，用手摸一摸喉結下的領帶，彷彿只要我說「願意」他就會即刻發表一場不會令我失望的演講。

「這個……」我不知如何是好，粗魯地打發一個不算難看也不算危險的男人可能是需要厚臉皮的，他能把一身廉價的西服穿得這般整潔乾淨，就更能說明這個男人的健康人格。不能粗魯地打擊這種自尊，而且我也沒事可做。

天天吃驚地看著我把陌生男人領進來，男人落落大方地掏出一張名片給他，打開隨身帶著的大包包，取出了吸塵器，「他要幹什麼？」天天低聲問我，「讓他試試吧！我不好意思回絕。」我低聲回答。

「如果試了又不買，更不好意思。」

「可是他已經在試了。」我言不由衷地說。

這還是我住到這公寓後頭一次碰到的情形，這城市中上門直銷浪潮在九〇年代初作為商品經濟新氣像盛行一時後，到現在已漸漸平息了，今天這事純屬偶然。

陌生男人大力彎腰，手持吸塵器在地毯上一遍遍地清掃，吸塵器發出不輕的噪音。天天躲到另一個房間去了，「這機器吸附性特別強，甚至可以吸出地毯上的蟎蟲。」男人大聲說。

我嚇了一跳，「蟎蟲？」

他做完後把一堆髒物倒在一張報紙上，我不敢細看，怕發現有蟲子在蠕動。「多少錢？」我問。

「三千五百元。」他說。

這遠遠超過我的心理價位，我承認我對商品價格常識的無知。「但物有所值，等你們添了小孩，這機器的作用就更明顯了。它有助於保持家庭衛生。我沈下了臉，他居然提到

「小孩」。「對不起，我們不想買。」

「可以打八折的，」他堅持不懈，「一年保修，我們是正規的大公司。」

「謝謝，耽誤你時間了。」我把門打開，他面不改色地收拾好東西，穩步走出門外，然後一回頭，「您有我電話，如果改變主意，可以跟我聯繫。」

「CoCo，你什麼都想試，總是給自己惹麻煩。」天天說。

「什麼麻煩？至少他清理了一下地毯。」我吐了一口氣，在書桌前坐下來。天天說我「什麼都想試」，真不知道他指什麼。

敲門聲又響起來，我一把拉開門，這次是隔壁的鄰居胖阿婆，她手裏是一疊積留在樓下信箱裏的水電煤電話帳單，還有兩封信。我記起來我們的信箱已經有好幾個月沒去查看了，反正也沒上鎖。我向胖阿婆道了謝，她笑呵呵地走了。

這兒的街坊鄰居都有一種老上海人特有的熱心腸。他們似乎都沒什麼錢，下了崗的主婦精打細算著安排日常生活，廚房的窗外掛著風乾的小魚、醃製的蘿蔔，不時有煤餅爐子的煙飄過來，穿綠色校服掛紅領巾的小孩子們玩著永不過時的槍戰遊戲。而老人們圍在小公園的一角下象棋，風不時吹起他們雪白的鬍子。日夜交替的時光就在醜陋的工房和破敗的馬路上空無聲無息地飛過了，而對於大多數上了年紀的上海人來說，這種街區是他們最熟悉的帶著一種懷舊氣息，對於年輕一代而言，這則是被排斥的，終將被取代的地方，然而在這地方住久了，就能感受到一種樸素的氣質，暗暗持續的活力。

那兩封信其中之一是從西班牙寄來的，我把信遞給天天，「是你媽來的信。」他正躺在床上，我把信丟在他手邊，他拆開來，看了幾行說，「她要結婚了……另外還提到了你。」

我好奇地湊過去，「我可以看嗎？」他點點頭，我跳上床，他從背後抱住我，雙手把信紙舉到我面前。

「我的兒子，最近怎麼樣？上一封信你提到你現在和一個女孩子住在一起，你沒有仔細說一說她（你的信總是那麼簡單，讓我失望！），但我猜想你很愛她，我瞭解你，你不會隨隨便便地接近一個人。那樣很好吧！你終於有個人做伴了。……下個月的一號我要結婚了，當然是胡安，我們住在一起很長一段時間了，相信可以默契地長相廝守下去。這邊的中餐館依舊那麼好，令人想不到的，我們正在考慮近期來上海開一家餐館，那將是一家正宗的西班牙餐館。我盼望和你相見的那一天。雖然我一直不明白你為什麼不願意來西班牙，你對我似乎從不信任，某種不好的東西一直阻隔著我們，但時間過得那麼快，十年過去了，你也已經長大了，不管怎樣，你是我最心愛的兒子。」

「這麼說，你和你母親可以見面了。」我放下信，「十年裏她居然一直沒來上海看你，你也沒去她那兒看她，真夠奇怪的。」我看看他，他臉色不太好。「所以我不能想像你們母子見面會是怎麼樣的情形。」

「我不希望她來上海。」天天說著，身體向後一仰，倒在厚厚的枕頭上。睜大眼睛看著天花板，天花板是空無一物的白色，可以引誘人墜入無盡的虛空裏去。「母親」這個稱呼在天天曾經告訴過我的那個故事裏變得蹊蹺難辨，分明還帶著他父親意外死亡事件所烙上的陰影。

「我以前的媽媽長得像仙女，頭髮長長的，說話很溫柔，身上總是有一股香氣，手指很軟很白，會織各種漂亮毛衣……這是我在十年前見到她的樣子。後來，她也寄過一些照片給我，我都扔了。」天天眼睛對著天花板說。

「她現在是什麼樣子呢？」我對那個遠在西班牙的女人充滿了好奇。

「我不認識照片上的人。」他在床上轉了個身，背對著我。一種厭煩的情緒影響了他。他寧可用寄信或寄卡片的方式與她聯繫，不能想像有朝一日她會活生生地站在他面前。那樣不行，如果那樣，他的某種受控著的精神防線就完蛋了。世上有千萬對母子，像他們這樣的不多，有一道關橫在他們之間，本能的血緣之親和溫情克服不了那種猜忌，愛恨交織的這一場戰爭會一直延續到無法預知的故事尾聲。

另一封信則是由馬克寄給我的，信封裏裝了兩張請柬和他的簡短附言，「那次派對上你給我很深的印像，希望可以再次見到你。」

我對天天揚了揚請柬，「去看畫展吧，那個德國人馬克果然不食言。」

「我不去，你一個人去吧。」天天閉上眼睛，看上去並不高興。

「咦？你一向很喜歡看展覽的。」我置疑道。這是實情，他經常背著相機去看各類藝術展，畫展、影展、書展、雕塑展、家具展、書法展、花展、汽車展，以及各種工業器械展，在一大堆令人吃驚的作品中流連忘返，他是一個徹頭徹尾的展覽參觀狂。那是他窺視外部世界真面目的窗口，按精神分析師吳大維的說法，一個幽閉症患者又往往是一個偷窺愛好者。

「我不想去。」天天突然一動不動地盯著我的眼睛，用一種抑制住的譏諷說，「那個德國人總是對著別人的女朋友獻殷勤嗎？」

「哦，你這麼認為嗎？」我反唇相譏，這種情形真是少有，天天的眼睛一多疑就變得像蝸牛一樣冰冷，讓人不適，眼白多眼黑少。而我還報以粗魯的態度可能緣於內心的虛弱，彷彿身上的某處暗瘡讓敏感的天天一下搔到了。

天天緊閉上嘴，一語不發地走進另一個房間。他的背影彷彿對我說，「別拿我當傻瓜看待，你們跳了一夜的貼面舞，接下來他又跟著我們走進過這房間。」我也閉上了嘴，一言不發。

10

把我帶回你的家

健康的性生活，是最有益於女人聲音的好東西。

——普賴斯

每個女人都崇拜法西斯分子，臉上掛著長靴，野蠻的，野蠻的心，長在野獸身上，像你……

——席爾維亞·普拉斯（詩人）

那一天，我獨自去了畫展。劉海粟美術館裏人頭鑽動，在燈光下各種人氣蓊蓊鬱鬱，可以嗅得出有富人有窮人，有病人有健康的人，有藝術家有小混混，有中國人有洋人。

在一幅名為「U形轉變」的畫前我看到了馬克，他頂著一頭金髮，高高地站在我面前，「嗨！CoCo！」他把一隻手放在我背上，做法國式親吻，義大利式擁抱，看起來蠻高興的。「你男朋友沒來嗎？」

我笑著搖搖頭，然後裝出專心看畫的樣子。

他一直站在我身邊，在我沿著畫廊走動的時候形影不離，渾身散發異國的香味。在他隨隨便便的姿態裏有一種讓我不安的東西，似乎是種獵人面對心愛的獵物時不一般的矜持。我的大半注意力放在他身上，眼前的一幅幅畫突然成為一堆打亂的顏料和隨意顯動的線條。

人流在慢慢蠕動，我們被擠在一起，他的手不知在什麼時候起就抓住了我的腰。

突然兩張熟悉的面孔跳進我的眼簾，那兒，就在左邊第三幅畫前鶴立雞群地站著馬當娜與阿Dick，他們衣著漂亮惹眼，戴著窄框時裝眼鏡，一頭靚髮總是亂亂的，但亂得總是有章有法。我嚇了一跳，連忙鑽在人群裏朝另一個方向走。馬克照舊不安好心地緊跟不捨，那隻放在我腰上的手像火鉗一樣燙而危險。

那對性感情侶無意中的出現，突然刺激了我犯錯的欲望。是的，也許從一開始我就準備好犯錯了吧！「我看到馬當娜和她男朋友了」馬克說著，臉上浮上曖昧但迷人的笑。「我也看到了，所以，我們要逃走。」我明明白白地把那層意思說出來了。話音剛落，他就一伸手攫住我，幾乎像銀行搶劫犯那樣不由分說，把我飛快地拎出美術館，一把放進他的福特車裏。然後在受虐的快樂中，我的腦子就變得不管用了。

此時此刻我只要還有最後一絲控制力，我就該從他身邊走開，從這輛明亮氣派的別克車裏逃走，那麼就不會有以後發生的一切了。可是我一點也不謹慎，我也一點不想要謹慎，我長到二十五歲，從來就不想要那種什麼都不去惹的安全。「一人個人可以做任何事，包括應該做和不應該做的。」偉大的達利好像說過這話。

在我睜大眼睛看著他向我一點點俯下身來的時候，我注意到這個巨大的房間裏此刻飄蕩著的空氣是黛青色的，寬敞寂靜，充滿陌生人和陌生家具的氣味。

他吻我的嘴唇，突然抬起頭笑了，「要不要喝點酒？」我孩子氣地用力點點頭，我的身體涼涼的，嘴唇也是冰的，可能喝點酒有好處，喝了酒就變成熱女人了。

我看著他赤裸著身體下床（第一次看到西方男人向後翹起的性感屁股和渾身金色的小細毛），走向一隻亮晶晶的酒櫃。他拿出一瓶萊姆酒，分別倒在兩只杯子裏。

酒櫃旁邊是一架唱機，他往裏面塞了一張唱片，我聽到的音樂聲居然是中國評彈，一個不知名的女聲在咿咿呀呀地唱著什麼，我聽不清楚那種溫軟的蘇州唱辭，但感覺很特別。

他走過來，「你喜歡評彈？」我沒話找話。他點點頭，把酒遞給我，「那是最適合做愛的神秘音樂。」我喝著酒，咳嗽了幾聲。他拍著我的背，嘴角掛著淡鬱而迷人的笑容。

再一次的親吻，舒緩而長久，這是我第一次感覺到做愛之前的親吻也可以這般舒服、穩定、不急不躁，它使隨後的欲望變得更加撩人起來。他身上的那無數金色的小細毛像太陽射出的億萬道微光一樣，熱烈而親昵地啃齧著我的全身。他用蘸著酒的舌尖挑逗我的乳頭，然後慢慢向下，他準確無比地透過包裹在外的陰唇找到了花朵般的陰蒂，酒精涼絲絲的感覺和他溫熱的舌混在一起，使我要昏厥，能感覺到一股股汁液從子宮裏流出來，然後他就進入了，大得嚇人的器官使陰道覺得微微的漲痛，「不行，」我叫起來，「不行。」

他絲毫不加憐憫，一刻不停。痛意徒然之間轉為沈迷，我睜大眼睛，半愛半恨地看著他，白而不刺眼帶著陽光色的裸體刺激著我，我想像他穿上納粹的制服、長靴和皮大衣會是什麼樣子，那雙日爾曼人的藍眼睛裏該有怎樣的冷酷和獸性，這種想像有效地激勵著我肉體的興奮。「每個女人都崇拜法西斯分子，臉上掛著長靴，野蠻的，野蠻的心，長在野獸身上，像你……」把頭伸進烤箱自殺的席爾維亞・普拉斯這樣寫道。閉上眼睛聽他的呻吟，一、兩句含混的德語，這些曾在我夢中出現過的聲音擊中了我子宮最敏感的地方，我想我要死了，他可以一直幹下去，幹到我的肚子爛掉，他的六口寸陰莖可以從子宮捅到我的喉嚨。然後一陣被占領被虐待的高潮伴隨著我的尖叫到來了。

他躺在我的旁邊，腦袋枕著我的幾縷頭髮，我們用床單裹著裸體抽煙，煙霧適時地填補了眼前的空白，也可以趁機不說話。有的時候人們沒有一點點發聲音的欲望。只是為了陷入一種無聲的屏障裏去，那令人安慰。

「你好嗎？」他的聲音像從煙霧升起來淡淡的，輕輕的，他從背後摟住我，我們相疊著側臥，像兩把相親相愛的銀匙，閃著冷冷的金屬的光。他的一雙大手就放在我的乳房上。

「我要回去了」我無力地說，他吻著我的耳後。

「好的，我送你。」

「不用了，我自己回去好了。」我的語氣虛弱但不容置疑。

坐起來穿衣服的時候我被嚴重的沮喪感籠罩住了。激情和高潮已經過去，電影結束後觀眾紛紛離場，聽到的只是一片椅墊翻轉的撲撲聲和腳步聲、咳嗽聲，螢幕上的人物故事音樂統統消失了，天天的臉在我腦子裏左移右晃怎麼也不能靜止下來。

我穿得很快，對身邊的男人看都不看一眼，所有男人在穿衣服的時候總比脫衣服的時候醜陋。相信很多女性會有同感。

「這是第一次也是最後一次。」我自欺欺人地對自己說。這種想法暫時起了作用，我振作精神大步走出這座漂亮得使人無所適從的公寓。坐進計程車裏，他隔著車玻璃對我示意，他會給我打電話的。我模糊地笑了笑，「誰知道呢？」車子逃也似地開離了他。

我的皮包裏沒有帶鏡子，我只好對著窗玻璃看，看到自己的只是一張五官不清的幻影般的臉。我想我見到天天說的第一句話該是什麼呢？「畫展不錯，碰到不少熟人，當然馬克也在……。」女人天生會說謊，尤其當她們周旋於幾個男人中間時，越是複雜的場合越顯機智，從會說話開始她們就會說假話了。小時候我曾在打破家裏一只名貴古董花瓶後說，那是家裏的貓打破的。

可是我不習慣對著天天那雙黑白分明的眼睛說謊，但不說謊又怎麼行呢？

我走在昏暗的樓道上，樓道上一股蔥油和烤肉的味道，鄰居們已在準備晚餐了。我開了門，擰亮燈，出乎意料的是，天天不在屋裏，桌上也沒有任何留言的紙條。

我在沙發上坐了會兒，看著裹在瘦長雙腿上的黑色緊身褲，左邊的膝蓋上粘著一根短短的金色鬈髮，是馬克的，它在燈光下閃著淡色的光，我想著馬克的腦袋沿著我的胸慢慢移下去的情形……，把那根頭髮用煙頭燙化了，成為極小的一撮灰，接著一股無法遏制的倦意像潮汐席捲過地球表面那樣兇狠地席捲了我，我變得無憂無慮無知無覺了，身體放平在沙發上，把雙手放在胸前，像祈禱的修女或是安祥的死人那樣，我很快就睡著了。

11

我要成功

我不會假裝自己是個平凡的家庭主婦。

——伊麗莎白．泰勒（擁有數不清的珠寶和八個丈夫的好萊塢明星）

每到一處，總會有人問我：是否認為大學教育扼殺了作家？我的看法是：他們扼殺的還不夠——很多暢銷書，都出自這些受過高等教育的傢伙的手。

——弗．奧康納（女作家）

富古典情懷的小說家總是這樣寫道「此生只願長眠不願醒」，而不停息的夢，又是精神分析家從枕頭底下發掘出來的另一個世界。當媽媽每天清晨把我從床上叫起來，給我擺好早餐，遞給我書包的時候，我的早熟的腦子裏總是充滿了一堆夢的泡沫。從小我就是個愛做夢的小孩子。現在的生活最令我感到解放的一點是，我可以愛睡到什麼時候就什麼時候，有時被鄰居家的爭吵聲或過大的電視機音量或驟響的電話鈴驚醒後，我還可以把頭蒙進被子裏，繼續那暫停的夢境。有時你可以繼續夢中的異國旅遊，當然有時我再也回不到原先的夢中，無法繼續與一個陌生男子談情說愛，那時我會懊惱地想哭。

我和天天共同的生活一開始就有點像夢，我喜歡那種純色調的、直覺性的、沒有孤獨感的夢。

德國人馬克可能是一種類似爭吵聲、電話鈴等可以驚擾我的夢的東西。當然就算沒有遇見馬克，我可能也會遇見其他可以引誘我的人。我和天天的生活充滿了太多小小的無法由我們自身來彌合的縫隙，一定會有外力趁機介入。而我，可能真的不是好女孩。

那天，我在半夜醒來，發現天天已經回來了，他坐在我一邊的沙發上，神情專注地看著我的臉，還有一隻貓，他的懷裏抱著一隻黑白相間的小貓，貓也在盯著我看。在那一雙綠油油的眼睛裏，我看見了自己。我一下子坐起來，貓從天天手裏掉下來，很快穿過地板到了臥室門外。

「你去哪兒了?」我問天天。這似乎有點先發制人，他應該也想問同樣的問題。

「回了一趟奶奶家，奶奶留我吃晚飯。」天天輕聲說，「我好久沒去看她了，她家母貓生了一窩仔，她送了我一隻小貓，它叫綫團。」他的臉上有種令人捉摸不透的溫柔，他伸手摸了摸我的頭髮，摸摸我的臉頰，我的下巴、我細細的脖頸。那雙手有點冷，但很輕柔。

我睜大眼睛，突然有種預感，他想掐死我。可這個念頭只是一閃而過，況且他也沒有這個力氣。為此我覺得一種異常的歉疚使我張張嘴，想說出發生過的一切。天天卻用吻堵住了我的嘴。他的舌頭微苦，迷醉如雨後植物般的氣息彌漫了整整一房間，然後又是那雙手，雪崩似地滑過我的每一寸皮膚，這種愛使我精疲力盡，我覺得他已經知道發生的一切了，他的手指能從我的肌膚上檢查得出來。那上面粘著陌生人的體液和微粒，而他的感覺一觸即發，靈敏得像個瘋子。

「也許我應該去看醫生。」他沈默半晌，開口說。

「什麼？」我傷心地看著他，已經發生的和即將發生的一切肯定非我所願。此刻這個屋子裏除了我們再沒有別人，在那種氣氛裏他或我都沒法逃脫。

「我愛你」我抱著他，閉上眼睛，這句話太像電影對白，即使在傷心的時候說出來也有點不好意思，所以我閉著眼睛，腦子裏有很多暗影在晃，像蠟燭照出來的影子。然後一堆火花猛然爆發出來，是我的小說，唯有它可以像火花一樣激勵我，並使我肉體存在的理由趨於完美。

寫作、抽煙、嘩嘩嘩的音樂，不太缺錢（我的銀行戶頭上還有一筆錢足以撐到這部小說完成，事實上我的和天天的日常開支都混著用，他錢多就多付一點），一句話也不用說，默默地坐上幾個小時，那才叫幸福。一口氣寫完十幾頁厚的稿紙，我覺得生活的每一道縫隙都填滿了人生之意義，臉上的每一道小皺紋都物有所值。

我愛上小說裏的「自己」，因為在小說裏我比現實生活中更聰明更能看穿世間萬物、愛欲情仇、物轉星移的內涵。而一些夢想的種子也悄悄地埋進了字裏行間，只等陽光一照耀即能發芽，煉金術般的工作意味著去蕪存菁，將消極、空洞的現實冶煉成有本質的、有意義的藝術。

我在她幫助下出的第一本小說集《蝴蝶的尖叫》所遭受到的際遇是奇特的，人們都在竊竊議論那本怪誕大膽的書，關於我是一個有暴力傾向的雙性戀的傳聞不徑而走，發生過大學生在書店把我的書順手牽羊的事件，也有男士透過編輯的手轉寄給我色情照片和信，他們希望知道小說中的主角與我本人之間有什麼樣的聯繫，希望可以約一個時間在衡山路上的西貢餐廳裝扮成我筆下的風流人物與我共進晚餐，或者開著一輛白色「時代超人」與我兜風，車至楊浦大橋時我們可以在車內做愛，總之一切發生得像一宗醜聞，沸沸揚揚令人始料不及。

但言歸正傳，在整個過程中我沒有賺到多少錢，第一版的幾千冊書售完後就不見第二版出來，問鄧，她說出版社近期運作有點問題，等過一段時間再說吧！一直等到現在。

當時我的男友葉千則說，你寫的東西少兒不宜，太過了，所以那書就玩完了。這書玩完後我與他的短暫交往也告終了。

他是個吊兒郎當的不良青年，任某一大型廣告公司企劃製作，我在採訪他們公司的英國老闆時與他認識，他看上去聰明、尖刻、不太有熱情，但不知是什麼東西使他決定在一面之交後追我，那時我還處在矮個子前男友帶來的恐男症中，我寧可在一堆女人裏面尋找友誼。

但他十分有耐心地與我周旋著，在聽我說完前一段失敗的感情經歷後，他站起身來，說「你瞧我挺高，心眼不壞，想法也很簡單，我只是想深入認識一下你，僅此而已。」

當天晚上，他就成功地對我做了一次深入而全面的認識，從乳房到腳趾，從喘息到尖叫，從一滴小珠水到整個欲望的大海。

他的身體頎長優美，他的蛋蛋溫暖乾淨，含在嘴裏的時候可以領略到性愛賦予對方的無條件信任感，他的陰莖旋轉抽升的感覺像帶著小鳥的翅膀，他以一種簡單明瞭的性愛方式治療了我的灰色記憶，恢復了我對待性的正常態度，甚至他仔細耐心地教我如何分別陰蒂性高潮與陰道性高潮（曾經有一本書告誡說前者是壞的、神經質的，後者是好的、成熟的），有好幾次他總是讓我同時獲得這兩種高潮。

最後他讓我相信，我是個比許多女人都幸福的女人。因為據資料統計，約百分之七十的中國女人在性上存在著這樣那樣的問題，百分之十的女人一輩子一次高潮也沒有。這是一個讓人驚訝不已的數字，也是推動每個時代的婦女解放運動蓬勃發展、持久不衰的內在動力之一。老佛洛伊德在一百年前就說，力必多無處發洩時，它就會轉變為各種社會政治行為，戰爭、陰謀、運動等等。

與葉千相處的幾個月裏正逢我的小說出版，我的精神處於浮躁、興奮難捺的狀態，葉千和他帶來的性，正是針對這種狀態應運而生的。儘管這樣的性經歷難以避免地帶著某種失落、某種空洞，女人的天性中總不自覺地把性與精神之愛聯繫得更緊一點。隨著小說集《蝴蝶的尖叫》以第一版告終，我的口袋裏又聽不到幾個銅板作響（我原先希望這本書會帶給我一筆錢財），我們也風平浪靜地分了手，不吵不鬧，不傷感也不亢進，總之非常科學、非常無害地分手。

天天是與我以前有過的男人都不同的類型，他是一個泡在福馬林藥水裏的胎兒，他的復活依賴於一種毫無雜質的愛情，他的最終死亡也與愛情脫不了干係，他不能給我完整的性愛，我也做不到守身如玉。一切都是不可捉摸的，我的愛可能更多地來自於自身被需要的程度，他需要我多少，我的愛應該有多少。天天如氧氣、如水般需要著我的存在，我們的愛情就是一種最奇形怪狀的結晶，一切來自於偶然，一切來自於籠罩在命運上的被壓抑著的細微的氣氛。

初秋季節，空氣裏帶著一絲煙草或汽油般乾爽的味道。

我的編輯在電話裏問我，「手頭這部新書寫得怎麼了？」

「還好」我說，「可能我會需要一個經紀人。」

「什麼樣的？」她好奇地問。

「可以幫助我實現夢想的，同時防止像上一本小說集那樣不討好的結局出現」我說。

「說說看，你有什麼想法。」

「我的夢想是年輕、時髦、聰明又有野心的女人的夢想，我的新書為這樣的女人而寫，還應該有個巡迴全國的新書宣傳派對，我穿著黑色露背裝，戴著誇張的面具，地板上鋪滿我的書的碎片，人們踩在這些碎片上瘋狂跳舞。」

「天哪！」她笑起來，「你夠瘋狂的。」

「它可以實現。」我說，對她的笑不以為然，臭不可聞的文壇就像金庸筆下的武林，有正道與邪道之分，而不少正道人士就愛做道貌岸然、口誅筆伐的事情。「去實現它只是需要金錢和智慧。」

「好吧！」她說，「有一些作家在上海開筆會，其中有個稍長你幾歲的女孩子，嫁了個著名評論家後總是渴望從丈夫掉在地板上的頭髮中尋找靈感，非常有意思。你也許可以和他們見一見面，這有好處。」她說了新樂路上的一家餐館，她也會在那兒。

我問天天想不想和我一起去見那些作家，他裝作沒聽見我的話。他對作家有根深蒂固的壞印象。

我為挑選什麼樣的衣服躊躇了半天，衣櫥裏的衣服分成截然不同的兩種風格，一種混淆性別、寬大、低色調、穿上後像幅中世紀的油畫，另一種則是緊身的、帶著股狐氣的小衣服，穿上後像「〇〇七」系列片裏的貓女郎。我扔了枚硬幣，選了後者。塗紫色唇膏和紫色眼影，配上豹紋手袋，西方六〇年代的嬉痞復古裝束，正在上海某些場所興起。

計程車帶著我暈頭轉向地在街道上兜來兜去，開車的司機是個剛上班沒幾天的新手，一不留神又兜回了老地方，而我基本上是個路痴，一點方向感都沒有，只會尖叫，我們兩人一路上把對方弄得神經兮兮的。看著計價器上的數目一直往上跳，我威脅說，「我要投訴」，司機不說話，「因為你在損害顧客的權益。」我加重語氣。

「好吧好吧，大不了我不收你的錢。」

「哎！這在這兒停吧！」我及時地叫了一聲，車窗外掠過一片熟悉的燈光和大玻璃窗，玻璃後面有不少黃頭髮鑽動，「對了，我在這兒下車。」我臨時改了主意，既然車子怎麼也開不到新樂路上的餐館，我只好放棄和作家們的聚會。在Kenny的陰陽吧（Y．Y）尋點開心吧！

陰陽吧分為上下兩層，穿過長長的樓梯下去，位於地下室的跳舞場正呈現一種快活的氣氛，酒精、口水、香水、人民幣、腎上腺激素的氣味就這樣飄來飄去，百老匯式的輕喜劇氣氛，我看到我喜歡的DJ——香港人Christophe Lee正在DJ臺上，他也看到了我，沖我做了個鬼臉，音樂是house和trip-hop，都是酷斃的工業舞曲，如暗火狂燒，鈍刀割肉，越跳越高興，越跳越爽，直跳到人間蒸發，直到大腦小腦一起震顫的地步才是最高境界。

周圍有不少金髮洋人，也有不少露著小蠻腰以一頭東方瑰寶似的黑髮作為招攬賣點的中國女人，她們臉上都有種婊子似自我推銷的表情，而事實上她們中相當一部分是各類跨國公司的白領，大部分是受過高等教育的良家婦女，有些還留過洋，有私家車，做著某個外資公司的首席代表（簡稱「首代」），是上海八百萬女性中的佼佼者，可是跳起舞來臉上統統都是曖昧的樣子，真不知道她們腦子裏在想什麼。

當然也有一部分就是專做跨國皮肉生意的娼妓，她們一般都蓄著驚人的長髮（以供洋鬼子壓在身下性趣勃發之餘驚嘆東方女人的神奇毛髮），一般會說基本的英語（如「100 hundreds for hand job，200 hundreds for blow job，300 hundreds for quickie，500 hundreds for one night.」），喜歡對著目標以性感的慢鏡頭舔嘴唇（可以拍成一部熱門電影，叫《中國嘴唇》，專門描述洋人在上海成千家酒吧的豔遇，豔遇從舔嘴唇開始，各種各樣的嘴唇，豐肥薄瘦，黑嘴唇、銀嘴唇、紅嘴唇、紫嘴唇、塗劣質唇膏的、塗蘭寇、CD唇膏的……，由上海為風月女性主演的《中國嘴唇》將超過由鞏俐和杰米利．艾倫斯主演的好萊塢大片《中國盒子》）。

我跳起舞來就幻覺連篇，靈感如泉湧，這是身體過度解放的結果。我覺得應該有一個貼身女秘書拿著筆記本電腦隨時隨地跟著我，尤其在工業舞曲裏跳舞的時候，她應該記下我所有的幻覺，那遠比我坐在書桌前寫棒一千倍，多二萬倍。

我已經記不清身處何地，空氣裏有股大麻煙（或雪茄煙）的味道，這股味道在我大腦皮層右下方某部位找到了感覺回應區。我想我已用跳舞吸引了不少男人的目光，我跳得像個伊斯蘭後宮裏的一個最受寵的妃子，也像蛇髮女妖美杜莎。男人們總在一瞬間渴望與一個妖女性交然後被妖女吃掉，世上就有一種雄蠍子，永遠被它們的性伴侶在交媾以後消滅。

我看到我肚臍眼上的那枚銀環在燈光魅影中急遽閃靈，像開在我身體上的一枚小毒花，一隻手從背後摟住了我赤裸的腰，我不知道這是誰，但我不是很在乎，當我微笑著轉頭，看到了馬克那一張輪廓動人的臉。他居然也在這裏。

他俯下臉來貼著我的臉，在音樂裏對我呼出熱呼呼的氣，他肯定喝過一種叫「James-Bon」的馬丁尼酒。他的聲音很低，但我還是聽清他在說他想要我，就在此時此地。我昏頭昏腦地看著他，「這裏？……現……在？」

我們在二樓不太乾淨的女用洗手間裏擠作一團，音樂已隔得遠了，我的體溫漸漸降低，我還是睜不太開眼睛，但我擋住馬克的手，「我們在這裏做什麼？」我用夢遊般的聲音問他。

「在做愛」他用了一個恰如其分的詞，臉上並沒有任何輕佻的東西，相反我覺得他的藍眼睛一點都不冷漠，那兒泛著像聖桑《天鵝湖》那樣的柔波，即使在這樣一個有異味的洗手間裏，你永遠不會理解純粹的情欲何以會激起如此這般的親密無間！

「我覺得這樣糟透了，像犯罪，更像……受刑」我喃喃地說。

「警察找不到這兒的，相信我，這一切都是完美的。」他的措辭像一個急於求歡的騙子，把我頂在紫色的牆上，撩起裙子，俐索地褪下CK內褲，團一團，一把塞在他屁股後面的口袋裏，然後他力大無比地舉著我，二話不說，把濕淋淋的陰莖準確地戳進來，我沒有其他的感覺，只是覺得像坐在一隻熱呼呼而危險的消防栓上一樣坐在他又紅又大的雞雞上。

「You bastard!」我控制不住地說粗話，「快放我下來，這樣不行，我像一隻牆上的母猴標本」。

他狂熱而沈默地注視著我，我們換了姿勢，他坐在抽水馬桶上，我坐在他身上，女上位的好處就是一個女人可以像操女人一樣去操那個男人，並且自己來掌握性敏感方向，控制男人在自己陰道裏的扭動。有人在敲門，而廁所裏一對變態男女還沒完事。

高潮還是在恐懼與不適中降臨了，又一次完美的高潮，儘管姿勢很彆扭，儘管在這麼個有些臭的洗手間。他推開我，起身把精液射在抽水馬桶裏，拉一下水閥，隨著旋轉的水很快消失了。

我哭起來，這一切不可解釋，我越來越對自己喪失了信心，我突然覺得自己比樓下那些職業娼妓還不如。至少她們還有一份敬業精神和一份從容，而我彆彆扭扭，人格分裂得可怕，更可恨的是我還會不停地思考、寫作。我不能面對洗手間那一面幽暗的鏡子中自己的臉，什麼東西在我體內再次流失了，一個空洞。

馬克抱住我，「原諒我」，他不停地說「sorry，sorry」，把我像死嬰一樣摟在懷裏，這更令人難受。

我一把推開他，從他屁股口袋裏拿出內褲穿上，整理了一下裙子，「你並沒有強姦我，沒有人可以強姦我的，你不要老是說sorry、sorry，那很不禮貌的。」我衝他低低地吼了一聲，「我哭是因為我覺得自己難看死了，哭一哭就會舒服點，你知不知道？」

「不，你一點都不難看，」馬克的臉上滿是德國人特有的嚴肅表情。

我笑起來，「不是，我的意思是終有一天我會死得很難看。因為，我是壞女孩，上帝不喜歡壞女孩，雖然我自己很喜歡自己。」

我說著，又哭起來。

「不，不，我的蜜糖，你不知道我有多喜歡你，真的，CoCo，我越來越喜歡你。」他的眼睛裏無限溫柔，在廁所燈光下無限溫柔又變成無限哀愁，我們緊緊抱在一起，欲念再次浮出來。

開始有人在敲門，看來是哪位女士忍無可忍了。我嚇壞了，他做了個噤聲的手勢，鎮定地吻我。門外的腳步聲走遠了，我輕輕推開他，「我們不要再見面了。」「我們還會不小心碰到，上海很小的，你知道。」

我們從洗手間迅速地走出來，「我要走了」我說著，朝門外走，他執意要開車送我回去，我執意不肯。

「好吧」他對一輛計程車招招手，從錢包裏取出一張錢放到司機手上。我沒有阻止他這樣做，我坐上車子，隔著窗對他輕輕說，「我還是不太舒服，有罪惡感」。「那是因為我們做愛的地點不對，它事後會來影響你的情緒。」他伸臉過來吻了我一下，我們都沒提到天天，自欺欺人地不去提。

計程車的收音機裏有個家庭主婦在向「相伴到黎明」的熱線主持人傾訴心聲，丈夫有外遇，但她不想離婚，她希望另一個女人會自動消失，她不知道怎樣奪回丈夫的心。我和司機都默不作聲，城市人習慣於心不在焉地聽著別人的隱私故事，沒有同情心也愛莫能助。車子開上高架橋的時候我看到了一片燈火海洋，如此燦爛，如此驚人。我想像著這一刻遍佈上海各角落的燈火闌珊處有多少故事在發生著，有多少喧囂、動盪和撕殺，有多少難以想像的空虛、縱情、歡愛。

天天還沒睡，他和小貓線團依偎在沙發上，手上拿著一個拍紙簿，給他那遠在西班牙的母親寫一封長長的信。我在他身邊坐下，線團跑開了，他猛地抬頭看了我一眼，我心裏一驚，懷疑他又嗅到了一絲陌生男人的氣味。要知道馬克身上還有股淡淡的狐臭，我一直很享受這股淡淡的動物味道。

但天天清冷如寒水似的眼睛使我受不了，我神經質地站起來，向浴室走去。他低下頭繼續寫信。

熱水嘩嘩放著，「水蒸汽慢慢地在浴室唯一一面大鏡子上凝結，看不見自己的臉了。我吐了口氣，沒入一缸冒著煙的熱水，放鬆下來，有什麼麻煩來臨的時候我就把自己藏入一缸熱水中，水那麼熱，一大把頭髮像黑色睡蓮一般浮在水上，能回憶起來的都是一些快樂的事、優美的事。

我回憶小時候總是偷偷溜上外婆家的閣樓，閣樓上有一把壞掉的老式皮轉椅，一個四角包銅的紅木大箱子，箱子上堆滿了灰塵，打開箱子，裏面有幾只用藍瓷燒出「salt」字樣的瓷瓶，一些做旗袍剩餘下來的邊角料，還有一些古怪而無用的小玩意兒。我總是坐在破皮椅上一個人玩那些小玩意兒，天色在小小的老虎窗外一點點黯淡下去。「倪可」外婆在叫我，我假裝沒聽見，又一聲，「倪可，我知道你在哪兒」，然後看到外婆胖胖的身影從樓梯上升上來。我飛快地把箱子關上了，可我的手髒了，衣服也髒了。外婆生氣地說，「不要再爬來爬去玩了，這些東西你要喜歡我就送你做嫁妝吧！」可是後來因為市政府造地鐵，那幢由法國人建於一九三二年的老樓動遷，大家都亂哄哄地搬了家，所以小時候玩過的寶貝都不見了。

我伸了伸腳，想起小時候往事總像隔了老遠看前生前世。除了那種溫柔之情，什麼都像假的。這時，浴室的門被推開，天天走進來，他的眼睛紅紅的，走到浴缸旁邊蹲下來。

「信寫完了嗎？」我輕聲問。「寫完了，」天天說，他沈默地注視著我的眼睛，「我讓她打消來上海開餐館的念頭，我去奶奶家時也說了這件事，奶奶說她來得正好，要找她算一筆帳……，我也不想讓她來，寧可就這這樣一個人混下去，直到死的那一天……」他的聲音極其陰鬱，當他說到最後一句話時他的眼淚流下來。

「CoCo，無論怎樣，你都不要對我說謊」他凝視著我的雙眼，一把無形的鑿子鑿開了心臟上的一層粉紅色薄膜，一股濃重的令人懼怕的寂靜像血液一樣滲透了四周，然而越是相愛無望，越是把你藏匿進一個深深的謊言，沈沈的夢裏。

「我愛你」我一把抱住他，閉上眼睛，我們的眼淚掉進浴缸裏，浴缸的水越來越燙，顏色來越深，最後像燒沸的血漿一樣吞噬了哽咽和悸動。從這一夜起，我就發誓永遠不會讓他知道馬克其人其事的存在。一丁點兒都不能，我不想讓他死在我手上，死在我的豔遇上。

12

草地派對

反對單調，擁護多樣性，
反對拘束，擁護不受拘束的狂熱
反對一致，擁護等級
反對菠菜，擁護帶殼的蝸牛

——薩爾瓦多·達利（畫家，偏執狂）

下午，秋天的太陽照耀街道和人群，留下一抹抹輕而淡的影子。樹木上已萌生秋意，一片片葉子像漸漸發黃的昆蟲標本掛在樹上。風吹在人臉上，一陣涼意。

一些事件在你的日常生活中接二連三地發生，使你注意不到季節變得如此快，時間過得如此容易。

天天真的去了一家生殖健康醫療中心，第一天我陪著他一起去。

走進那幢樓的感覺不太好，空氣裏似乎有什麼東西在壓抑人的身體，走廊、招貼畫、醫生的臉都乾淨得過分。看病的醫生戴著大眼鏡，面無表情，他一邊詢問著天天有關問題，一邊在病歷卡上重重地寫著什麼。

「第一次遺精什麼時候？早上會有自然勃起嗎？平時看那種書或看那種電影會有反應嗎？成功的性交一次都沒有嗎？——我指的是能順利插入並持續三分鐘以上時間，平時身體還有什麼異常反應？」

天天的臉色越來越蒼白，他的額頭滿是細細的汗珠，說話都很難說完整，我想此刻只要我伸手拉起他他就會飛快地跑出這個房間。我坐在走廊的椅子上，看到天天被領進旁邊的治療室，他看上去很糟糕，隨時會昏倒似的。在他走進門的時候他突然用一種充滿驚懼的眼神看了我一眼。

我用手捂住半邊臉，這對他來說太殘酷了。

漫長的等待。治療室的門開了，醫生先走了出來，接著是天天，他低著頭，沒看我一眼。醫生在診斷書上刷刷地寫著，他對天天說，「你的生殖系統很正常，調整心理才是關鍵。」他建議天天參加一個醫院的精神治療小組，外加一些藥物輔助治療。

天天的日常生活突然地多了一項內容，每週去一趟生殖健康醫療中心，每次在那兒待上幾小時。也許使他迷戀的並不是治療本身，而是那兒有一群與他類似的難言之隱的受害者。大家坐成一圈輪流發言，在一種默契中交換各自的痛苦、生活的壓力。按照我的朋友心理醫師吳大維的說法，集體受難的氣氛有助於排遣個體的內心焦慮。

但很快地，天天對醫療中心和那個小組感到厭倦了。他與小組其中的成員一個叫李樂的年輕人產生了友誼，不時會邀請他參加我們這個圈子的活動。

秋天適宜於在戶外聚會，我們在興國賓館辦了一個草地派對。週末的下午太陽懶洋洋地照在身上，風把附近一個小醫院的來蘇水味帶過來，讓鼻子有點癢癢的。四周的景色很美，植物和建築參差映襯著，暖烘烘的秋色。

格子布攤在草地上，一些看上去誘人的食物擺在上面，朋友們像棋子般散落在四周，或躺或坐，像馬奈的名畫《草地上的午餐》，那些洋溢中世紀中產階級情調的生活場景一直是我好奇而嚮往的。再則過多的室內生活也太悶了，思考、寫作、沈默、夢境、想像都可以讓人瀕臨發瘋，科學家毫無人性的實驗證明了把一個人單獨關在封閉的屋子裏四天就足以使之像失控的彈子蹦出窗臺。人要發瘋是容易的。我父親在最近寫給我的明信片上（他正和母親在杭州旅遊）寫著一句，「女兒啊，多去戶外走走，草地和新鮮空氣才是生活對一個人最珍貴的饋贈。」他現在都用一些類似格言警句之類的東西與我作交流與溝通。

李樂也來了，穿髒兮兮的式樣新潮的衣服，他是個瘦小的長著一雙大眼留著光頭的男孩子，給我的第一印象是說諸如「我操、shit」之類粗話，並且老愛神經質地捏鼻尖，把鼻尖捏得又紅又尖。我不喜歡他。據說他從十歲開始就追逐比他年長的女性，十一歲被小學同班同學的媽媽誘姦，過早地失了童貞，此後他跟五十多個媽媽阿姨輩或姐姐輩的女性有過床笫之歡，一年前他與別人的妻子在床上被雙雙捉住，被那丈夫痛打一頓並被剪掉了他引以為傲的一頭長髮，受此驚嚇後他就陽萎了。

他是個知青子女，父母都不在上海，沒有人管也沒人關心。現在在南京路上一家ADIDAS專賣店做營業員，平時在一個地下室練習打鼓，有一個自己組建的鬆散的搖滾樂隊，搖滾暫時替代了性撫慰著他年輕的身心。使天天對他產生好感的不僅在於他那種奇怪的生活態度（放縱、柔弱、天真、我行我素），還在於他也愛看書、愛思考人生的終極問題。

朱砂也應我的邀請來參加這個草地派對，還帶給我一件禮物，一瓶資生堂爽膚水，她說是剛從香港出差回來帶來的，這一瓶東西那兒比上海便宜一百塊。已經有一段時間沒看到她了，可是她身上那種端莊體貼的女人味一點也沒變，看上去已從離婚的陰影中恢復了。

「聽姑媽說，你又開始寫小說了？」她吸著一盒果汁，微笑著看著我。太陽光淡淡地照在她身上，她身上有一種春草般的自然芬芳。「噢，對了」她掏出一張名片給我，「這是我現在上班的新公司。」

我接過來一看，愣了愣，這不是馬克所在的那家投資顧問公司嗎？

「對，我又在寫小說了，希望是本暢銷書，這樣我就有錢去歐洲旅行了。」我說。

「你男朋友呢？你們還是每天共處一室嗎？我不能想像這種生活，你們當中沒有一個想出去工作嗎？這樣不太好的，使人變得不那麼健康。」朱砂用一種溫柔的口氣說。

「我們經常出去散步，有時去酒吧喝喝酒、跳跳舞。」我說，心裏還在想著如果我去歐洲旅行的話，天天肯定也願意同行的，出門旅行不僅是時空遷移，也會對人的心理生理造成某等程度的影響。我幻想著在法國某個小鎮的某個旅店裏可以與天天做愛（在那些地方他就可以），然後是德國的汽車旅館、維也納廢棄的小教堂，羅馬十五世紀的角鬥場，地中海的一艘快艇上……。故事會一點點延續下去，只要有愛有欲，在森林、湖泊和天空迴旋的就是自由和愛的舞蹈。

我走到天天身邊，坐下，吻他。他中斷了與李樂的談話，對我報以微笑。「玩飛盤吧」我說。「好」他站起來，陽光下的他顯得特別年輕，像中學生那樣，剃著短短的黑頭髮，黑色帶條紋的棉質衣衫，他的眼睛清澈動人。

我們對視了幾秒鐘，一種新鮮的激情重新刺激著全身，我覺得心在砰砰跳，他又笑起來，飛盤飛來飛去，像一個小小的UFO，它飛到朱砂的腳邊。朱砂微笑著遞給天天，她正跟阿Dick坐在一起聊天，看上去談得很愉快。

馬當娜與賓館裏的朋友談完事也過來了，和我們一起玩飛盤，卡丁車高手老五和女友西西正在赤著背一邊曬日光浴一邊下飛行棋，他們都戴著墨鏡，白白的後背露在光天化日之下，無論怎樣都算是相當匹配的一對。

一群人正熱熱鬧鬧地在草地上自娛自樂，突然一個外國老太太神情威嚴地出現在我們面前。我和馬當娜走過去，其他人照樣玩。「對不起，我想請你們離開這裏」她用一口美式英語說，舌頭捲得老大的。

「為什麼？」我用英語問。

「哦」她聳聳肩，「我和我的丈夫就住在對面的樓房裏，」她用手一指，我看到草地另一邊用低矮的圍牆隔開的一幢漂亮的法式三層樓房，高聳著美麗而無用的煙囪，還有彩色玻璃窗，兩個用雕花欄杆圍成的爬著藤蔓的陽臺，「我們總是在陽臺上看這片草地。」

「那又怎麼了？」我的英語很不禮貌。我也不想表現得禮貌，這個美國老太太到底想要幹什麼？

「可是你們破壞了這一片草地的寧靜，你們太鬧太亂了。」她眉頭不皺一下地說，藍眼珠裏有股冷漠而不容違抗的神情，她有一頭與我外婆相似的銀髮，一樣的皺紋，可是我實在不覺得她慈祥可親。我用中文低聲跟馬當娜通報老太太的意思。

「什麼？」她居然想趕我們？馬當娜一聽就來勁了，顯然這種無理要求使她興奮，她正是遇強不弱的那種人，喜歡挑戰和爭鬥。

「告訴她，這塊草地並不屬於她，所以她無權提出這個要求。」我把這意思跟老太太說了。

老太太笑起來，神情彷彿在說「粗魯的中國女人」。馬當娜點上一支煙，「我們不會走的，您老人家回去歇著吧。」

老太太似乎明白她的話，依舊用不慍不火的英語說，「我的先生是美菱銀行總裁，我們租下了那整座房子就是看中了這塊草地，我們年紀都大了，需要好的空氣和乾淨的環境，在上海這個城市找塊像樣的草地可不容易。」

我點點頭，「是不容易，所以我們也來這兒放鬆一下」。老太微笑著問我：「你也租房了嗎？」，我點頭。「租金多少？」她問，我笑著說，「這是我的私事，與你無關。」「我們的租金一個月二萬五美金，」她一字一句地說，「這個價錢與這片草地有關，你們中國人也懂好環境可以賣大價錢，所以我請你們能儘早離開這兒。」她微笑著，但口氣很強硬。的確這個價錢嚇了我們一跳，不知她和她那總裁老頭來頭到底有多大，與這家賓館的老闆又有沒有什麼私誼，馬當娜不愧是江湖老手，她淡淡一笑，「ＯＫ」她說，「我們會離開，see you late。」

一路上大家講起以前法租界上的一塊牌子的故事，那塊牌子上寫著「華人與狗不得入內」，而現在各大跨國公司金融巨頭大財閥又捲土重來，無疑那股強勁的經濟衝力又會帶來心理上的優越和文化霸權，於是這些新新人類第一次切膚體會到民族自尊心，在這個下午認真地思考起生活中的另外一些東西。

晚上，馬克給我打電話時，天天正在浴室。我低聲說，「以後不要再打電話來這不好。」

他表示同意，「但怎麼與你聯繫？」

「我也不知道，也許我給你打電話。」

「你可以裝電子信箱」他認真地建議我。

「好的」我說，然後又忍不住把下午發生的事講給他聽，「如果你住在那幢房裏，你會不會趕我們走？」我嚴肅地問，這幾乎是個外交考驗，有關民族自尊心。

「當然不會」他說，「那樣我就可以一直盯著你看了。」

13

十二月，離開

我看見了他閃亮的眼睛，看見了他的雙翼，看見那輛破舊的汽車噴射出熊熊的火焰，在路上不斷燃燒，它穿過田野，橫跨城市，毀滅橋梁，燒幹河流，瘋狂地向西部賓士。

——傑克·凱魯亞克《在路上》

十二月，殘忍的季節，沒有丁香開在百年深深的庭院裏，沒有美女裸舞著舞過衡山路Takashi的「**Le garcon chinois**」花園石階和描彩遊廊，沒有鴿子，沒有狂喜，沒有爵士樂裏藍色的陰影。

冬雨在陰鬱地飄著，舌尖上有股微苦的味道，空氣裏的潮濕會讓人發爛，爛到心裏去，上海的冬天就像一個女人來的例假，又濕、又令人厭惡。

天天決定出門旅行，每年這個时候他總是要離開上海一段日子，他受不了這種又冷又濕的天氣，連偶爾的太陽光也是灰色的，照在身上會發毛。「我要逃走一段時間，」他說，「去哪兒?」「南方，太陽厲害一點的地方，天空藍一點的地方。比如說海口」「想一個人去嗎?」他點點頭。

「好吧，要照顧好自己，你有IC卡，可以隨時打電話回來。我會留在屋子裏繼續寫小說。」

永遠無法完成這部小說的念頭讓我害怕，而天天走後我能享有更隱秘的空間，身體上的空間感。我不知道天天是否也意識到這一點，他選擇出門旅行是否也想暫時逃避一下我們日日相處所帶來的某種危險，他具有遠勝於常人百倍的敏感，有時，那種不能解釋的感情把兩個人糾纏得太緊，到使人不能自由呼吸並失去創造力的時候，也許也是出門旅行的時候。

更何況馬克像贅生物一樣從我們感情生活最薄弱的一環生長出來，不能輕易摘除，它存在的理由即是我身體某個地方有病毒發作，這種病毒就叫「情欲」。

在很多人眼裏，情欲與愛情不能混為一談，在很多思想解放了的女人眼裏，找一個傾心相愛的人和一個能給她性高潮的男人是私人生活最完美的格局。她們會說：愛與欲分開並不與追求純潔人生的態度抵觸，一天一天消耗著你生命的日常生活引導著女人的直覺與意願，她們尋找任何一種能使她們具有安全感的生活方式。她們把打開生活秘密的鑰匙放在枕頭底下，她們比五〇年前的女性多了自由，比三十年前的女性多了美貌，比十年前的女性多了不同類別的性高潮。

電話裏預約的大眾公司計程車就停在樓下，我最後檢查了一遍天天的行李箱一條TedLapidus牌香煙（似乎只有上海某些專櫃才能買到），吉利剃鬚刀、漱口水，七條白色內褲、七雙黑色襪子，一個Discoman，狄蘭．托馬斯詩選，達利日記，《希區考克故事集》，夾著我們一張合影的相框，另一隻包裹還裝著他堅持要帶著的貓咪線團，然後我們撐著雨傘一起坐上車子，因為帶著貓他放棄了坐飛機而要睡在火車臥鋪前往海口了。

雨打在計程車擋風玻璃上，街道上灰濛濛的，商店和行人在雨中像零散的一堆雜物，有種失真的線條。天天一直用手指劃著窗玻璃上的水汽，劃出奇形怪狀的符號。計程車上的收音機放著甜膩膩的流行曲，三十好幾的任賢齊還在扮淘氣唱著《對面的女孩看過來》。車子離火車站越來越近，我的心有一股說不出的忐忑，天天抓著我的手放在他的膝蓋上，我們要分開近兩個月的時間，我們會突然地發現另一位不在枕邊，也不會有人敲浴室的門，嚷著要一起洗澡，不用準備兩份食物，洗兩個人的衣服，也不用擔心隨時會有猜忌、眼淚，不用聽到彼此的夢話了。

火車站廣場上依然有不少外地民工在雨中徘徊，我提醒天天，放好身分證、牡丹卡、IC卡、車票。乘電梯上二樓的候車廳。已經開始檢票了，天天銜著我揮揮手，右肩背著裝線團的袋袋，左肩提行李箱隨人流湧向一扇門。

外面的雨已經停了，坐巴士到了美美百貨那兒的時候，我跳下來。這一段淮海路有種平民化的洋氣，可以見到成群時髦的小孩子。華亭路一直是年輕孩子領會時尚走向接收最尖端流行資訊的一條街，這條街如此之小，但上海人見縫插針，善於利用方寸之地的本性就體現出來，滿眼都是迷人而廉價的衣服還有皮包、鞋帽、手工藝品、玩具，這條被寫進境外旅客遊上海指導手冊上的街緊跟著國外時尚，並且價格便宜了一大截。有次我在上海展覽中心的「香港博覽會」上看到一只標價二百五十元的綴珠絲面手袋，下午在華亭路上看到同樣的手袋，討價一百五十元。每逢心情不好的時候我就像別的女孩子一樣就來這條路逛一圈惡買一氣，買上一大堆漂亮得輕飄飄的東西回去，大部分衣服只穿過一、二次，因為那都是在狂暴心情下買來的，式樣無一不誇張、色情，只適合獨自一人在屋裏照著鏡子扮瑪麗．蓮夢露給自己看，自娛自樂。

在華亭路上有不少飛女爛仔打扮的中外青少年，一群日本男孩子穿著溜冰鞋，像蝴蝶標本一樣展示他們的溜冰技巧和染得像雞毛撣子的頭髮。一個上海女孩嘴唇黑黑地走在嘴唇銀灰的同伴旁，她們在吃「珍寶果」牌棒棒糖（大小孩子們人手舉一根棒棒糖，一度成為上海的時尚形象的一部分），總擔心她們會因為吃下太多廉價的螢光唇膏而中毒死去，當然目前還沒有一宗正式的報導說是本市有哪位小女生因為吃口紅而吃死自己的。

人群中走來一隊衣冠楚楚的辦公室男人，其中的一個向我熱情地招手，我想他肯定是在向我身後的人招手吧！我也就繼續不理不睬地走著。他還在招手，並且叫我的名字，我驚訝地盯著他看。

「我是蜘蛛啊！」我想今天是不是愚人節，這蜘蛛在我印像中是個有犯罪衝動的智商高得可怕的社會青年，這些日子不見他，他不是做電腦駭客搶了銀行就是繼續在白天半死不活地打著小工，到了晚上就守著電腦在網上神魂顛倒。

但眼前這個年輕男人架一副白領男性都喜歡的無框眼鏡，牙齒很白，笑得挺健康，「要死了，你居然認不出我」。蜘蛛的口頭禪就是「要死了！」

於是我笑起來「看上去你挺漂亮的，」我說。

「你也挺漂亮的，」他說著，臉上沒有一絲戲謔的表情，一舉一動都有分寸。

路邊的真鍋咖啡店。我們對面而坐，咖啡的香味聞起來可以讓人慢性地中毒。所以很多人都上了癮來咖啡店閑坐一下午，即使一輩子的五分之一的時間丟在了咖啡店，只要有種脫離了工作重負的假象就好。當然，這裡還有不鬧的音樂，以及有著舞男式臉蛋的侍者。我們聊到了綠蒂咖啡館，「那真是個不錯的地方」，蜘蛛說，「可惜當時身在其中並不覺得享受，心裏只想著打工賺錢。」

「還有怎麼撬保險櫃。」我揶揄地說，

「要死了，這事可不能再提，我現在從良了。」他笑起來，他遞給我的名片上寫著金蘋果電腦公司，是一家有他和幾個大學同學一起投資搞起來的小公司，專門從事軟體發展、網路安裝兼賣電腦，現在剛剛有起色。「估計到年底會有可觀的利潤，」他賺錢的欲望還是膨脹著，只是多了些沈著。

「對了，那個媚兒怎麼樣了？還有聯繫嗎？」我想起了他以前的網上女友。

「我們經常在一起喝咖啡、看電影、打網球。」

「謝天謝地，我以前的預感有誤，這個媚兒好像和你蠻合得來的。會不會跟她結婚？」

「噢不！媚兒在網上是個女孩，在生活中卻是個男人。」他連忙糾正我的說法。看我一臉驚奇的表情，又說，「當然我們只是朋友，沒有其他有的沒的……」他笑起來，也不管我信不信。

「他在網上扮女生吸引男生，肯定有精神上的怪僻。」我說。

「對，他一直想做變性手術，當然我跟他交往只是覺得他善良、熱情、有想法，他知道我不是gay，但照樣可以做朋友，是不是？」

「真想見見這個媚兒，聽上去不同尋常。」

14

情人的眼睛

那些溫暖的身體
在一起閃光
肌膚抖顫
在快樂裏，那靈魂
快樂地來到眼前

——艾倫·金斯堡《歌》

晚上我一個字也寫不下去了，大腦一片蒼茫，一隻蒼鷹在空中飛來飛去，伺機俯衝捕食，但卻覓不到任何有價值的靈感。

我對這部小說產生了某種隱憂，我不知道如何把自己在讀者面前最大程度地藏起來，換句話說，我不想把小說與自己的真實生活混為一談，而事實上我更擔心隨著這部小說情節的發展會對我以後的生活產生某種莫名其妙的影響。

我一直認為寫作是類似於巫術的充滿意外懸念的行為。女主人翁是一個與我一樣不想尋求平常生活的女孩，她有野心、有兩個男人，內心從未平靜過。她相信一句話：像螞蟥那樣汲取生活的精髓，包括秘密的快樂、不為人知的傷害、即興的激情、永久的嚮往。她像我一樣害怕死了以後下地獄，看不到電影，穿不到舒適的睡衣，聽不到MONO的天籟之音，無聊得令人透不過氣來。

我抽煙，在地板上走，把唱機的音量放得很大，甚至還翻天天的抽屜，看他有沒有留下一點令我驚喜的紙片。最後我在通訊錄上翻到馬克的電話，我猶豫著，是不是該給他打個電話，天天剛走，而我就想給另一個男人打電話，想到這兒，我皺著眉頭。

但接著我自己想了兩條理由：第一，我不愛男人，他代替不了天天在我心中的位置，他的臉上只寫著欲望；第二，他不一定能收到我的電話，如果他關掉手機的話。

於是，我撥出一串數字，電話那頭是長長的撥號音。我吐著煙，心不在焉地打量著左手的指甲，指甲修剪得整潔柔媚，十指尖尖，一瞬間看到自己的雙手爬在馬克健美的後背上，就像兩隻蜘蛛一樣在蠕動，挑撥，輕指、嘶嘶嘶的氣聲，漫天飛旋的性激素的氣味。

電話那頭突然傳來的一個女人聲音打擾了我的幻覺，「Hello」。

我嚇了一跳，本能地應了聲「Hello」，然後我問：「Is Mark there?」

「他在浴室，要留口訊嗎？」她說一口德語腔很重的英語。

我禮貌地說不用了，我會再聯絡他。掛掉電話，一種沮喪的情緒影響了我，這個德國佬居然還有情人，當然也可能是他的太太。他從沒說過他的私生活，我也沒問過。到目前為止，我們之間似乎還是「fuck來fuck去」的關係。

我消沈地躺在浴缸裏，身邊堆滿了玫瑰浴露的香泡泡，一瓶紅酒放在右手可以搆得到的地方，這是我最虛弱的時刻，也是讓我最自戀的時刻。我幻想在此時，有一個男人推開了浴室的門，走過來，撩開水面上的泡沫與花瓣，像挖掘珍寶一樣挖掘我身體最隱秘地方的狂喜。看我像花瓣一樣在他粗暴的掌心顫慄，被揉得粉粉碎，看我的眼睛在燈光下因為羞恥而變濕，我的嘴唇在潮汐沖刷下張開又閉上，我的雙腿順著歡樂的方向而蠕動張合。

我突然想念起天天，他用獨一無二的手指，無數次地對我做過這種浮於普通肉欲上的詩化的性催眠，是的，像剝去層層迷霧直達愛的中心的催眠。我閉著眼睛邊喝紅酒邊撫摸雙腿之間，這種煎熬使我理解了到為什麼《毒太陽》中的亞歷山大會選擇死在浴缸裏。

電話鈴突然響了，「天天」，我心裏叫了一聲，睜大眼睛，欠身抓住嵌在右側牆壁上的話筒。

「Hello，這是馬克。」

我吸了口氣，「Hi!」

「剛才你給我打過電話，是嗎？」他問。

「沒有啊！」我說，「我沒有給你打什麼fucking電話，我一直在寂寞地、快樂地洗澡……」我打了個酒嗝，嘻嘻笑起來。

「我太太告訴我，在我洗澡的時候有一個女孩打過電話，聽口音是中國人，——我猜是你。」他好像勝券在握，吃定了我會想他似的。

「這麼說，你有太太。」

「她剛從柏林來，來上海過耶誕節，一個月後她會回去。」他很奇怪地用著安慰的口氣，好像我會為此而很難過。

「她挺忙的吧?哎，對了，我想起一件事，你有沒有換過床單?……猜你肯定換過了，——不然她會聞出中國女人的味道。」我輕輕笑起來，我知道我有點醉了，一點點醉的感覺真好，什麼都想得很開，雲霧散去眼前只有光明。

長到二十五歲，抵禦意外事件的能力就很強，就算他現在說他要與我分手或者說他要去火星也不會讓我太絕望的。清醒地對待我與他的關係，一是一，二是二，別迷失方向。

他也笑起來，聖誕要到了，公司要放一個長長的假，他希望可以有機會與我見一面。他用中國話跟我講電話，我猜他太太在旁邊一個字也聽不懂。男人總是在女人眼皮底下做出包膽包天的事，他們會說：「愛妳和對妳忠實與否是兩碼事，」多數男人不適應一夫一妻制，他們緬懷古代的後宮裏藏三千粉黛的豔史。

他說過幾天有個記者朋友從德國來，他想介紹我們認識，那位記者朋友有計畫採訪上海有個性的年輕女性。

說到底，與一個情人和一個記者共進晚餐並不是壞事。那一天出門前，我盛妝打扮，我愛那種對著鏡子描眉塗唇搽腮顧影自戀的感覺，為此我願意下輩子還做女人。精心打扮而不露鑿痕，矜持而可以在一瞬間使人驚豔，上海女人天生有這種細小處見心眼的特質。

相書上說黑色是我的星座的幸運色，我穿著黑色高領緊身衫，一雙跟高得嚇人的靴子，頭髮簡單地綰成朝天髻，插一支象牙簪，手上是天天送我的銀鏈。這身打扮給我安全感，知道自己是美的。

外灘的Mon the bound餐館，這是以價格昂貴而飯菜並不可口著稱的一對澳洲姐妹開的餐館，生意不錯，在浦東工作的老外都結伴過江來此就餐，兩米高的燈柱，雕花鐵欄，餐廳佈置得大而無當，但可能也符合馬克他們那一民族的嚴整、簡潔的審美趣味。唯一迷人的是餐館外那個大大的陽臺，在那兒可以憑欄遠眺浦江兩邊。

馬克的記者朋友名叫呂安德，黑髮黑眼，祖父一輩是從土耳其遷至德國的移民，一開始我們談論足球和哲學，跟德國人談足球雖然有些自卑，但哲學方面我的國家絲毫不遜色，呂安德崇尚孔子、老子，前者鼓勵他走遍全世界尋求亙古不變的人類真理，後者則在他痛苦寂寞的時候安慰他，有點像嗎啡。

應呂安德的提議，我開始講述一遍我以前的經歷，包括那本引起奇怪迴響的小說集，還有我對自己與父母一代的關係的理解，以及我的歷任男友，講到天天的時候我看了一眼馬克，他正在切一片蔬菜汁炙羊腿，裝作沒聽見。

我講得很坦率，天天是我唯一的愛人，上帝給我的禮物，儘管我一直預感到這是一份沒有希望的愛情，可我不想也無力改變什麼，到死也不會後悔的。說到死，我想我並不怕，我只害怕無聊地活著，所以我寫作。我的英語不是特別好，個別詞句需要馬克翻譯，馬克一直都認真地幫著我。

馬克一直裝作只是跟我是一般朋友，但他還是忍不住盯著我看，然後說一些笑話，比如他剛學中文的時候老把「皮包」說成「包皮」，有一天他準備請中國同事吃晚飯，走到半路上一摸口袋，很尷尬地對同事說，「對不起，我的包皮沒帶在身上。」

我大笑起來，他三句不離本行，都是帶色的笑話。他的手在桌子底下尋找我的腿，這是冒險的舉動，我寫過的小說裏就有在桌子底下摸錯人的場面。但他準確無誤地找到了我的膝蓋，弄得我發癢，我忍不住笑起來，呂安德看著我笑的樣子說，「就這樣笑吧！我來給你拍一些照片」。

我用中文問馬克，「這樣的採訪是不是不太好，只是滿足德國人的一點好奇心，神秘的東方大國，年輕的反叛的女作家之類？」

「不，不，你的小說我很喜歡，相信很多人會尊重你，有一天你的小說會被譯成德文。」

晚餐結束後，我們去了新華路上的Goya，這是一家以四十多種馬丁尼酒和遍地的沙發、分枝燭臺、豔情的落地垂幔、絕對催眠的音樂著稱的小酒館。我喜歡這裏的主人，一對年輕貌美的從美國回來的情侶，女主人叫宋潔，能畫不錯的畫，她臉上的蒼白是我見過的女子中最神秘的那種白，別人塗再多白粉也無法摹仿。

我們分別叫酒，我請酒保換一張碟，我知道他們有portishead的《Numy》，這樣的音樂配上這樣的酒才對感覺。有一段時間我和天天經常來這兒喝酒，這個地方像一艘沈在海底的古船，時時有種沈沈的睡意從天花板上壓下來，壓在腦袋上，使人迷醉，酒會越喝越多，沙發越坐越陷下去，經常可以嗅到麻醉的味道。不時有人喝著喝著就頭一歪靠在沙發上睡著了，然後醒過來，再喝，再睡一會兒，直到某處傳來漂亮女人的笑聲驚醒，總而言之，這其實是個非常危險的溫柔鄉，一個人想暫時丟失自我的時候就會坐車來這兒。

我總是碰到一些上海灘上有名的演藝圈內人、畫家、音樂人、傳媒佬，就算彼此都認識，到了這兒也只是點個頭，說聲你好嗎？馬克坐在我的旁邊，和呂安德用德語說著什麼，那種語言把我從他們的世界隔離開來了。我自得其樂地喝酒，脖子仰著喝酒很好，我會想起夢中的一隻天鵝，我在傷感而優雅的情緒中自我沈淪。

馬克的手又不動聲色地來向我的臀和腰問好。我突然看到我的表姐朱砂和一張熟悉的男人的臉走進我的視野。我瞪大眼睛，她和阿Dick親密地拉手走進來，幾乎在一秒鐘的時間裏，他們也看到了我。他們沒有任何反常的表情，而是很快地向我們走過來。

馬克認出了朱砂，叫她的英文名字，「嗨，Judy」。

朱砂新跳槽到了那家德資公司後，馬克就是她的老闆。聽我介紹說朱砂是我表姐，馬克露出驚奇的表情，「你們一點也不像」，他說，「但都是聰明迷人的女孩。」他露骨地恭維著，可能在這兒突然遇到公司的下屬，而且還是他秘密情人的表親，這使他沒有心理準備。我可以想像他在上班時的另一種樣子，嚴謹、認真、一絲不苟、對職員說一不二，一切按規章辦事，像上足油的高精度的機器，比如我住所牆頭上的德國鐘就是那樣分秒不誤，性能可靠。

朱砂彷彿猜到了我與馬克的關係，她對我微笑著，眨眨眼睛。我注意到她穿了件G2000削腰外套，亭亭玉立，像從巴黎春天廣告招牌裏走下來的模特兒。

然而吸引我注意力的還有件事，蒼白英俊的畫家阿Dick和我表姐在一起，手拉手，顯然不是一般的朋友，他們一幅熱戀情人相，可馬當娜在哪裏？

音樂和酒精使人昏昏欲睡，我睡著了，等我醒過來，朱砂和阿Dick已經離開了，呂安德也想回他下榻的銀河賓館。馬克對他說「先送你回賓館」，他又回過頭來，對我說，「然後再送你回去」。

我可能是真的喝多了，頭靠在馬克的肩上，嗅著來自北歐大地的花香和淡淡的狐臭，這種異國的性感體味也許是他最打動我的地方。車子經過銀河賓館放下呂安德，向我的住所開去。我順從地伏在他懷裏，他沈默著，窗外成片的街區和路燈掠過，我想我至今還不清楚在他眼裏的我是什麼樣的角色，但沒關係，他不會為我離婚、不會為我破產，我也沒有向他獻出所有的光所有的熱，生活就是這樣在力必多的釋放和男女權力的轉移中消磨掉日日年年的。

車子開到了我的住所，我承認我有些傷感，喝酒以後總是容易傷感的。他跟我一起下車，上樓，我沒有說「不」。他開始脫我的衣服的時候，電話鈴聲響起來，我拎起話筒，天天的聲音。

他的聲音遙遠而清晰，話筒不時有靜電的滋滋聲和貓叫聲，他說他住在靠近海邊的一家旅店裏，受東南亞經濟危機的影響，房價和食物都很便宜，一天的開銷不會超過二百塊，去蘖浴桑拿房裏也只有他一個人，他的聲音聽上去很愉快，他說小貓線團也很好，明天他打算去海濱游泳。

我想不出跟他說什麼話，馬克把我抱起來放在桌上電話邊上，我一手拿著話筒，一手抓著他的肩，他的腦袋拱在我的肚子上，他的舌頭隔著內褲舔我的陰部，弄得我酥癢無比，渾身無力。我儘量把聲音放得自然些，問天天那兒的氣溫有多高，女孩穿什麼樣的裙子，有沒有去過椰樹林，沒有什麼人打他壞主意吧！人們看上去若無其事的，並不表示他們沒有壞心眼，一要看好錢物哦！

天天笑起來，說我是個比他還糟糕的懷疑論者，對什麼都不信，凡事都往壞處想，骨子裏對生命持有否定態度。天天的話像羽毛一樣輕輕飄進我耳朵，然後融化了，我什麼也沒聽進去，他的笑聲使我覺得他適應陌生環境的能力比我想像的好，他的聲音變成貝多芬琴鍵下月光般的音樂阻止了我內心的紊亂，我只感到一種快樂從腳底心湧上來，這種舒筋展骨的快樂是白色的，純度百分之百的牛奶的醇香，天天向我道晚安，在電話裏他很響地吻了我幾聲。

我放下電話，馬克把精液射在我的裙子上，那麼白那多像那百分之百的牛奶。

有一句話，「性永遠需要禁忌，」禁忌猶如世上最好的春藥。當有一天我在天天的葬禮上回憶起以前的很多事，我記起了這次電話經歷，彷彿帶著某種象徵意味，彷彿在我身體裏的不是別人而是天天，天天透過一根縱橫萬里的電話線來到了我身邊，他的低語就在我耳邊，他的呼吸聲和笑聲就在我的頭腦最敏感的地方，閉上眼睛我第一次體驗到天天給予我的清晰無比而又詭異無比的肉體的感覺，輕盈的、腐爛的、嘶嘶嘶的氣流，一段無法與常人訴說的通靈般的洗禮，我一直對「通靈」一說有濃厚的興趣，我也第一次領略到了身心交融的奇特感受，我決心對世上的宗教有所信仰，最重要的還是我隱約地被一種使人發瘋的念頭抓住，遲早我會有一個孩子的。霧濛濛的黑暗中輕風托起了金色的花，一個嬰兒長著翅膀突然從暗中飛起，是這個男人或那個男人的，是這次或是那次……。

馬克離開的時候我發現了地板上的皮包，他初來中國時一直誤讀成「包皮」的那東西，我渾身乏力，可還是有興趣翻一翻，裏面有幾張VISA、MASTER卡、四方俱樂部的貴賓卡、還有一張全家福，我這才發覺他不僅有個氣質不俗、微笑起來很迷人的妻子，還有一個三、四歲大的兒子，金色的鬈髮、藍色的眼睛，像他。

我睜大眼睛，搖搖頭，他們看上去都很高興，有些讓旁人嫉妒，我親了一下馬克英俊的臉，然後想也沒想，順手從皮包裏那厚厚的一疊人民幣中掏出幾張，隨手夾進一本書裏，反正他不會發覺少了這區區幾張鈔票，跟老外打交道時間長了，你就會知道大部分時候他們像少年兒童一樣簡單明快，喜歡就是喜歡，沒興趣了馬上會告訴你，同時也缺少心眼，不像有些中國男士一樣時時心細如髮。

我事後琢磨了自己這一小偷行徑背後的心理狀態，我想可能是出於對那張全家照上快樂氣氛的嫉妒之意，還有就是對我的德國情人微妙的懲罰，讓他在毫無覺察的狀態下丟掉一些人民幣，然後再一往情深地渴望著我吧！我對我們之間的關係沒有指望可言，也不負任何責任，情欲就是情欲，只有用金錢和背叛才能打擊隨時會發生的由肉欲轉情愛的危險，原來我一直都害怕會真正迷戀上馬克，再也離不開這份火燙、刺激、爽透的地下情。

半小時後，馬克氣喘喘吁吁地來敲我的門，我把那只聖羅蘭牌錢包遞給他，他親吻我，把錢包塞進口袋裏，然後微笑著轉身匆匆跑下樓梯。

我在陽臺上看著他重新鑽進別克車裏。車子很快一溜煙地消失在深夜無人的街頭。

15

冷冷的聖誕

我什麼也不幹，我一直在等愛德蒙松的電話。

——讓—菲利普．圖森《浴室》、

吳大維坐在皮轉椅上不停地擤著鼻涕，晚報上說一種甲三型病毒性感冒影響了本市，市民們應該注意衛生防病，保證睡眠和食物營養，空氣流通。我把窗子打開，坐在空氣清新的窗口，儘量讓自己坐得舒服些。

「我總是夢見一個房間，放著一盆太陽花，花枯萎了，然後種子飄散，長出更多的太陽花，使人恐懼，還有一隻貓，牠想吃花，跳起來的時候跳出了窗子，墜樓消失了，我一下站在房間門外目睹了這一切，心跳加速；還有夢是講一個盒子，我打開盒子，裏面有一隻小一點的盒子，再打開還有更小的盒子，直到最後盒子都消失了，我手裏拿著一本書，很重，然後我要寄這本書走，但忘了地址、忘了要寄給誰」。

吳大維和言悅色地看著我，「你內心一直有恐懼，擔心自己的身體會出現的某種變化和自己的寫作陷入困境，比如懷孕比如書出版的前景自我表達的焦慮，你渴望心想事成，但總有一些東西在卡著你，你明白我的意思嗎？這些就來自於你自身假想的牢籠，馮馬士．墨頓說：『人世間唯一真正的愉悅，是從自我設置的監獄中逃出來』，說說你的感情生活吧。」

「不算太糟，但也不是完整的」

「你在擔心什麼？」

「永遠消除不了的虛無感，同時還有一種愛的汁液鼓鼓囊囊地盛在我的胸膛裏，卻無法釋放，我愛的男孩不能給我一次完完全全的性，甚至不能給我安全感，他吸麻醉品，與世無爭，抱著小貓去了南方，彷彿隨時都會離開我，我指的可能是永別。一個已婚男人卻給了我一次又一次的身體的滿足，但對感情對內心的虛無感起不了作用，我們用身體交流，靠身體彼此存在，但身體又恰恰是我們之間的屏障，妨礙我們進一步的精神交流。」

「對孤獨的恐懼才使一個人學會去愛。」

「我想得太多，百分之九十九．九的男人不會願意與想得太多的女人交往吧！我還能記住我的夢並記錄下來。」

「所以說人生並不簡單，並不是每個人都能重視自己的所思所想一舉一動你已知道怎麼做，用精神分析克服絕望，你不甘於平凡，你天生有魅力，」他的話很溫存，我不知道他是不是經常這樣安撫女病人，自從找他做分析師後，我就不太在平常約他吃飯、打球、跳舞了，因為擔心一舉一動盡在他眼皮底下被時刻分析。

陽光照進來，一些浮塵就像思想的微粒一樣翩翩起舞，我在沙發上迷迷糊糊地支著腦袋，反省自己是不是真的在女性意識成長中覺悟了。我是不是一個有魅力的女性，我是不是有些虛偽、勢利、呆頭呆腦，生活中的問題連成一片，我要花一生的精力就為了能克服這股來者不善的力量。

耶誕節。整整一天沒有人給我打電話。黃昏的時候天是灰色的，但不會下雪，上海已經很長時間沒有在該下雪的時候下雪了。我看了一整天的影碟，抽了一包半七星香煙，無聊得透不過氣來。我給天天打電話，沒人接。給馬克打電話號碼撥到一半我就放棄了，今天晚上我的確是想和一個什麼男人說說話，呆在一起的呀！

我煩燥不安地在屋裏走了一圈，最後決定必須要離開這個屋子，去哪兒我不知道，但我在手袋裏裝了足夠多的錢，我的臉也化過妝，我想今晚一定會有該發生的事發生。

我招了一輛計程車，司機問，「小姐，去哪兒？」我說，「先隨便兜兜吧。」車窗外的街景充滿節日氣氛，儘管聖誕不屬於中國文化，但同樣給了年輕時髦的人群一個可以縱情狂歡的理由。不停看到有情侶雙雙對對出入於餐館、百貨公司，手裏拎著購物袋，商店也在藉機打折促銷。一個又將充滿泡沫歡樂的夜晚。

司機一直在跟我搭話，我懶得理他。計程車的收音機裏此時正在放一段吉它的solo，然後主持人的聲音嗡嗡地響起，說的是所謂北京新聲中脫穎而出的一支樂隊，然後很奇怪的，我聽到了我熟悉的一個名字，朴勇。

幾年前我還在雜誌社的時候去北京採訪過他和其他的樂隊，當時我們手拉手在夜晚十二點的時候走過天安門廣場，他站在立交橋上說要向我表演行為藝術，他拉開拉鏈對著天空小便，然後他托住我的頭親吻我的嘴唇。這種粗放形式的浪漫使我好奇，但我擔心與他做愛時他會要求在我身上撒尿，或者還有其他什麼的怪招，我們一直只是單純的朋友關係，並且很少聯繫。

朴勇的聲音在電波裏出現，他回答了主持人一個有關音樂創作的平庸的問題，然後他開始與一些聽眾交流。其中一個女孩問他，「中國有沒有真正屬於自己的搖滾」，另一個男孩問他周圍的女性給了他怎樣的音樂靈感。他咳嗽幾聲，用低沈性感的聲音對著孩子們胡說了一通。我叫住司機，「在這兒等我幾分鐘。」

我說著下車走到路邊的電話亭，插進IC卡，很幸運地，我沒費力氣就撥通了電臺熱線。

「你好，朴勇」我高興地說，「我是倪可」。接著我就聽到了一陣誇張而動人的問候聲，「嗨！聖誕快樂」他在電臺節目裏有所顧忌，沒叫我「寶貝兒」。「今晚來北京吧」，他輕率而快樂地說，「我們在忙蜂酒吧有個SHOW，然後還有通宵的派對。」

「好的，在聖誕夜我會飛來聽你們的音樂。」

掛下電話，我在電話亭外來回走了幾步，然後果斷地鑽進的士，對司機說，「往機場開吧！越快越好。」

五點多就有一班飛機飛往北京，我在機場買到了機票，然後坐在侯機廳旁邊的咖啡館裏喝咖啡。我並不覺得特別愉快，只是覺得不再棲棲遑遑，六神無主，至少此時此刻我有行動的目標，我有事可做，那就是去北京聽一場熱鬧的搖滾以度過沒有情人和靈感的聖誕。

飛機準時起飛，準時降落。雖然我每次坐飛機都怕飛機從天上掉下來，因為這種又大又笨的鐵傢伙在稀薄的空氣中總是很容易地掉下來。但是，我依舊熱愛坐飛機。

我逕直去了朴勇的家，敲門，鄰居說他不在。我徒然地在那個四合院裏站了一會兒，決定單獨去吃頓好好的晚餐，飛機上的點心我一口也沒吃。北京的餐館價錢比上海的稍貴，但菜的味道還好不那麼令人失望。我不時地被鄰桌的北方男人打量來打量去，他們那種北方特徵的眼神會使一個獨身來此過聖誕的上海女性深感安慰，至少證明她依舊是個迷人女性。

忙蜂吧，一個歷來以搖滾人雲集出名的酒吧，有無數長髮或短髮的面有病容但屁股繃得緊緊的樂手，他們比賽彈吉它的速度也較量追求漂亮女人的手段。這裏的女人（Groupie或稱骨肉皮），都有好萊塢女星般圓圓的胸脯，至少在某一方面能吸引混在音樂圈裏的壞胚子們（有錢、有權、有才、有身體等等）。

音樂很吵，煙味、酒味和香水味都挺重，穿過暗得像實行燈火管制的走道，我看到了朴勇。他抽著煙在串一串銀珠子。

我走過去，拍拍他的肩膀，他轉頭，張大嘴，然後把手裏的東西往旁邊的女孩手裏一放，猛地給我來了一個大擁抱。「你真的來了？——瘋狂的上海女人。你好嗎？」他認真地看看我的臉，「好像瘦了很多，誰在折磨你？說出來我替你去擺平，折磨一個美麗的女人是種錯誤更是種罪惡。」都說北京男人可以說整卡車整卡車的熱情的話，說完之後就拉倒，誰也不會再去提，可我還是很享受這種像烈焰、像霜淇淋的語言式撫慰。

我們很響地親對方的嘴，他指著旁邊的女孩給我介紹，「我朋友，羅西，攝影師。」對羅西說，「上海來的CoCo，復旦畢業在寫小說。」我們握握手。她已經串好了那串銀珠子，朴勇接過來戴在手腕上，「剛剛吃飯的時候不小心弄散了。」他咕噥著，撩撩頭髮，對服務生做手勢，「來杯啤酒怎麼樣？」我點點頭，「謝謝！」

舞臺上有人在整理幾根電線，看來演出快要開始了，「我去過你家裏，你不在，——對了，今晚我能睡你那裡嗎？」我問朴勇。「嗨，別睡了，玩一宿嘛！我介紹你認識一些酷男猛男。」「我可不要。」我撇了撇嘴。他的女朋友假裝沒聽到我們在說什麼，目光從兩邊低垂的頭髮中掩映而出，毫無表情地看著什麼。她有一個漂亮的鼻子和一頭光滑的長髮，胸部豐滿，穿著青青黃黃像尼羅河般異域色彩的毛絨長裙。

一個非常漂亮的男人走過來，他漂亮得令人心疼，令人怕自己會喜歡上他但又怕被他拒絕。他有光滑的皮膚、高高的個子、做成亂草般往上豎的發亮的頭髮，眼睛迷人如煙如詩，看人的時候會做出狐狸般的眼神，就叫做「狐視」吧！五官有波西米亞人般的挺拔和攫魂。引人注目的是他在下巴上蓄了一圈鬍子，在乾淨的甜美中添上一份粗礪。另類的感覺。

他顯然熟識朴勇和羅西，走過來打招呼。朴勇？我們介紹彼此，他叫飛蘋果，是北京甚至是全國有名的造型師，拿著綠卡，穿梭於世界各地捕捉美的靈感和最新潮流，國內所有的女星都以找到他做造型為幸事。

我們聊起來，他一直微笑，眼睛灼灼如桃花，我不禁難受起來，不敢多看他，怕自己的眼神會發直。我並不打算在這夜有什麼豔遇，處處留情的女人很濫，過了三十歲她們的臉會曝露她們經歷過的一切縱情和狂歡，我希望有時候男人們會像對作家而不是對女人一樣對我。我自欺欺人地告誡著自己。

樂隊上臺了，電吉它猛地發出叢林猛獸般的吼叫，人群霎時亢奮起來，他們都像觸了電似地搖晃著身體，把頭甩得像隨時要斷掉似的。我擠在人群裏跟著晃，我現在真的快樂，因為我沒有思想，因為我放棄力量，全都交給地獄冥火般的音樂。

在音樂的現場找到肉體狂歡的現場。臉發藍，腳踝發硬，陌生人在著火般的空氣裏互相調情。沒有一隻蒼蠅可以飛進來並躲過這場由高分貝和激蕩的微粒組成的可疑的浩劫。

我快樂死了，一個男人在臺上歇斯底里地唱著。

飛蘋果一直站在我旁邊，他摸了摸我的臂部，對我微笑。我受不了這個漂亮男人，這個一直對我微笑著臉上有化妝痕跡的雙性戀。他的眉他的鬢角他的腮都打過粉，他追逐男人也追逐女人，他說他的女朋友們一律吃他的男朋友們的醋，他總是陷在愛情的煩惱裏不知何去何從。我說全國有八億農民還在為三餐奔走而發愁，你已是個特別幸福的人。

他覺得我很聰明，也很有意思，看我一臉文靜，毛衣的扣子扣得嚴嚴實實像淑女，可我經常說「操」。我不說話，心裏卻想誰叫你這位漂亮，使我變得這麼神經質。我原來不愛說粗話的。

「你有一個可愛的臀部。」他在我耳邊嚷著。音樂太吵了。

淩晨二點半，天空沒有月亮，屋頂上有清冷的霜。的士駛過北京城，北京城在冬夜顯得其大無比，像中世紀的村莊。

淩晨三點，我們來到另一個搖滾兄弟的寓所，屋子很大，女主人是個老美，以前也是搖滾圈裏有名的骨肉皮，現從良下嫁給這位大鼻子鼓手。鼓手在四合院裏圍了一塊小溫室，溫室裏據說正栽培著大麻。一群人喝酒、聽歌、打麻將、玩電腦遊戲、跳跳舞、談談情。

淩晨四點。有人開始在主人家溫暖的浴缸裏做愛，有人已睡著，還有人在沙發上互相撫摸，剩下的人離開這兒去一家新疆餐館吃拉麵。我拉著朴勇的衣服，唯恐莫名其妙迷失在夜北京，一個人就一點也不好玩而且恐怖，因為此時的空氣裏有如刀般的寒冷。

飛蘋果消失了，一起吃拉麵的人裏沒有他。我猜了五種可能，其中之一是他已被別人霸佔了，或他霸佔了別的人，誰知道呢。他永遠是漂亮的獵人或獵物。幸好我沒留電話給他，否則我會心理上很不平衡，彷彿被遺棄。聖誕夜的我，是一年之中最無聊也最可憐的我。

凌晨五點半，我吃了點藥，在朴勇家的沙發上睡下來，唱機裏在放極靜的舒伯特抒情小品，四周安靜，偶爾可聽到外面的大馬路上的卡車聲，我睡不著，睡眠像長著小翅膀的影子遠遠地離開了我的身體，剩下的是清醒的意識和無力的軀殼。深灰色的黑暗像水一樣浸泡著我，我覺得自己很腫、很輕、也很重。這種覺得自己已到了另一個世界的幻覺並不特別討厭，似夢似真之間不清楚自己是死人還是活人，只是眼睛還能大睜著看天花板看四周的暗。

我終於捧住電話，倚在沙發上給天大打電話。他還沒有完全醒過來，「我是誰？」我問他，「是CoCo，……我給你打過電話，你不在家。」他輕聲說，並沒有責備的語氣，彷彿很放心我會安排得好好的。

「我在北京」我說著，心裏被一股又酸又累的柔情攫住，我也不知道此時此刻自己怎麼會在北京，我是那麼浮躁，一顆不安分的心永遠在飄來飄去，一刻也不歇，好累，好沒用，有時連寫作也不能給我安全感和滿足感，什麼也沒有，只有坐著飛機飛來飛去，只有夜夜失眠，音樂、酒精、性也不能拯救我，躺在黑暗的中心像個活死人就是睡不著，我想上帝會讓我嫁給一個善良的盲人，因為我看到的都是黑暗。我在電話裏哭了起來。

「不要哭，CoCo，你哭我會很難受的，發生了什麼事？」天天困惑地說著，還沒有從他藥物催眠下的深沈睡眠中脫離出來。他基本上每晚吃藥，我也差不多。

「沒什麼，朋友們的音樂會挺好的，我覺得很熱鬧，……但我睡不著覺。我想我會睜著眼死掉，……我沒有力氣回上海了，你也不在上海，我想你，……我什麼時候才能見到你？」

「你來南方吧！這兒很好的。……你的小說怎麼樣了？」

他一提到小說我就沈默了，我知道我肯定會回到上海繼續寫下去的。天天喜歡我那樣子，我也清楚我只能那樣子，否則我會失去很多人的愛，包括我自己的。只有寫作能讓我跟其他平庸而討厭的人區別開來，讓我與眾不同，讓我從波西米亞玫瑰的灰燼中死而復生。

16

了不起的馬當娜

不要接受奇怪的陌生男子自願送你一程的邀請——而且要記住，所有的男人都是奇怪的陌生人。

——Robin Morgan主張「姐妹情」

給我一雙高跟鞋，我就能征服世界。

——馬當娜

回到了上海。一切按照某種既無序又預定的軌道發展下去。

我覺得自己瘦下去了。身體的汁液化作墨水汩汩流進了筆尖，流淌到了小說的字字句句。

小四川的外賣準時送來，是那個叫小丁的男孩子送的。在我心情好的時候我會借給他一些書看，有一次他拿了一篇發表在《新民晚報》打工族版面上「心聲」欄目上的小文章，我看了一遍，驚奇地發現他的文筆不錯，也很有想法。他靦腆地告訴我，他的理想就是寫一本本書。昆德拉預言到了二十一世紀人人可以成為作家，只要拿起筆來說出自己的話。傾訴的欲望是每個人作為活生生的人存在的精神需求。

我披頭散髮穿著睡衣通宵地寫，然後清晨從書桌上醒來，額頭上有紫色的墨水印，環顧四周，空蕩蕩地，天天不在，電話也不曾響過，（我總是拔下電話線忘記插回去），我走到床上，躺下來繼續睡。

一天大約是晚上十點多的時候，我突然被敲門聲驚醒。我拍拍胸口，慶幸敲門聲及時地把我從適才的惡夢中挽救出來，我夢見天天上了一輛老式的用鐵皮做成的蒸汽火車，陌生的人坐滿了車廂兩邊的長條凳，我眼睜睜地看著火車貼著我的臉徐徐開動，一個穿軍服戴鋼盔的男人跳上火車，我猶豫了一秒鐘，火車就呼嘯而過了。我哭得絕望透頂，恨死自己，只是因為我看錯了手錶，或者把另一列車的時間誤當成這列車的，而我在最後一刻也沒有衝上車可能我膽怯了。這個夢似乎暗示著我和天天是兩列交錯而過的火車。

我疲倦地打開門，門外是叼著一支煙的黑色馬當娜，穿黑色使她看上去特別纖瘦修長。

我的思想還滯留在剛才的那個夢裏，沒注意到她臉上那種不同尋常的表情。她似乎已經喝過酒了，塗了過濃的鴉片香水，頭髮高高地像古代女人那樣束在頭頂上，眼睛像碎玻璃片那樣閃閃發亮。有種令人不適的氣息。

「上帝，你一直呆在這屋裏嗎？還在寫個不停？」她在屋裏走了幾步。

「我剛睡醒，做到了惡夢。對了，你吃晚飯了嗎？」我突然想起自己一天三頓都沒吃過。

「好吧，我們出去好好吃一頓吧，我請客。」她一把撚滅了煙蒂，把外套扔給我，然後坐在沙發上等我上下收拾妥當出門。

她的白色桑塔納2000就停在樓下馬路邊。她打開車門，發動引擎，我坐在她旁邊，繫上安全帶，車子很迅猛地開動起來。車窗都大開著，在狂風裏吸煙是賞心悅目的一件事，有種所有憂愁隨風一掃而光的錯覺。

馬當娜把車開上了高架橋，自從城市出現了越來越多的高架公路後，一批飆車狂也隨即在高架上出現了。磁帶盒裏在放一首張信哲的情歌，「你是不是有了另一個他，講出來，別怕我傷心。」我這時才發覺她神情有異，再猛一回想那次在Goya碰到阿Dick與朱砂，我反應過來了。

馬當娜這個女人一直有讓人捉摸不透的特質，她的生活裏有太多的即興、隨意和複雜性，對她以前的現在和將來，我一向缺乏某種清晰的猜測能力，我也不知道她與阿Dick是不是玩真的，因為聽她口氣她有過不少像阿Dick這樣的小男朋友。照此推理，阿Dick也不該是她生命旅程中的最後一道溫柔小甜心。

「想吃什麼？中餐、西餐，還是日本菜？」

「隨便」我說。

「說得真不負責任。我討厭別人老說『隨便、隨便』，你還是想想，選一個吧。」

「日本菜」我說。這城市文化有嚴重的親日傾向，安室奈美惠的歌、村上春樹的書、木村拓哉的電視，還有數不清的日式卡通漫畫、日本電器都是人們衷心熱愛的。而我，則不討厭清爽雅緻的日本菜和日本化妝品。車停到東湖路，大江戶日本菜。

燈光像琥珀色的液體傾在地磚上，穿著像木偶一樣的服務生整潔有序地在廳堂穿行。蛋羹、金槍魚壽司、涼拌黃瓜、紫菜蝦米湯一一端上。

「你知道嗎？我跟阿Dick分手了。」她對我說。

「是嗎？」我看看她，她臉色陰怛。「為什麼呢？」我的確不太清楚箇中原因。但我不想說我曾在Goya見過朱砂和阿Dick在一起，朱砂是我的表姐，馬當娜是我朋友，我只有儘量客觀地看待這件事。

「你還蒙在鼓裏嗎？——是你的表姐，你的朱砂表姐奪走了我的男人。」她哼了一聲，把清酒一飲而盡。

「哦！可不可能是阿Dick主動向我表姐示愛呢？」我冷靜地說。因為朱砂在我心目中是個不折不扣的淑女，早上化著不濃不淡的妝坐空調巴士或出租車去office，中午在裝潢洋氣的咖啡館和小餐館吃「白領套餐」，晚上華燈初上時邁著貓步走過淮海路美美百貨不動聲色地陳列著世上頂尖名牌的櫥窗，在常熟路口下電梯坐地鐵，彩妝補過一回的臉上有淡淡的倦意淡淡的滿足的女人們中，就有朱砂一個。而這城市也因為有了這麼多像朱砂這樣的女人，而成為一座流光溢彩、浮華張揚中依然有淑雅、內斂之氣質的城市，張愛玲筆下的迷離閨怨、陳丹燕筆下的精緻的傷感都發生在這裏，有人稱上海為「女人的城市」，這也許是相對於那些有陽剛風骨的北方城市而言。

「我以為我吃定了阿Dick，他所思所想我都能猜到，但還是料不到這麼快他就對我沒有興趣了。我的錢雖然多，但我的臉是不是很難看？」她笑著抓住我的手，把臉在燈光下微微仰起。

我看到的是一張不能說美但卻令人過目不忘的臉，尖尖的臉龐，斜梢飛起的眉眼，蒼白而毛孔略顯粗大的皮膚，濃得要滴下來的名貴口紅，曾經美麗過，但現在柳暗了，雲殘了，落花繽紛陣陣入夢來，被某些腐蝕性的歡樂、張狂、夢境給影響了，這些腐蝕性的東西在柔軟的臉上結了痂，使五官變得尖銳、疲倦、能傷別人也易於為人所傷。

她笑著，眼睛紅紅的，濕濕的，她本身就像一部女人生活史，一張標本，承載了女性特有的立場、價值、本能。「你真的很在乎阿Dick嗎？」我問。

「不知道，……總是心有不甘罷，是他甩了我，……我覺得疲憊了，再也不想找男人了。大概也沒有小男孩真的對我有興趣吧！」她像喝清水一樣喝清酒，臉上漸漸泛紅，像一朵迴光返照的梵谷生前就畫過的向日葵。在我沒準備的情況下，她突然揚手，把一只酒杯扔在地上，一地白玉碎片。

服務生趕緊跑過來，「對不起，不小心的。」我連忙說。

「說實話，你真的蠻幸福的吧！你有天天，還有馬克。是不是都很齊全了，生為女人若能如此就是幸福啦。」她繼續抓住我的手，我的手心突然爆出了冷汗。

「什麼馬克？」我強作鎮定。此時一個中學生模樣的服務生正在拿眼睛盯著我們，兩個談論著私人生活的年輕女人總能引人注目。

「你別裝啦，什麼能逃過我的眼睛，我的眼睛很毒的。我還有直覺，在南方做了好幾年的媽咪可不是白做的。」她笑起來，「放心，我不會給天天說的，那樣會要了他的命。他太單純太脆弱，……而且你也沒什麼錯，我能懂你的。」我雙手抱頭，貌似溫和的日本酒在我身上起了作用，頭開始暈了，要飛起來了。「我醉了」我說。

「去做一下臉吧！就在隔壁。」她結了帳，拉著我的手，走出餐館的門，推開隔壁美容院的門。

美容院不大，四周牆上掛著一些真真假假的畫，據說美容院的老闆本人很有藝術修養，不時會有男人推門而入，不是來看美容床上的女人，而是來買牆上一幅林風眠的真跡。

淡淡的音樂，淡淡的水果香，淡淡的小姐的臉。

我和馬當娜分躺在相鄰的小床上，兩片青瓜涼涼地放蓋在上眼睛，就什麼也看不見了。輕柔的女人的手指在我臉上像魚一樣畫來琢去。音樂催人入眠，馬當娜說她經常在美容院裏邊做臉邊睡覺，那樣的氛圍是屬於女人之間某種惺惺相惜的默契的。被一雙玉手撫摸著臉的感覺可能比男人體貼上好幾倍。精緻的美容院裏瀰漫著某種類似累斯嬪亞文化的氣息。不知哪一床有人在紋眼睛，能聽到金屬劃在肉裏輕微的滋滋聲。有點令人悚然。然後我放鬆了，懷著一覺醒來會貌若伊麗莎白．泰勒的可愛心情迷糊睡去。

白色桑車繼續在夜晚的寂寞高架橋上風馳電掣，我們聽著電臺抽著煙，有種安靜如水的氣氛。「我不想回自己的家，太大太靜了，沒有男人陪著就像個墳墓，能去你家嗎？」她問。

我點頭，說「好的」。

她長時間地呆在浴室裏，我撥通了天天住的酒店的電話，天天的聲音顯得睡意朦朧，（他在電話裏總是睡意朦朧），像熟悉的氣流通過長長的電話線傳到了我的耳朵裏，「你已經睡了嗎？那我以後再打給你吧！」我說。

「哦！不，沒關係，……我覺得很舒服，好像做了個夢，夢到你，還有鳥叫聲，唉！我想吃你做的羅宋湯。……上海冷嗎？」他吸著鼻子，好像有些感冒。

「還好，馬當娜今晚和我一起住，她心情不好，阿 Dick 和朱砂成了一對，……你和線團的身體都還好吧？」

「線團在拉肚子，我抱牠去醫院打過一針，又吃了點藥，我有點感冒了，從海裏游泳回來就這樣了，不過沒關係吧！我看完了希區考克的《倒計時》，覺得風格像古龍的某些武俠書，對了，我要告訴你一件我親眼看到的事，就在昨天我坐在一輛巴士上的時候，碰到一個小流氓，看上去才十四、十五歲的樣子，他當場把我旁邊的一個中年婦女脖子上的金項鏈搶走了，也沒人去阻止他，他就跑下車跑得無影無蹤了。」

「真恐怖，你要當心哦！我很想你。」

「我也是，想念一個人的滋味也很好吧！」

「什麼時候回來？」

「看完這些書，再畫些素描以後吧！這兒的人跟上海不一樣，感覺到了東南亞某個地方。」

「好吧！吻一下。」於是電話裏一片咂嘴聲，最後數著一、二、三兩邊同時掛了電話。

馬當娜在浴室裏叫我，「給我一件浴衣，親愛的。」我打開衣櫃，拿出天天的一件棉質袍子，她已經把浴室的門打開了，正在煙霧騰騰裏擦乾身體。

我把浴袍扔了過去，她作了一個夢露式的挑逗動作，「你覺得我的身段怎麼樣？還有誘惑力嗎？」我雙手抱胸，上下看了一遍，又讓她背轉身，她順從地轉過去，然後又轉了一圈。「怎麼樣？」她熱烈地盯著我。

「說實話嗎？」我問。

「當然。」

「有很多男人的烙印，至少，也有一百個吧！」

「什麼意思？」她依舊沒穿上浴袍。

「乳房不錯，雖然不夠大，可很精巧地流向手掌，腿很優美，脖子是你身上最美的部位，西方上流社會的貴婦才會有如此美脖，但這具身體很疲倦，保留了太多異性的記憶。」

她一直在捏自己的乳房，滿懷憐惜，又視如珍寶，隨著我的話又向下輕撫長腿，向上摸長而纖巧的脖頸。「我疼愛我自己，越疲倦越老就越疼愛，……你不喜歡嗎？」

我從她身邊走開，她摸自己的樣子讓人受不了，不管男人還是女人都會有反應。「這兒比我家還舒服！」她在我身後嚷嚷著。

她要跟我聊天，我們睡在一張床上，蓋著鴨絨被，腿碰著腿。燈擰得暗暗的，可以越過她的鼻子看到衣櫥和窗戶。復旦讀書的時候同室的女孩就有這種同床共寢的習慣，女性分享彼此的秘密、歡樂、欲望、恥辱、夢想的最好地點大概就是共用一張床了。這當中包含著奇異的友誼，憑直覺產生的信任，還有著男人們所無法理解的潛意識裏的焦慮。她說她的往事，作為交換，我也貢獻出自己的往事，當然沒有像她那般濃彩重墨。

她的生活更像一行酒醉後的狂草書法，而我的，則是一行圓體字，痛苦、不安、快樂、壓力並沒有使我顯得更怪異不群，我還是圓潤的可愛的女孩子，至少在部分男性眼裏是這樣。

馬當娜生在上海閘北區的棚戶區，從小的理想是當藝術家，（結果是找了不少藝術家情人），但十六歲就逃學了。她父親和一個哥哥都嗜酒如命，喝醉了就拿她當靶子來揍一頓，漸漸地，這種暴力有了性侵犯的傾向，他們踢她屁股，把煙蒂往她胸口扔。她的媽媽懦弱無能保護不了她。

有一天她一個人上了火車來到廣州。她沒有選擇，在一家酒廊做陪酒小姐，那時候南方城市正處於空前發展的浪潮中，有錢人很多，有錢人的錢也多到令人咋舌的地步。她有上海女孩特有的聰明，一舉手一投足的氣質也優於其他外省女人，客人都喜歡她，捧著她，願意為她做事。她在圈中的地位直線上升，手下也開始招了些女孩，自己做生意。

當時她的綽號是「洋囡囡」，一種上海人對又白又漂亮的女孩的暱稱。她穿黑色細肩帶長裙，手戴仰慕者送的鑽戒，黑髮披在蒼白的臉蛋上，像住在幽幽深宮層層幔簾後的女王，手裏操持著由錯綜複雜的關係網所編織起來的無上的權力。

「那段時間的生活場景回想起來真像隔了一世，可以用一個簡單的標題來概括，《美女與野獸》，而我就是掌握了馴服男人的規則，也許以後等我老了，也寫一本專門給女人看的書，教她們怎麼正確掌握男人的心理，還有他們的劣根性是什麼，就像打蛇要打七寸一樣。男人也有最虛弱的穴位。現在的小女孩子雖然早熟，也比我們那時候更厲害更勇敢一些，但女人在很多地方還是要吃虧。」她把枕頭的位置挪得更舒適點，看看我，「是不是？」

我說，「歸根結底，社會的現有文化體系貶低了女性清醒認識自身價值的必要性，厲害一點的女孩會被譏諷為『粗魯』，柔美一點的女孩則被看作『沒有頭腦的空心花瓶』。」

「總之，女孩子們必須完善自己的頭腦，聰明一點總沒有錯。」她停下來，問我是不是同意，我說同意，雖然不想標榜自己為女權主義戰士，但她的話真是一點也沒錯。使我發現了她頭腦中潛藏著深思熟慮的那個地方。

「那你怎麼嫁給……嫁給你去世的先生的？」

「發生了一件事，那事教育了我，使我明白自己在那個圈子裏再怎麼能呼風喚雨，也總不過是一個易凋的紅顏，……我當時特別喜歡新來的一個成都女孩，她是川大學管理的大學生，看過很多書，能跟我談論藝術之類的話題，（對不起，我雖然很粗俗，可對藝術這個詞總懷有孩子氣的好感，當時我的男朋友裏有一個也是畢業於廣州美院的畫家，跟阿Dick一樣畫超現實主義的油畫），那女孩暫時沒地方住，我就請她和我一起住。就在一個傍晚，突然有三個凶巴巴的男人上門找她。原來她跟他們是同鄉，當時他們籌了款交給這女孩來廣州炒期貨，結果一夜之間十萬塊就炒沒了，被斬了倉，女孩身無分文只好做小姐，但她一直躲著同鄉，也沒通報消息，最後這幾個男人就揣著刀找上門來。我當時正在浴室洗澡，他們發現我也把我帶走了。那情形真是恐怖，我的房間被翻得一塌糊塗，首飾和三萬現金都被拿走了。我說這事跟我無關，放開我，他們就用布塞我的嘴。我覺得是想把我和女孩賣給跨國人販子，會運到泰國、馬來西亞之類的地方。」

「我們被關在黑屋子裏面，我腦子裏死沈沈一片，絕望透頂，四周有種隨時會發生什麼的不祥氣氛，想想幾小時前我還在過錦衣玉食的生活，現在卻淪為一塊待宰的肉，我的命是什麼樣的命啊！他們來了，毒打那女孩，說她真是做婊子的料，然後把我嘴裏的布也拿出來，我決心抓住這機會不顧一切地要救自己一命，我說出長長一串黑白兩道上的人物名單，從公安局頭頭到每一條街上的黑道大佬。他們猶豫了一下，一起去門外商量了好長時間，好像還有爭執，然後一個高一點的男人走進來說，『原來你就是大名鼎鼎的洋囡囡，這是一場誤會，我們馬上送你回去。』」

她的手冰涼地握著我的手，隨著敘述的展開，手指在微微顫慄。「所以你選擇嫁人了？」

「是啊，退出江湖嘛。」她說，「當時有一個做房產成了千萬富翁的老頭子一心想娶我，最終克服了跟一身皺紋的木乃伊睡覺的噁心，我還是嫁給他了，我猜他也活不長，結果證明我的直覺是對的。……現在的我有錢有自由，比大多數女人幸福，雖然也無聊透頂了，可還是比紡織廠下崗女工好吧。」

「我們鄰居家主婦也下崗了，但不見得有多慘，照樣做了熱菜熱飯等老公、小孩回來，一家三口圍著桌子開開心心地吃飯晚，上帝是公平的，給了你這一點會拿走你另外一些東西，所以我有時也蠻理解鄰居們生活中的幸福涵義。」

「好吧，就算你說的有理，睡覺吧。」抱著我的肩膀，鼻息漸漸粗了，昏昏沈沈地睡去。

我睡不太著，她和她的故事像一個光源一樣不停地往我大腦裏放送刺激的光，十二道顏色交替閃爍，尤其這個身體還緊緊挨著我，我能感受到她的溫度、她的呼吸、她的憂傷和她的夢。她存在於可信與不可信的邊緣，存在於火焰與冰雪的邊緣，她身上有攝人的性感（身為女性我更清楚地感受到）、也有駭人的死感。（她有常人少有的經歷和神經質，隨時隨地會失控，會像把刀一樣傷人。）

我試著把她的手掰開，只有離遠點才能睡著。可她把我抱得更緊了，隨著一聲夢中的呻吟，她開始熱烈地親吻我的臉，她的嘴唇像饑餓的蛤蜊濕潤而危險。可我不是阿Dick，或者她生命中其他的男人。我死命地推開她，她還是沒醒。夜色朦朧中，她像長春藤一樣緊緊纏著我的身體，我渾身燥熱，驚慌失措。

然後她突然醒了，睜開眼睛，睫毛濕濕的，「你為什麼抱著我」她低聲責問我，但還是可以看出她挺高興。

「是你先抱我的，」我低聲辨解，「哦，」她歎了口氣，「我做夢了，夢見阿Dick，……可能是我真心喜歡上這小子了，我太寂寞了，」她說著，起身下床，整理一下頭髮和天天的浴衣，「還是去隔壁睡吧，」她走出門的時候突然笑起來，臉上滿是詭異表情，轉身問我，「你喜不喜歡我像剛才那樣抱著你？」

「God！」我對天花板做了個鬼臉。「我覺得我挺喜歡你的，真的，我們可以做得更默契，這可能是因為我們的星座相合，」她作手勢制止我開口，「我指的是，我也許可以做你美麗小說的經紀人吧。」

17

母女間

我不願意讓我的小女兒拋頭露面，面對殘酷的生活，

她應該儘量待在客廳裏。

——佛洛伊德

我坐在雙層巴士的頂層一路搖晃著，穿過那些我無比熟悉的大街、高樓和樹木，在虹口下了車。那幢二十二層樓高的住宅在陽光下很顯眼，大樓外牆的淡黃色已被化學物質污染著略略顯得髒了。我父母就住在樓房的頂層，從我家窗戶看出去的街道、人群、樓房統統變小，鳥瞰下的城市微觀而豐富多彩。但我家的海拔如此之高，使我父母的部分有恐高症的朋友不再經常造訪。

而我卻很享受整幢建築物隨時會坍塌崩潰的感覺。上海不像日本的很多城市坐落在地震帶上，上海只有幾次輕輕搖晃的記憶。其中一次我記得是在與以前雜誌社同事們在新樂路上聚餐的時候，那是秋天的晚上。剛搖第一下的時候我就扔下手裏的大閘蟹，一個箭步首先跳下樓梯，等同事們都下來，我們在飯店門口輕聲聊了一會兒天，搖晃過去了，我們重新回到樓上，我滿懷著對生命的珍惜之情，很快吃完了碟裏剩餘的肥肥大大的蟹。

電梯裏永遠是那個裹著件舊軍裝的老頭子在負責揿按鈕，我也總會想著電梯每上一層，城市脆弱的地表就斷裂出一條細細的縫，電梯上上下下，上海就會以每秒鐘〇．〇〇〇一毫米的速度向太平洋洋底沈陷。

門開了，媽媽的臉上有高興的表情，但她克制著，依舊淡淡地說，「說好十點半到的，又遲到了。」她的頭髮還精心焗了油，做了髮式，應該就在樓下的理髮小店裏做的吧。

爸爸應聲而出，他胖胖的，穿著嶄新的鱷魚牌T恤，手裏拿著一支「皇冠牌」雪茄，我幾乎在一瞬間驚奇地發現，經過這麼多年原來我的爸爸還是相當討人喜歡的漂亮老頭。

我給他一個大擁抱，「生日快樂，倪教授。」他笑咪咪的，皺紋都舒展開來，今天是他的節日，雙喜臨門，既是五十三歲生日，又是他熬到頭髮發白熬到做正教授的一天。倪教授聽上去可比「倪副教授」正點多了。

朱砂從我的臥房裏走出來，她暫時還借住在這裏，新買的一套三屋室的房子還在裝修中。說來也很有意思，我父母堅決不收她的房租，好幾次她偷偷塞在他們的包裏或抽屜裏都被他們責備了一番。他們的理由只有一條，「自己的親戚，這樣看重錢像什麼樣子。商業社會裏也得講親情也得堅持某些原則是不是？」我爸爸說。

朱砂就常送他們水果之類的小禮物，這次生日又買了一大盒雪茄，爸爸只抽國產的

「皇冠」，使他得意的是系裏的一些歐洲訪問學者們在他的推薦下也都抽上了這種中國雪茄。

我買了雙襪子給老爸，一方面是因為在我眼裏送給男性的最佳禮物就是襪子，（我送給歷任男友們的生日禮物就是一雙又一雙的襪子），另一方面我的存款已快用完，而指望新書賺錢也還有一段長長的時間，必須節約一點。

來作客的還有爸爸的幾個研究生弟子，媽媽照舊在廚房裏嚓嚓嚓地炒菜，家裏新雇的鐘點工在一旁幫忙。爸爸的書房裏是一片高談闊論聲，男人們都在談一些又難懂又沒有什麼具體意義的話題。當初爸爸曾想把他弟子中的一個介紹給我做男朋友，我沒答應，因為那個男孩身上的書生氣使我反感，男性在知識淵博的同時應該會解風情知道女人的美、女人的好、及女人的憂傷，至少會說些情話。要知道，女人的愛意首先經由耳朵，再到達心臟。

我和朱砂坐在小房間裏聊天，她的頭髮剪短了，按照最近一期ELLE雜誌上的髮式剪的，所謂愛情使人舊貌換新妝，此話一點都不假。她看上去皮膚光潔（我寧可相信這種光來自於愛而不是她用的資生堂面霜），雙眼濕亮，斜坐在雕花木椅上活像個古代仕女圖。

「你總是穿黑色，」朱砂說。

我看看身上的毛衣和窄腿褲，「有什麼不好嗎？」我說，「黑色是我的幸運色，也使我顯得漂亮有氣質。」她笑起來，「不過也有別的漂亮顏色嘛，——我正想送你一些衣服。」她站起來，就在一只衣櫥裏翻翻找找。

我看著她的背影，心想她總是這麼慷慨善良，但這次是不是想賄賂我，因為她與阿Dick的事與我有關，是我給了他們機會相識，而馬當娜又是我的朋友。

她真的拿著幾件看上去一點都不舊的時裝在我面前一一抖開，讓我看一看。「你留著吧，我沒有很多穿時裝的機會，我總是穿著睡衣付在家裏寫小說。」

「可你要跟書商或者記者什麼的見面，還要簽名售書呢，相信我，你一定會成為很有名的公眾人物。」她笑著恭維我。

「說說你跟阿Dick吧！」我突然說，也許我的話缺少必要的鋪墊，她愣了一愣，笑笑，「很好呀，我們蠻合得來。」

他們在那次草地派對後就互留了地址電話，這一切是阿Dick 主動挑起的。打電話約她出來也首先是阿Dick，第一次赴約前她還很費思量地猶豫著，要不要去赴一個小她八歲的男人的約會，更何況那個男人還與另一個做過媽咪的厲害女人有著曖昧關係。但她最後還是去了。

說不出為什麼，也許她厭倦了自己的謹慎，她不想總是做人們眼中乾淨但空無一物的淑女，良家婦女也會有突然想踏進另一個世界的欲望。正所謂「修女也瘋狂」。

在一家很不起眼的餐廳，他們在燈光下相對而座，她故意沒有任何修飾，衣服也很隨意。可她還是在他眼裏看到了燃燒的小火焰，就像《鐵達尼號》裏露絲在傑克眼裏看到的那種讓人心跳的光。

當天晚上她去了阿Dick的住處，他們在艾拉·費資傑拉德的爵士詠歎調裏做愛，做愛的感覺像場淅瀝瀝的春雨。她從來沒有過如此奇妙而溫柔的感覺，彷彿可以愛到一個人的骨子裏去，可以融化為水，像水般在他的肉身上流淌，隨形賦影，隨音抒情。她暈頭了。

「我是不是個壞女人？」她低聲問年輕而瘋狂的情人。他正一絲不掛倚在床頭盯著她微笑。

「是的，因為你讓我愛上你。」年輕的情人回答說，「在生活中的好女人，在床上的壞女人，像你這樣的女人哪裏可以去找？」他把頭埋在她懷裏，「我想我是個lucky guy。」

她不知道他有多少可信度，但她已想過並已想穿了，不要多操心以後的發展，該怎樣就怎樣。她不想依靠誰，她有份好職業有聰明的頭腦，在這城市裏她代表新一代精神與物質上都自主而獨立的受過高等教育的女性。

「你們，會結婚嗎？」我好奇地問，「我只是關心你……」我補充道。我覺得自己的職業病總像是建立在探聽別人隱私上面的。朱砂剛離婚不久，認識阿Dick時間也不長，可我覺得朱砂是天生適合結婚成家的女人。她身上有母性也有責任心。

「不知道，不過我們之間的確非常默契，」我心想這種默契應該是方方面面的，包括在床上。「喜歡吃一樣的菜，聽一樣的音樂，看一樣的電影，小時候我們都是左撇子，被大人逼著用右手，」她看看我，笑起來，「我一點都不覺得他比我小八歲」。

「圍棋美男常昊也是與一個小他八歲的女人幸福地結了婚。」我也笑起來。「情緣是最說不清的一種東西了。……我從來沒有真正瞭解阿Dick，他其實很內斂的，你能把握住他嗎？——年輕的藝術家往往能激起年長一點女人的母性，而藝術家本身則是不可確定的，游移的，他們東南西北找尋的只是藝術，而不是一個女人。」我說。幾個月後報章都在大肆渲染的竇王離婚事件中，男主角竇唯的理由就是他更愛自己和音樂，太太即使是亞洲歌壇的天后也沒有用啊。

「你也是藝術家啊！」她淡淡一笑，一臉端莊，像清晨公園裏沾著露珠的一尊玉雕，她站起來，走到窗前，眺望遠處。「好吧」她扭過頭來一笑，「談談你的小說，談談你的天天吧」。她的笑容使我突然感到我有可能低估了她對生活的詮釋力和那種女性特有的智慧。她絕對是上海中產階級女性中有主見的典範一員。

「最近馬克怎麼樣？」我問。我們已經有一段時間沒有聯繫，我猜他正忙著享用與家人相聚的時光。

「聖誕的假期剛過，公司裏一下子很忙，有不少業務要趕做出來。——馬克是個令人挑不出毛病的老闆，有判斷力有組織力有頭腦，除了有時太過嚴肅。」她摸著我的膝蓋，壞壞地笑著，「你們倆在一起，可是我沒想到的。」

「我看上他翹翹的屁股和納粹般的骨骼，至於他，可能看上我東方人的身體，光滑，沒洋女人那麼多的毛，黃金般的顏色，有柞綢般的神秘，還有——我有個不能做愛的男朋友，以及我是個寫小說的女人。這就是我們彼此吸引的全部原因。」

「他有妻室。」

「放心，我能控制好自己，不會愛上他就不會有麻煩。」

「你肯定，你不會愛上他嗎？」

「——我不想談這個了。好像女人之間永遠在談論男人，……該吃中飯了。」

我們一起走出房間，朱砂記起什麼，低聲跟我說：下周六下午在浦東美國學校操場上有場德國商會組織的足球友誼賽，馬克會參加，他是他們公司球隊的前鋒線射手。「我想去看看，」我低聲說。「很可能你能見到他的太太和小孩。」她說。

「好吧，可有好戲看了。」我聳聳肩。電影中描寫到丈夫、妻子、情人同時碰面的情形總是很戲劇性的。我想導演就要把鏡頭搖到我身上了。

「多吃點，」媽媽坐在我旁邊，「這道花生豬手湯是我剛學會做的。」她的眼睛裏盛滿了母愛，正是這種東西使我溫暖也使我倍感壓力，使我想縱身跳進去在母性子宮裏熨平所有成長後的焦慮和悲傷，也使我想拔腿逃出母愛築成的大大的廣場。死活都不用管我，也別來煩我。

「還是在叫外賣吃嗎？人瘦多了，……那個男孩，——天天怎麼樣，你們有什麼打算？」媽媽繼續小聲問。我低頭吃飯，把湯喝得嘩嘩響（我們家不允許喝湯大聲）。

爸爸和學生們還在談論國際時事，好像他們親自去過白宮或巴爾幹半島，對伊拉克或科索沃局勢發展瞭如指掌，甚至能說出其中某些細節，比如其中的一個學生知道柯林頓在面對第一次國會調查其醜聞發表講話申明自己清白時，他脖子上掛著的就是李文斯基送的ZOI牌領帶，這是一個非常詭異的暗示性細節，他以此來請求李文斯基與他站在同一戰線，保持忠貞，不要背叛他。

「媽媽」我認真地看了一眼身邊風韻猶存但總是憂心忡忡的中年女士，「你不用擔心我，如果哪一天我有了解決不了的麻煩，我就會躲到家裏來避難的。——就這麼說定了，好嗎？」我抱抱她的肩膀。

蛋糕端上來，是那幾個學生合送的，插著六支蠟燭。爸爸情緒很好，一口氣吹了蠟燭，像老小孩一樣哈哈笑著，切蛋糕分給人家。「馬上就會有筆基金到手了，課題研究會有新的進展，」他說。於是他的學生紛紛談起那個課題——《唐代文官休假制度研究》（聽上去這個話題就像手裏捏了紅球、綠球試問哪一個手裏有黃球一樣奇怪。）

在我眼裏，許多教授門下的弟子簡直就是一群應聲蟲，或者奴隸，他們首先得附合導師的治學思路，藏起自己的疑問，然後在取得導師的垂青後跟隨導師四處開研討會，在導師推薦下在雜誌上發表論文，甚至在導師關懷下結婚生子，謀取職業，直到他地位穩固能發出自己聲音的那一天。

其中一個學生問起我的小說，我想肯定是爸爸告訴他的學生們我又在寫作了，儘管他並不以有一個小說家女兒為榮，但還是在熱心地替我宣傳。一群人又聊了一會兒，我想回去了。

「連一個晚上都不能住嗎？我還有很多話要跟你說呢。」媽媽盯著我，傷心的眼神，恍然地穿過時間，像星際碎片飄在無盡的虛空裏。「唉！我只是想上街走走，晚上我會留在這兒過的。和朱砂睡在一起。」我微笑著，把口袋裏的鑰匙弄出叮叮噹噹的聲音，也是學會說謊的聲音。

18

愛的兩面

我們是情人。我們不能停止不愛

——杜拉斯《情人》

記得兩年前我被雜誌社派到香港做一組關於「回歸」的特別採訪，每到深夜結束一天的工作，我就會坐在維多利亞港的石階上抽著煙凝視星星，仰得脖子差點斷了。每隔一段時間，我就會處於如此這般的渾然忘我的境地，一瞬間忘卻周遭萬物的存在，連自己也忘卻。腦袋裏大概只剩下一些疏淡的蛋白細胞在靜悄悄地呼吸，就像一絲藍色的煙霧靜悄悄地升起那種情景。

寫作使我不時處於這樣的狀態，只不過我是在低頭俯首地凝視一些星星，它們閃爍在一些即興出現的文字裏。我覺得那一刻自己涅槃了，就是說，我不再對疾病、事故、孤獨甚至死亡感到害怕，統統免疫啦。

而現實生活總是事與願違的。我透過一個窗戶，我看到人影幢幢，如黑黝黝的樹枝交叉在一起，我看到愛我與我愛的人，充滿渴望、遙遠的而受難的面孔。

在浦東美國學校的操場邊上，我遇見了馬克一家。馬克今天看上去格外帥氣，可能與明亮的陽光和四周自然怡人的環境有關。這一所專向外籍子弟開放的貴族學校彷彿建立在雲端，與凡俗生活的浮塵隔離，整個校園有種水洗過般的清新，連空氣都彷彿消過毒。這要命的上層階級情調。

馬克嚼著口香糖，泰然自若地向我們打招呼。把他的太太介紹給我和朱砂。「這是伊娃」，伊娃的手拉著他，比我在照片上看到的還要美麗豐滿，一頭淡黃色的頭髮在腦後簡單地束成一束，耳朵上有一排銀色耳釘，黑色毛衣更加襯托出她的白皮膚，那種白色在陽光下有蜜汁的芬芳，使人有做夢般的感覺。

白種女人的美可以沈掉千艘戰帆，（如特洛伊的海倫），相對而言，黃種女人的美則是緊眉俏眼的，總是像從以往香豔時代的月份牌上走下來的（如林憶蓮或鞏俐）。

「這是我公司裏的同事Judy，這是Judy的表妹CoCo，一位了不起的writer。」馬克說。伊娃在陽光下瞇起眼睛，微笑著，握了握我們的手，「這是我的兒子B．B。」他從童推車裏抱起小孩，親了他一口，逗了一會兒，然後把孩子遞給伊娃，「我該上場了。」他踢踢腿，微笑著斜瞥了我一眼，拿起一包衣物走向更衣室。

朱砂一直在跟伊娃聊天，我無所事事地坐在一邊的草地上，回想了一會兒，覺得從見到馬克的妻子第一眼開始，我就沒有原先預想中那麼嫉妒，相反我也喜歡伊娃，誰叫她那麼美，人們總是喜歡美麗的事物的。或者我真是個不錯的女孩，看到人家家庭美滿我也覺得欣慰。

比賽很快就開始了。我的視線一直都緊盯著馬克，他在足球場上來回跑動的身影健康生動，那一頭金髮在風中飄揚，飄揚的也是我的一場異國情夢。他的速度、肌肉和力量已公開展覽在百餘名觀眾眼前，相信很多體育運動實質上是一場集體參與的大型性狂歡，看臺上的球迷和場上的球員一起興奮得難以抑制他們身上的腎上腺素，空氣裏飄來飄去的也就是這種氣味。

一些校園學生在喝著可樂大聲嚷著，伊娃繼續在和朱砂聊天，好像這比看丈夫比賽更有意思，而我的內褲已經濕了。我從沒有像此時此刻這樣對馬克充滿了渴望。讓我像一隻被狂風搖落的蘋果一樣落進他的懷裏吧。

「CoCo，幾年前你出過一本小說集吧。」朱砂突然打擾了我的注意力。

「哦，是的。」我說，我看見伊娃對我微笑。

「我很有興趣，不知現在還能買到嗎？」她用英語說。

「恐怕買不到了，不過我自己還有一本可以送給你，只是，那都是用中文寫的。」我說。

「哦，謝謝，我正打算學中文，中國文化很有意思，上海是我見過最令人嚮往的城市。」她的臉白透紅，多汁的白人少婦。「有空的話下個周末來我家吃飯怎麼樣？」她發出了邀請。

我掩飾住緊張，看看朱砂，該不會是鴻門宴吧？

「Judy 也會來，還有我們的一些德國朋友。」伊娃說，「下個星期我就要回德國，你知道，我在政府環保部門工作，不能請長假。德國人熱愛環保到了偏執的地步。」她微笑著，「在我的國家，沒有那種冒煙的三輪汽車，也沒有人把衣服晾在人行道上。」

「哦！」我點點頭，心想德國可能是離天堂最近的地方，「那好吧，我會來。」

我覺得她也許不是那種很聰明的女人，但也許慷慨而可愛。

童車裏的小BB高聲叫起來，「PaPa，PaPa。」我扭頭看到馬克揮著拳頭一個跳躍，他剛剛射進了一粒球。他遠遠地向我們拋了個飛吻，伊娃看了看我，我們都笑起來。

在去教學樓找洗手間的時候，朱砂問我「有沒有覺得伊娃很可愛？」

「也許，這更使人對婚姻感到悲觀。」

「是嗎？——看上去馬克很愛她的。」

「婚姻專家說，一個人真心愛他的伴侶卻並不表示他會對伴侶保持一生的忠貞。」

在洗手間我發現了一張有趣的張貼卡通畫，上面是一片綠色叢林，一個巨大的問號：「世上最可怕的動物是什麼？」從洗手間出來，我和朱砂異口同聲地說出了這個答案：「人」。

在中場休息的時候，大家喝著汽水開著玩笑。我有機會與馬克說幾句話：「你的家人很可愛。」

「是啊。」他臉上的表情很客觀。

「你愛你太太嗎？」我輕聲問。我不想和他饒圈子，單刀直入的方式有時給人快感，我不太懷好意地看著他。

「你會嫉妒嗎？」他反問。

「笑話，我不是傻瓜。」

「當然了。」他聳聳肩，把視線投向旁邊，和一個熟人打了個招呼，然後轉過臉對我微笑。「你是在夜晚唱歌的女妖。在我們國家的傳說中，這個女妖出沒在萊茵河，她會爬上岩石，用歌聲誘惑船夫觸礁身亡。」

「真不公平，這事打一開始就是你先誘惑我的。」

伊娃走過來，抱住丈夫肩頭，伸臉給了個親吻。「在談什麼？」她面帶疑惑地笑著。

「哦，CoCo在講一個新構思的故事。」馬克順口說。

阿Dick在球賽結束前來找朱砂，他穿得簡單而時髦，頭髮用髮膠打理過，額前一片略略揚起。但左腮上有一塊奇怪的傷疤，看樣子是剛剛受的傷，並且是用利器刮的。他跟我寒暄了幾句，還好沒問我小說寫的進度。最近我已經受不了別人一見我就問小說，那讓我精神緊張。

「你的臉怎麼了？」我指指他臉上的疤問。

「被人打的。」他只是簡單地說。我張張嘴，覺得實在很奇怪，他又能惹上誰呢？我看看朱砂，她做了個手勢，彷彿是表示此事既已過去，就不用再提了。

我的腦子裏突然電光一閃，會不會是那個瘋狂的女人，馬當娜？她口口聲聲說不甘心，難道她會找人用這種方式教訓她的前男友？如果是這樣，那真正是很暴力的情結。

這些天，馬當娜不在上海，她帶著信用卡去了香港瘋狂購物，並會在那兒住上一段時間。前幾天晚上她給我打電話說了一堆神叨叨的夢話，說是去過全香港最有名的法師王半仙處，被告知近期的確霉運當頭，諸事不順，宜東南行，所以她去香港是去對了。

朱砂的阿Dick他們要一起去裝潢店買牆面塗料，朱砂那套買在瑞欣花園的房子由阿Dick幫忙設計。據說打算在牆面上塗一種復古情調的油漆，優雅的赭色，光滑厚實的質感，可以使人彷彿置身於塞納河畔，因為只有法國才出產，帶著三〇年代沙龍的味道。

賣這種油漆的店不多，他們聽說在浦東一家裝潢總會有。

球賽還沒完，他們就一起離開了。我獨自一人呆在場邊，直到球賽結束。結果是馬克的球隊勝了。

馬克頭髮濕淋淋地從更衣室出來，他換下了球衣，走向這邊。伊娃和我一直在交流彼此對中西方女性意識及文化異同點的看法。她認為在西方一個女人有一點點的女權意識會受到男性的仰慕。我說，「是嗎？」然後我們的交談結束了，伊娃轉臉過去與丈夫親吻。

「一起去逛會兒街，怎麼樣？」她問我。

在浦東的八佰伴百貨店，伊娃獨自坐電梯到三樓禮品專櫃去看陶瓷和絲製品，我和馬克坐在樓下的咖啡座的一角，喝著咖啡，不時地逗著BB。

「你愛她嗎？……對不起，我問得不太禮貌，這只是你們兩個人的事。」我玩著一塊方糖，眼睛看著對面的柱子，柱子漆成奶黃色，上面畫了些裝飾圖案，剛好能擋住進出於商店的人群的視線。

「她是個善良的女人。」馬克答非所問，一隻手握著兒子的小手。

「是啊，幾乎所有的人都是善良的。包括你，也包括我。」我微諷地說。儘管這種略微嫉妒的情緒不合我們之間這種情欲遊戲的規則。這規則中最重要的一條就是隨時隨地保持平常心，不能有傷感或嫉妒的傾向。

有句話說得好，「決定了就做，做了就要承受一切。」

「你在想什麼？」他問。

「在想我的生活到底是怎麼一回事。還在想，……你會不會讓我痛苦？」我盯住他，

他不說話，我突然被一種類似憂鬱的感覺控制了。「親親我。」我低聲說，把身體朝桌子那邊靠了靠。他不太明顯地猶豫了一下，然後也靠近桌子，把臉伸過來，在我唇上留下濕而溫熱的一吻。

「會有那麼一天嗎？」

幾乎就在我們同時閃開身的一剎那，我看到伊娃的身影從柱子後面閃現，她微笑著，手裏提著滿滿的購物袋。馬克的神情也幾乎在一秒鐘之內調整適當了，他接過太太手中的東西，用我聽不懂的德語輕鬆地跟她開了句玩笑，（我猜是玩笑，因為她很快地笑起來），我像個局外人那樣看著他們夫婦的恩愛舉止，然後我向他們告別。「下周末在晚餐桌上見。」伊娃說。

我在碼頭乘上過江擺渡遊輪的時候，天色變得很糟糕，鉛灰色的雲堆積在頭頂，像一大團敗絮。江水一片濁黃，飄浮著零星的塑膠瓶，爛水果，煙蒂之類的垃圾。水面微微起

皺，像一片弄髒的巧克力奶昔。波光使眼睛略略不適。身後是高樓鱗次的陸家嘴金融區，前方是雄偉不可一世的外灘建築群。一艘黑舊的貨船從右邊駛來，貨船尾部飄著紅布，看上去怪裏怪氣的。

我呼吸著清涼的發酵味的空氣，看到浦西碼頭越來越近。我有種恍然的感覺，好像在很久以前夢裏經歷過這種場景，泛黃的水，傷感的空氣，鏽跡斑斑的船頭略略傾斜著，向著尺尺之遙的碼頭慢慢傾斜過去。這就像靠近一個男人，就像觸摸另一個世界的一顆心靈。

近一點，再近一點，可也許一輩子都無法企及。或者，靠近只是為了最終的分離。

我戴著墨鏡走下鐵踏板，走進中山東一路中的人群。我突然有點想哭一哭，是呀，每個人都有突然想哭一哭的衝動，上帝也不會例外。

天突然下起了雨，可太陽還在照耀著樓群，漸漸地，太陽隱去了光芒，風大起來。

我躲進一家路邊的郵局，裏面擠滿了和我一樣躲雨的人們，一股溽濕的蓊鬱之氣從頭髮、衣服和靴子上散發出來。我安慰自己，這氣味儘管不好聞，可總比科索沃阿爾巴尼亞邊境上的難民帳蓬強多了，戰爭是可怕的，我只要一想地球上的數不勝數的災難就想得開了。像我這樣年輕、好看，寫過一本書的女孩該是多麼的幸運，幸福。

我歎了口氣，在報刊櫃前翻閱了一會兒報紙，看到一則來自海南的消息，警方摧毀了一宗建國以來最大規模的國外名車走私案，涉及雷州半島主要的領導層。

我很快地從包裹取出通訊錄，得給天天打個電話。我記起我已有一星期沒有跟他通話了，時間過得真快，他該回來了吧。

在櫃檯付押金然後領牌去四號的DDD電話亭。我撥通電話，很長時間都沒有人接。就在我要掛話筒的時候，天天的聲音非常模糊地傳過來，「嗨，我是CoCo，……你怎麼樣？」我對他說。

他好像沒有醒過來，半天才回答，「嗨，CoCo」。

「你病了？」我警覺起來，他的聲音實在不對勁，彷彿從遙遠的侏羅紀時代傳來，沒有熱力，甚至沒有意識的連接。他模糊而低沈地哼了一聲。

「你能聽見我說話嗎？……我想知道你到底怎麼啦？我著急起來，提高嗓門。他不說話，緩慢而細微地呼吸聲。

「天天。請你說話吧，別讓我著急。」長長的沈默，彷彿有半個世紀那麼長，按捺住不安的躁動。

「我愛你。」天天的聲音像夢魘。

「我也愛你。」我說，「你真的生病了嗎？」

「我……挺好的。」

我咬著嘴唇，百思不得其解地盯著有機玻璃，玻璃上有不少灰色污垢，玻璃外的人群漸漸疏散了，看來雨已經停了。

「那，你什麼時候回來？」我的聲音很大，唯恐不這樣就不能吸引他注意力，他隨時會睡去，會消失在話筒的那一端。

「能不能幫我一個忙？……寄些錢過來。」他低低地說。

「什麼，信用卡上的錢，你都用完了？」我吃驚極了。信用卡上有三萬多塊錢呢，就算海南的物價再怎麼高，他又不愛逛商店，也不會拿錢去勾女人，他就像個襁褓裏的小孩一樣無欲無求，不可能花錢如流水的，肯定是什麼事發生了。我的直覺被一片陰影所籠罩住了。

「衣櫥右邊的抽屜裏有存摺，很容易找到的。」他提醒我，我突然變得非常生氣，「你怎麼啦？你得告訴我那些錢都花在了什麼地方了？不用隱瞞，相信我就告訴我實情吧。」

沈默。

「不說就不寄錢。」我用蠻橫的語氣恐嚇他。

「CoCo，我很想你。」他嘟囔著。一般黑色的溫柔攝住了我。「我也是。」我低聲說。

「你不會離開我吧？」

「不會。」

「即使你有了別的男人，也不要離開。」他請求，此刻他顯得意志薄弱，不祥的氣息一分一秒都從手邊的電話線源源不斷地流出。

「怎麼了？天天。」我低聲喘息著。

他的聲音很微弱，但他還是說出了一樁可怕的事，我確信我一點也沒有聽錯，他在吸海洛因。

事情的經過應該是這樣，他在某一個下午，坐在街上的速食店裏突然碰上了一個熟人，他在上海生殖健康醫療中心認識的叫李樂的人。他也來到了海南，住在這兒一個親戚家，平時在親戚家開的私人牙科診所做小工。

他們聊得頗為投緣，天天可能也憋了一段時間，對突然有了一個談話物件而感到高興。李樂帶他去了很多地方，都是他以前不知道、知道了也不敢一個人去的地方。地下賭場、黑暗髮廊、時常有群毆發生的廢棄倉庫。天天並不對這樣一些場所著迷，但卻被這樣一個見多識廣，詼諧而機智的朋友吸引住了。

他看上去很友好，熱情的表層下浮動著無形的冷漠，而這正是天天所能接受的性格類型。他們都有一雙忽冷忽熱的黑眼睛，幹什麼都悄無聲息的，說也好，聽也好，笑也好，眼神總是憂鬱的。

南方使人心情舒暢的風中，他們肩並肩散步，談論著亨利・米勒和垮掉一代，坐在小小的露臺上看夕陽，捧著新鮮的椰子吮吸潔白的汁液。不遠處的馬路上，一些膚色蒼白的化著濃妝的姑娘開始出現了，她們懷著一顆毫無浪漫的婊子心尋尋覓覓，她們的臉上有虛情假意的笑容，她們的鼻子可憐兮兮地抽動著，她們的乳房看上去硬梆梆的，像沈重而絕望的史前化石，南方的空氣裏有無法言傳的騷動、富麗、幻影。

在李樂親戚的診所，天天第一次嘗試了注射嗎啡，是李樂先示範然後問天天想不想也試一下。屋子裏沒有別的人，已是深夜，不時有街上人用當地話說聽不懂的話，有大型貨車沈重地碾過地面的轟鳴聲，和遠處輪船拉響的汽笛聲。

這一切就像在世界的另一個地域，不知名的溝壑山丘起伏連綿，形成巨大的立體的陰影，甜絲絲的風吹過利箭般的大型枝葉，無名的粉紅色花朵開在溝壑最底層，一朵接著一朵，連續不斷地蔓延成一片粉色海洋，輕飄飄地，溫暖如母親的子宮，有毒的陶醉感影響了土地上每一寸空間，直接滲入心臟的紅色薄膜。

月亮有盈有缺，意識時斷時續。

事情變得不可控制。天天每晚都帶著粉紅色的夢入睡。粉紅色的汁液自然而然地粘在他的皮膚上，毒汁像某種蠻荒時代的洪水趕著他往前跑。他的軀體軟弱無力，他的神經也似乎一觸即斷。

我至今都還不願正視這一幕，這一幕發生在整個故事急轉直下的轉捩點。也許，這又是從一開始就注定了的，無法迴避的，從年幼的天天在機場迎接他父親的骨灰那一天起，從他患上失語症退學，從他在綠蒂澗遇到我，從他在第一夜俯在我身上大汗淋漓軟弱無力，從我與另外一個男人上床，從那些時刻起，他就在持續不變的絕望與夢想裏脫不開身。是的，他與這些東西難解難分，分不出界限，只是在無可名狀的柔軟的器官的陰影裏生活一輩子、死一輩子。如此而已。

一想到這點，我就想尖叫，那種恐懼，那種迷狂，已超出了我的理解，超出了我的力量。在此後所有的日子裏，天天天使般的面容輕輕一閃，我就要在門背後跌倒，心痛的時候是可以痛到死的。

一切跑腿的事都由李樂來做，天天的錢被換成一撮一撮白色的粉。兩個人呆在賓館的房間裏，貓睡在電視機旁邊，電視機成天開著，那上面每日有打劫案和市政工程的報導。

幾乎不吃飯，身體的新陳代謝幾乎降至零，門開著，方便服務生送飯，連走動一步都懶，房間裏散發出奇異的某種不真實的氣味，像果凍放進屍體肚子裏那種清新而腐爛的混和。

漸漸地，為了省錢，或者有時找不到做生意的熟人，他們去藥店買很多咳嗽糖漿，儲備在房間裏以供不時之需。李樂會用一種土方法在一隻小咖啡杯裏把糖漿熬製成某種麻醉替代品，但味道實在很糟，可還是聊勝於無。

有一天，小貓線團從這個房間裏出走了。它一連幾天都沒有食物可吃，它已經不再得到主人的關照，於是有一天它決定出走，走的時候肚子癟癟的，毛色暗淡，骨架嶙峋，似乎活不太長。

它走了以後一直沒回來，它不是死了，就是成了一隻專門在深夜垃圾堆裏覓食、在街角某處叫春的野貓。

情況變成這樣，我一時被驚呆了，腦子糊裏糊塗的。而失眠更是使人全身發熱，所有的影子都在四周飄移，記錄下千萬種的形狀和絕境。在乾燥而沒有希望的夜晚，我躺在床上，翻來覆去地想了一夜，把我和天天相識的日子沒有秩序地重映了一遍，我的大腦像一片蒙著灰塵的螢幕，我和我的寶貝則是世上最蹩腳的男女主角。

可我們那麼深地彼此相愛，誰也離不開誰，尤其是現在，天天隨時會像天外浮塵一樣以失重的速率飄遠的恐懼使我的心痛成一團，我感覺我更愛他了。我盼著天快點亮，不然我就要瘋了。

19

去南方

鑰匙在窗臺上，鑰匙在窗前的陽光裏，我有那把鑰匙，結婚吧艾倫！不要吸毒，鑰匙在窗前的陽光下。

——艾倫．金斯堡《祈禱》

第二天我帶著一隻小小旅行包，直接坐車去了機場。在機場我買了下班去海口的飛機票。做完這些，我想起有一些電話要打。天天的房間沒人接電話，他好像不在賓館，於是我給賓館前臺留了言，說了我到海口的時間。翻著通訊本，我有些黯然神傷，在此時在我面臨一個凶吉未卜的問題時，好像還是找不到合適的人可以打打電話，分擔我的驚慌和焦慮。

馬當娜的手機關著，朱砂辦公室的電話一直在佔線，手機也佔線，不知道她同時在跟幾個人說話，蜘蛛因出差不在上海，他的同事問我有什麼話可留下，我說謝謝，不用了。剩下的還有我的編輯鄧，我的心理醫師——大衛，我的情人馬克，我的父母，還有此前認識的幾個男性的電話。

我把磁卡在話機裏插進插出，情緒低落，轉過臉隔著大玻璃窗可以看到一架麥道飛機正沿著跑道滑行，然後經過加速，它猛地一抬頭，衝出了我的視線。那種瞬間飛升的姿態非常優美，像是銀色大鳥。約翰·丹佛的歌《乘飛機遠去》曾經打動了多少寂寞旅人的心。

我走進抽煙室，與一個男人對面而坐。他略略側著身，看得見他留著漂亮的阿加西式的小鬍子，穿長長的喇叭形皮裙。我不知道一個中國男人留這種式樣的鬍子也可以留得這麼有型，他也是唯一一個讓我遇見穿皮裙上飛機的男人。他抽的牌子是「三五」，我能嗅出那種煙霧裏特有的粗糙氣味，像粗皮麵粉黏在舌尖上的感覺。熱的煙夾在冷的手指間。

然後他轉過臉正面對著我，他的眼圈微微發黑，眼睛卻特別亮，看上去威武又柔美，陰陽顛倒正負相和的一種形像。

我們都瞪著眼睛彼此看了一會兒，他站起來，微笑著向我張開手臂，「CoCo，是你嗎？」此人正是我曾在北京遇到過的造型師飛蘋果。

我們擁抱，然後並排坐下來抽煙。交談了幾句，原來我們坐同一班飛機去同一個地方。我的頭一直在隱隱作痛，抽煙室裏的光線也令人不適。

「你看上去不太好，有什麼問題嗎？」他低頭仔細地察看我的臉，用一隻手臂擁住我。

「是不太好。……不過說來話長，我是去接我的男朋友，他在那兒快要崩潰了。……而我，也沒什麼力氣。」我喃喃地說著，扔掉煙蒂，站起來。「這兒空氣真差。」我說著，朝門口走去。

他跟了上來。「等等，咦，這地上是什麼？」我昏頭漲腦地只顧朝外走，「CoCo，你的耳環掉了嗎？」

我摸摸耳朵，歎口氣，從飛蘋果手裏接過這粒像米一樣大的鈷鑽耳插，它在不同的光線下會有不同的光彩和形狀，是我目前一身黑撲撲顏色中唯一的亮點。我謝了他，一邊走一邊心想，「真是人一碰到不順心的事，就樣樣都作怪，連好端端地抽一根煙都會有耳環掉下來。」

在入登機口前，我還是給馬克打了個電話，他聽上去正在忙碌。「Hello。」他的聲音心不在焉的。我的聲音也隨之變得冷冰冰，冷面孔貼冷面孔才是公平的，以此自我保護。

「我在機場呢，」我說，「周末的晚餐就不能赴席了，請跟你太太說一聲，我很抱歉。」

「你要去哪裡？」他的注意力終於吸引過來了。

「我男朋友那裏」

「會很長時間嗎？」他的聲音開始滲入了嚴重的不安，也許手裏的筆放下了，文件夾也合上了。

「如果那樣，你會傷心嗎？」我還是冷冰冰的聲音。我現在的確高興不起來，我看上去蒼白堅硬，像二十世紀末的怨女。我對什麼都不滿意，真是問題多多。

「CoCo！」他呻吟了一聲，「你知道我會怎麼樣的，哦，不要開玩笑了，你很快就會回來的，是吧？」

我沈默了一會，當然，他說得對，我會把天天帶回來的，一切都應該好起來。可還能回復到以前的狀態嗎？我還能以擁有兩個男人（而其中一個男人因苦悶而吸毒）而心安理得地寫小說嗎？

我哭起來。馬克著急的聲音：「出了什麼事，寶貝你說話吧。」

「沒什麼，等我回來後再跟你聯繫吧。」我說著掛了電話。我想我用惡劣情緒污染了其他的人，馬克會心神不寧地在辦公室裏轉，可憐的人，還有可憐的我。

吳大衛曾經對我說：可憐自己是一種最應鄙棄的行為。他說這話時臉上有種上帝般威風凜然的表情，臉上一片亮光。而我從來聽不進他的這句話，我從來都比較容易可憐自己，自戀正是我身上最美的氣質。

飛機在雲層裏穿越，飛蘋果坐在我的鄰座。他一直在絮絮叨叨地說話，而我則在看雜誌，脫外套，拿外套，再看雜誌，閉眼睛，左手支在下巴上，右手抱在胸前，咳嗽睜眼，調座椅背的位置。

機上小姐送飲料和點心來，在放小擱板的時候，我手裏的可樂不小心潑到了飛蘋果的膝蓋上，我連忙說「對不起」。於是我開始跟他說話，這個漂亮男人的眼神如暗火搖曳，如無形的網，如發電機，能電倒一批女性，只是除了像我這樣悲傷的女性。

他說他現在吸取了日本的流行元素，主張用粉紅，粉藍和銀色來打理顧客形像。後面幾排就坐著他的同行者，這其中有一位影視女明星，兩位攝影師，三位造型助理，三位身體健康的男性隨員。他們正去海南為女明星拍一套寫真。那女明星我似乎在一齣戲裏見過，長相一般，既非玉女也非豔后，除了美妙的胸其餘乏善可陳。

飛蘋果坐在我的身邊，不停地說話趕跑了我腦子裏的胡思亂想。我一直在聽他說，我想穿皮裙的男人不是很可惡就是很可愛，他從他上個月拔掉的一顆壞牙，說到他的父母總在吵架，他的女朋友總在嫉妒他的男朋友。

我睡著了，等我醒來時，飛蘋果閉著眼睛，然後他也醒了。「快到了嗎？」他問我，然後拉開窗板看飛機下面有些什麼。

「還在途中，」他說著，對我微笑，「你從來不笑嗎？」

「什麼？……不，我現在不想笑。」

「因為我？」

「不，因為我的男朋友。」

他摸到我的手，握了握。「別害怕麻煩，每個人任何時候都有大大小小的麻煩。比如我，我從一個麻煩跳進另一個麻煩，我也不知道自己愛女人多一點還是愛男人多一點。」

「愛人和被人愛總是好的。」我對他笑了一笑，這一笑也許不免淒然。談來談去總是這樣的話題，就算我和我故事同時銷聲匿跡了，別人的故事依舊在上演，充斥其中的字眼就是一個「愛」字，圍繞它展開的是驚心動魄，傷筋動骨，林林總總，五花八門的場面。

飛機在快到海南機場的時候，遇到了一股突如其來的氣流，飛機抖動得非常厲害，空中小姐在巡視旅客安全帶的時候摔倒在地毯上。

機上人都驚慌起來，我聽見那個女明星一聲尖叫聲，她指著一個經紀人模樣的男人說，「我就是不要坐這班飛機嘛，現在倒好，為趕時間命也要搭上了。」她的尖叫使機上的氣氛顯得很奇怪，像在拍一部電影，而不是真的發生了什麼險情。

飛蘋果緊抓著我的手，臉色蒼白，「一想到能拉著你的手摔下去，倒還沒有糟到極點。」

「不會的！」我說，忍著胃部劇烈的翻騰感，「算命的從沒說我會出意外，所以飛機不會掉下去。專家統計說飛機是世上安全係數最高的一種交通工具。」

「我買了保險，航空失事保險加壽險可是一筆大錢，不知我父母會高興還是會傷心。」飛蘋果喃喃自語。

正說著，飛機突然就恢復正常，再次進入到四平八穩的如靜止般的狀態。

在機場，飛蘋果和我匆匆地互吻道別，嘴唇上一直是濕濕的感覺，很多同性戀或雙性戀的男人有與眾不同的溫情，是小動物般毛茸茸的溫情，儘管他們容易得愛滋。「小碎丸子」Alanis Morissette的一首歌唱得好，「我有病，但我是漂亮寶貝。」

計程車一路開著，窗外是藍天，藍天下有不少發亮的房子，我不知身在何處。司機沒頭沒腦地開了好一陣，終於把我載到天天住的賓館，看上去不大。

我問了前臺B405有沒有來看過我的留言，服務小姐說沒有。她的嘴唇塗得非常紅，還有稍許口紅殘留在牙齒上。我試著打電話上去，天天不在。我只好在廳堂角落的沙發上坐等。

下午三點的陽光照在玻璃牆外的街上，陌生的人群車流熙熙攘攘，但沒有上海的擁擠，沒有我所熟悉的那種附麗於市井氣之上的精緻、洋氣。人們看上去都長得差不多。偶爾有特別漂亮的高大女子走過，顯然是從北方來此的移民。她們身上有上海女性所缺乏的霸氣之美，她們的眼神更有力，但上海女人卻依舊以其精緻，克斂，善算計引以為傲。

我餓壞了，提起包來到街上。對面就有一家速食店，我挑了個臨街的位置坐下，這樣可以看到賓館門口出入的人。

速食店裏有一些時髦的孩子，用我聽不懂的話在嘰哩呱啦聊天，廣播裏一會兒是放粵語歌一會兒放英文。有兩個警察走進來，奇怪的是，他們都不約而同地把目光投向我。

他們買了可樂，在返身走出玻璃門前又看了我一眼。我摸摸臉，臉上好像沒什麼，我的黑色緊身胸衣也沒有崩線或滑帶，褲子的拉鏈也好好的，小腹緊繃平滑沒有懷孕的跡像。看來我要麼看起來挺美要麼就是挺可疑的。

我這會卻又不餓了，一點胃口都沒有，什麼也吃不下，只是一小口一小口地喝咖啡。這杯咖啡裏有股化學味道，像在喝傢俱亮光劑。

走進洗手間，在鏡子裏看到一個蒼白的自已。我跨在抽水馬桶上方，像男人那樣小便，在公共廁所我總是這樣解決問題。馬桶圈墊被數不清的人使用過，有數不清的體液、細菌、氣息、回憶、見證和歷史。這馬桶看上去就像一隻巨大的潔白的蒼蠅，哀而不怨地棲息在各色女人的胯下。

小腹突然一陣鈍痛，我在手紙上看到一抹紅色，太倒楣了，幾乎一離開上海到其他任何地方，我的月經也就無一例外地來臨了。尤其是現在，我是來面對一樁對我和我的愛人來說生死攸關的問題，但我自己的身體也陷入了另一種困境。

神經上的緊張加劇了子宮內膜的收縮，疼痛一陣陣襲來。我原本還以為上一次與馬克的性交已經植下了一個胎兒，我甚至想著對天天坦承一切，然後讓胎兒出生，這個小孩是誰給我的無關緊要，只要她（他）身上流著愛的血液，只要她（他）的微笑可以讓天空燦爛，小鳥歡鳴，陰霾和憂鬱盡散，只要……。

我痛得全身發冷，把捲筒紙上的紙都拉下來做成厚厚的一疊塞在內褲裏，我希望這些捲筒紙都消過毒。現在我需要的是一大杯熱開水，和一隻捂在肚子上的熱水袋。

媽媽曾對我說：大多數女人生下小孩就沒有這每月一次的受難了，因為子宮頸鬆開了。那就是說如果我一輩子不要有孩子，就得痛一輩子，如果更年期在五十五歲，那麼到現在還有三十年，每年十二次。我的腦子飛快地轉著，一到這時候我就比一隻病貓還要神經質。朱砂也有這問題，但不厲害，相比之下馬當娜卻更誇張。她身邊的男人一個個離開她，固然有許多原因，但其中之一就是受不了一個月裏那失控七天裏她的喜怒無常。暴戾和衰弱折磨著她和他們，比如她讓男友去超市買止痛片和衛生棉，但買回來的時候她不是因為他們買得不夠快速，就是因為他們沒有買到她心儀的那種牌子而勃然大怒，地板上摔滿了衣服和碎片。她的記性變壞出爾反爾，取消所有的約會，派對，計畫，不能有人在她面前仰頭大笑，也不能悄無聲地走路。如果她猛一回頭發現男友在身後，她就要尖叫。她還會在晚上不停地做惡夢，夢到以前廣州做事時認識的一些黑道男人，他們把手伸進她的子宮，取走了一架奇特的類似無價之寶的機器，她絕望地尖叫，醒過來卻發現血濡滿了衛生棉，並滲到床單和床墊上來，還有一些沾在男友內褲上。於是她去洗手間沖洗，坐在馬桶上換衛生棉，而男友則再也受不了了，這是當然的事。

每月一次的月經給女性造成的影響涉及生理心理各方面。影視和書刊也做足了這方面的文章，一旦月經沒有來，女主角的命運就相應出現了轉折。看多了有點蠢，但這給了女權主義者某種不大不小的把柄，她們不停地詰問男性：這公平嗎？什麼時候才會有真正的女性解放？

塞著厚厚的捲筒紙，走路的姿勢有些呈外八字，像裹著尿布的嬰兒一樣無助。此時我已失去了對接下去會發生事件的把握力。我想馬上見到我的寶貝，我想著與他擁抱融合在一起時那種入骨入髓的溫暖。這種溫暖由心臟抵達另一顆心臟，與情慾絲毫無關，但卻有另一種由親情和愛情化學反應後產生的瘋狂，還有不可分析的神的咒語。

我一杯接一杯地喝著滾燙的咖啡，左手緊緊護在小腹上，然後我透過玻璃窗看到了熟悉的身影。

我站起身，大步走進玻璃門。在穿過街道的時候，我大聲叫出了他的名字，他停下來，轉過身，我們微笑著注視著對方。因為再也別無選擇，我們只能懷由強烈的愛而生的憐憫和哀傷，再次吸納了對方。我們擁抱在一起，吻在嘴唇上，吻出血。愛一開始就存在著，就像死一開始就對立著。我聽到他喉嚨裏的啰啰聲。我的子宮變暖了，疼痛有所減輕，而我也明白我們注定是要貪圖最後一滴的歡樂的，如在花朵中。

因為別無選擇。

晚上我陪著他去李樂打工的牙科診所。

在我眼裏那是一個可怕的地方，骯髒，甜腥，還有金屬外殼般的冷光。李樂還是那麼瘦瘦小小，像因某種意外而造成發育中止。我一直緊閉著嘴，我承認我有點害怕，但我已答應要陪天天去一個小學操場。在那兒的一個角落將有一次不道德的交易。而作為條件，天天明天就得隨我回上海。他會去一家公安局辦的戒毒所，我告訴他這是唯一的辦法。我需要他好好的，我們必須長相廝守下去。

我和天天手拉手，另一隻手則插在褲兜裏，那兒裝著錢，我的腹部又開始隱隱作痛，雖然衛生棉正緊緊地塞在我的身體裏，像一道閘門，彷彿提供著某種虛無的安全保障。

走進一扇無人看管的小門，我看到了一個大大的操場，有弦形的跑道，孩子們玩的低矮攀登架，還有球網和籃球架。我們縮在圍牆下面的一片陰影裏。

天天輕輕抱住我，用一塊髒兮兮的手帕擦我額頭上面的汗珠。無論情況多糟，無論身處何地，天天總是備著一條手帕，在這一點上他像個好兒童，或者是貴族。

「很痛嗎？」他溫柔地看著我，我搖搖頭，把頭靠在他的肩上，月光在他眼睛上部留下了深深的陰影。他瘦多了，眼部四周有一圈青紫色。我不能仔細端詳這張臉，否則我會淚眼朦朧，會覺得無助得要命。

兩個穿牛仔褲、戴墨鏡的男人的身影出現了，我和天天握在一起的手突然變得冰冷起來。

李樂迎上去，跟他們低聲說了些什麼。男人朝我們這邊走過來。我蹲在大牆角，屏息凝神，一動不動。天天站起來，把我給的錢抓在手裏。

男人盯著我看了一眼，然後問：「錢呢？」

天天伸手過去。男人數了數然後一笑，「好，扣除上次的欠款，只能給你這麼多。」他說著迅速地把一小包東西塞到天天手裏。天天把那東西塞進左腳鞋幫裏。

「謝謝。」他低低說了一句，然後拉起我，「走吧」。

我們走得很快，李樂跟他們還在說什麼，我和天天飛快地走到對面的大街上。街頭還是很熱鬧，人來人往，我們默默地站在馬路邊，等著一輛空的計程車的出現。一群看上去流裏流氣的年輕男人走過我們身邊的時候，把眼睛放在我身上亂瞟一氣，一個人說起了我聽不懂的話，肯定是粗話，他的同伴們得意地笑起來，把空的可樂杯踢到天天的腿上。

天天那隻握在我手掌裏的手出了汗，變得燙燙的，我看看他，低聲安慰他，「不用理他們。沒什麼。」這時一輛空計程車適時開過來，我招了招手，車子停下來。我們鑽了進去。

在車裏我們緊緊擁抱在一起。他吻著我，我說不出任何話。我沈默地貼著他的臉，他的手溫暖地放在我肚子上，從他的手而來的熱融化了我子宮裏的緊張，融化了那些淤血。

「我愛你。」天天輕輕地說，「不要離開我，不要不管我，你是世上最美最好的女孩。我愛的全部就是你。」

半夜裏我迷迷糊糊地聽到幾聲貓叫聲，細若遊絲。我找開燈，果然看見了線團。我連忙下了床，把晚上吃剩的半碟椒鹽烤肉放在地板上，它走過去，低頭吃起來，吃得很快，顯然真是餓壞了。

它看上去十分醜陋，毛皮髒得辯不出顏色，而且貓臉瘦了，顯出一股野貓的兇悍勁。

我抽著煙，坐在床上看它吃，我不知道它是怎麼回來的，也許它在街上某個角落看到了我，如同看到了救星，知道它又能回到我們在上海的那個家。我想著，突然把自己給感動了。

我跳下床，抱起線團走進浴室，用沐浴乳和溫水給它洗澡。它溫順地在我手指揉擦下一動不動，乖得像一個孩子，然後我擦乾了它，抱起它走向床，天天還在昏睡之中，線團就睡在我和天天的腳邊。

一夜平安無事。

第二天陽光很好，我們在線團的舔吻中醒來，腳底心都是它的口水，癢酥酥的。

我和天天對視片刻，然後他開始動手脫我的睡衣，在上午明亮的光線中我睜大了眼睛。溫煦的空氣托起了我的裸體，我看到粉紅色的乳頭像潮汐上的浮標一樣輕盈地漲上來，而愛人的唇就像一尾小魚一樣，溫柔可愛地在水中嬉戲。我閉上眼睛，接受這一切。他的手指撫慰著我正在流血的傷處。在血的潤滑下我崩發了，耳邊隱約能聽到線團的叫聲，同時還能感受到它舔在我腳底的濕舌頭。

我和愛人和一隻貓做愛的清晨就這樣留存在我的頭腦中。有一點點瘋狂。鼻子裏永遠都黏著毒品白色的、甜腥的恐怖氣味。是的，以後我一直擺脫不了。無論和一個又一個男人約會，和女人逛街，獨自寫作，還是在走在柏林的Gierkezeile街上，我都沒有辦法忘卻那樣帶著死亡和愛的清晨，那樣甜而恐怖的氣味。

經過機場複雜的托運手續，「線團」被終於允許帶上飛機，我們飛回了上海。

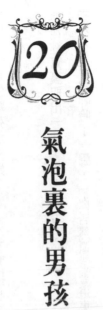

20

氣泡裏的男孩

不要哭孩子，不要哭。

——保羅・西蒙《氣泡裏的男孩》

窗外陰轉雨，電視裏在播放郭富城的百事可樂廣告，沒完沒了。今天是星期三，我看過米老鼠的故事，從那些故事裏我知道星期三是任何事都可能發生的日子。

一早起來，天天突然改變了主意，他不想今天就去戒毒所。

「為什麼？」我盯著他問。

「我想跟你多待一段時間。」

「可這不是生離死別，好吧，……不要擔心，我知道你的感覺，可你難受起來怎麼辦？」

他從鞋幫裏取出一個小包，晃了晃。

「天天！」我呻吟了一聲，「你居然還帶著這東西回來。」

他破天荒地走進了廚房為我做早餐，我躺在浴缸裏發了一會兒呆，聽到煎雞蛋在鍋子裏滋滋地叫，還有鍋蓋眶當一下掉在地上的聲音。真是手忙腳亂，可一頓早餐賂賄不了我，我不能原諒他故態復萌。

我沒有吃他做的早餐。他一聲不響地縮在沙發裏餵線團吃一盤貓食。我面對稿紙乾坐了一會兒，漸漸就有了一種恐慌，就像魔法師突然發現自身魔力消失殆盡。可我現在無法投入到距離之外的文字世界裏去，身邊就有活生生的變化在隨時發生，像水面上激起陣陣漣漪。我總想成功突然降臨，像阿里巴巴只需念咒語就打開了寶藏之門，比爾・蓋茲一夜之間成了億萬富翁，鞏俐在我這年紀不需會說英文也征服千萬白種男人驚豔的眼睛。

而我現在似乎體力不支，在這個城市永遠也實現不了夢想了。除了揪自己的頭髮逃離地球（在諾查・丹瑪斯預言證實前），或者和天天一起離開人群，在非洲大陸的森林或南太平洋的某個島嶼種大麻，養小雞，圍著火堆跳土著舞度過餘生。

「想出去走走嗎?」天天把一隻紙飛機扔到我的書桌上。他疊的紙飛機隻隻漂亮，上面還畫有圖紋，寫滿了人生警句和名人名言。比如：「他人即地獄」、「人永遠孤獨」、「生活在別處」、「詩意地棲居」，等等。

我們坐車來到市中心。車子經過延安路的時候，我們發現那段路高架路還沒有完工，然後就是一長排帶著小花園和圍牆的老房子。上海人總是以同時擁有這一新一舊兩樣東西為傲，比起彼伏的市政工程用鋼筋鐵樑撐起了城市龐大的身軀，而零星的歷史遺骸則用迷雨青苔般的溫柔點綴著城市的良心。每次坐在計程車裏穿越大半個新舊參半的城市，一路上就像在聽這座城市喋喋不休的跫音。

我可能一輩子都得記住這種聲音，也可能一輩子也聽不懂這種聲音。馬克跟我說過，世界上每個不同的城市都有不同的聲音，他在巴黎、倫敦、柏林、威尼斯、維也納和上海的聲音中找到了某種處在共振帶中心的東西，那是種氣狀物，與人心中的感情有關。它們彼此激發，互為存在。

聽上去很玄，是不是？我喜歡的男人必定在大腦中有幾根神奇的神經。因為性和愛使人變得天才、敏感、有思想的火花。

在斑尼吃上一頓如意的午餐，也許可以使這一天有所起色。斑尼是家被一位比利時古怪設計師擺弄成像一些巨大龍蝦模樣的餐館。銀色的長窗，沿牆上方裝著一圈鏡子，食客們願意的話可以邊享用食物邊仰頭窺視四周人的行狀，最令人感到八卦的一點是，從鏡子裏可以不冒風險地看到穿低胸衣服的女人各式各樣、深淺不一的乳溝。據說這裏成就了好幾對情侶，男士們首先從鏡子裏驚豔然後墜入情網。

我和天天吃著酸辣湯和烙蛤蜊，開始了一場少見的艱鉅的討論。

「你喜歡現在的我嗎？」天天蒼白的臉上一雙眼白發藍的眼睛像個問號，他似乎已積蓄了一股力氣，以備於此次交談。「當然用不著說謊。」

「──我們認識有多長時間了？……快到一年吧，感覺上好像更長，然後還會繼續下去，一百年，一萬年，因為我喜歡你，但如果你不趕快好起來，……現在我腦子很空。」

「如果有一天，……我死了。──不，你不要打斷我，我的意思是我死了，在我閉上眼睛永遠醒不過來的那一刻，你會認為我是個什麼樣的人？」

我不想再吃任何東西了，舌頭瞬間失去感覺，胃部也麻木了。我們的目光隔著盤子，杯子，叉子長時間地黏在一起，他的眼白越來越藍，直到像美國人霍克斯說的那樣，「直到能滲出霧狀的液體來。」

「我會恨你。」我一字一句地說。

「死是一種厭煩的表示，是厭煩透頂後的一個合理發展的答案，我想過很長時間，也許已想了一輩子，想透了就覺得我並不羞於一死。──像我這樣的人不可能繼續無限期地褻瀆自己，湮滅靈魂。」他把手指頂在左胸，如果不是手指，而是一把匕首頂在胸口，他可能會更從容一點。

「我能預見我的生活陰暗內層的某種衝動，精神醫師總是說衝動是危險的，他們不提倡，可它還是會不期而至的。」他的聲音清晰冷淡，他的唇蒼白而無情，他絕對不是在跟我討論一個別人的話題，他說的是他自己。

「我的意志越軟弱，我的眼睛越明亮，因為我看到了太陽肚子裏的大黑洞，看到了宇宙的大行星在空中排列成了十字。」他說。

我因為絕望而憤怒，「不用兜圈子了，一句話，我覺得你很墮落。」

「可能。死者從來不會有機會向生者辯解，其實很多人活著更墮落。」

我一把抓住他的手，冰冷的。

「我們在談什麼？——上帝，不要再說下去了，為什麼在這裏在現在要進行這麼一場恐怖的對話，不要告訴我生和死，愛和恨，自我和本我這樣令人發瘋的字眼。我們活在一起，不是嗎？……如果你對我們目前的生活有什麼意見，你可以說具體的事，我洗衣服不夠勤，我晚上說夢話，正在寫的小說讓你失望，小說不夠深刻，十足像極垃圾，等等，等等，OK？我會改，我會努力做得完美，但是千萬不要再說這樣恐怖的話，……我覺得那些話太不負責任了。打個比方，我一直想和你一起找到及時翅膀向天空飛，而你卻總想甩了我的手獨自往地獄裏跳。——為什麼？」

很多人在朝我這邊看，我抬起頭，看到鏡子裏的自己失魂落魄，表情兇惡，眼裏還有淚光點點。我想我真是愚蠢極了。我們明明是那麼相愛。

「CoCo。」天天的表情依舊十分冷靜，「從一開始我們就知道各自的差異，我說過我們是兩種人，雖然這不妨礙我們相愛，你是精力充沛，一心想有所作為的女孩，而我則是無所企求，隨波逐流的人。哲學家說一切都來自於虛無，虛無感強調了我們所擁有的一切。」

「讓說這話的人去死吧，從今天開始你不要再看那些書了，你要和活生生的人在一起，你要多做體力勞動。我爸經常說：勞動使人健康，你要的是陽光和草地，還要有所有尋歡作樂的幻想。」我飛快地說著，像一架縫紉機在暗夜裏掙扎轟鳴。

「比如明天你就該去那該死的戒毒所，在裏面參加一些拔草的輕度勞動，和大家一起唱歌，等熬過那段可怕的日子，我會鼓勵你和別的女人多多交流，但絕對不許愛上她們，必要的話，我會找妓女，只要你能全面地恢復正常人的健康。」我邊說邊哭，四周牆上方的鏡子都一片模糊。

天天抱住我，「你瘋了。」他從口袋掏出手帕給我擦眼淚。

我淚眼朦朧地看著他，「我是瘋了，因為你也瘋了。」

一道緊緊盯著我的視線從餐館一側映射到我對面的鏡子上，在我的注意力被稍許分散的一刻，我看到了馬克。他和一個朋友模樣的中年洋女人坐在一起。他盯著我看的時間想必已很久。

我假裝沒有看到他，叫來侍者結帳。今天是星期三，什麼事都可能發生的一天。

馬克在朝我看，他臉上有種疑惑而急躁的神情。果然他站了起來，我把頭扭開。侍者大步走來，把帳單給我看，我掏出錢包，越想快點了事卻越是抽不出人民幣。

馬克終於走到我們面前。他做出吃驚的表情，「哦，這麼巧，真是想不到能遇到你們」。他先向天天伸出手。

我突然恨他恨眼前這一幕，恨這個德國人。他沒有資格向天天伸出這雙偽善的手。這雙手曾經撫摸過這個女人的全身每個細節。在這個欺騙的時刻，這雙手格外地刺眼。難道他沒看出來，天天此刻是多麼虛弱無助。上帝，我們剛剛進行了一場殘忍的被愛撕裂的談話。這個年輕男孩明天就要進戒毒所，我們全身都被絕望氣息侵襲著，而這個讓我看見自己可恥的縱慾的秘密場景的男人，卻走過來，禮貌而虛偽地對天天說「你好嗎？」

就算他有一百個喜歡我的理由，他也應該忍住，就待在那兒，離我們遠遠的，讓我們安靜地離開。

我的神經繃得緊緊的，拉著天天的手，急速地向門外去。馬克跟上來把我們遺忘在桌上的一本書遞給我。我輕聲道謝，然後更加輕聲地對他說：「走開。」

晚上我們幾乎都沒合上眼，我們吻了一夜，唾液的苦澀瀰漫了整個房間。我們的床就像一個漂浮在茫茫大海上的岌岌可危的孤島。我們在彼此的愛情裏避難。心碎時候會有劈哩啪啦的聲音，極輕極細的，像傢俱上的本質纖維裂開來。我向他許諾我會經常去看他，我會照顧好線團和我自己，我會寫好小說，發奮地寫，絕不會在任何惡夢裏自甘沈淪，要相信自己是最美最幸福的，相信奇蹟會發生。除此之外我別無他法。我發誓我會用開滿紫色向日葵的雙眼，看著他的身影重現。

我愛你，我的愛就是這樣的。

第二天一早，我昏昏沈沈地送他到了戒毒所。他們在一個本子上查到了天天的名字，那是我預先登記的。一些在他們看來不必要的行李被退了回來，鐵門緩緩地合上，在一晃之間，我們對視了最後一眼。

21

雞尾酒

來吧，作家和批評家，用你的筆，寫出預言。

——Bob Dylan《時代在變》

愛把我們撕裂。

——Iancurtis

不同類的女郎，有不同類的名聲。

——Sally Stanford

我待在屋子裏披頭散髮地寫了一星期。這期間沒有一個電話來打擾，沒有人敲門，除了小四川送飯的服務生和一個收掃街費的居委老太。我恍惚恍惚，像在一片泥漿上滑行，從這扇門到那扇門，從這種真實到那種虛構，我幾乎沒有付出過多的力氣，是我的小說本身在推動我的滑行。

我放棄了修飾和說謊的技巧，我想把自己的生活以百分之百原來面貌推到公眾視線面前。不需要過多的勇氣，只需要順從那股暗中潛行的力量，只要有快感可言就行了。不要扮天真，也不要扮酷。我以這種方式發現自己的真實存在，克服對孤獨、貧窮、死亡和其他可能出現的糟糕事的恐懼。

我經常趴在稿紙上睡著，把臉頰睡腫一塊，有時在深夜牆上鐘的銀色針指向十二點後，會有幻聽出現。那種聲音重複出現，像隔壁鄰居家的那個中年機修工人發出的呼嚕聲，也像遠處建築工地上徹夜轟鳴的吊車的聲音，又像廚房電冰箱靜電器的聲音。

有幾次我實在忍無可忍，放下筆躡足走到廚房，打開冰箱，我希望那裏面藏了一隻老虎，它會向我撲過來，用那身金色的皮毛捂住我的口鼻，使我窒息，然後毫不猶豫地強姦我。

事實上我在這種無可言狀的幽閉狀態中得道開仙了。我想天堂也不過如此，自由自在，無所顧忌。沒有男人會注意你的髮型和衣著，沒有人挑剔你的胸部是否豐滿，眼神是否夠飄，沒有一個又一個應酬飯局要趕，也沒有警察阻止你舉止發狂，沒有上司監督你的工作進程，沒有黑夜白晝之分，也沒有人再來榨取你的所有的感情。

我被自己的小說催眠了。為了精妙傳神地描寫出一個激烈的場面，我嘗試著裸體寫作，很多人相信身體和頭腦之間存在著必然的關係，就像美國詩人羅特克住在他的百年祖宅裏，對著鏡子穿穿脫脫，不斷感受自己的裸舞帶來的啟示。這故事可信與否不得而知，但我一直認為寫作與身體有著隱秘的關係。在我體形相對豐滿的時候我寫下的句子會粒粒都短小精悍，而當我趨於消瘦的時候我的小說裏充滿長而又長、像深海水草般綿柔悠密的句子。打破自身的極限，盡可能地向天空，甚至是向宇宙發展，寫出飄逸廣袤的東西。

這也許對我來說猶如一句上帝的口號，但我還是在試著做。小說裏一對男女在大火蔓延的屋子裏抱作一團，他們知道已無法離開這裏，火封堵住了所有的門窗和樓道，於是他們只能做一件事，在大火中心瘋狂做愛。這是我眾多前男友中的一個告訴我的故事，發生在他家附近。

擔架抬出那對戀人的時候，他們赤身裸體擁得很緊，燒焦炭化的身體嵌進了對方的身體，無法分開。男孩與女孩都不到二十歲，是本市重點大學的學生，恰巧是個周末的晚上，女孩父母照例去天蟾劇院看戲。男孩來到女孩家，他們總是在一起看電視，聽音樂，聊天，當然他們會像所有年輕人一樣做些溫柔纏綿的事，然後那場大火從樓下的公用廚房蔓延開來，火勢在木質建構的房子裏很容易擴散，當夜的風又特別大，他們一直都沒有覺察到危險，直到屋子裏的空氣突然燃燒起來。他們知道已無法離開這裏，火封堵住了所有的門窗和樓道，於是他們只能做一件事，在大火的中心瘋狂做愛。然後我的鼻子裏真的聞到了那種焦味，還有燥熱的絕望的氣息。

我放下筆想如果我和我的愛人在這房子裏面會怎麼樣呢？無疑，我們也會這麼做的，因為別無選擇。唯有這種入骨入髓的方式可以抵禦住對幾秒之後就要降臨的死亡的極度恐懼，在佛洛伊德所建立起來的形同垃圾的理論體系中，只有他提到的生的本能和死的本能之間的神秘關聯是我深深信服的。

記得那次草地派對上馬當娜當眾問了一個問題，「如果一九九九諾查・丹瑪斯的世界末日預言真的被證實的話，那最後你曾選擇做什麼？」然後她大聲地自問自答，「當然是Fuck嘍！」

我的右手還握著筆，左手悄悄地伸到了下面，那兒已經濕了，能感覺到陰蒂像水母一樣黏滑而膨脹。放一個手指探進去，再放一個進去，如果手指上長著眼睛或其他別的什麼科學精妙儀器，我的手指肯定能發現一片粉紅的美麗而肉欲的世界。腫脹的血管緊貼著陰道內壁細柔地跳動，千百年來，女人的神秘園地就是這樣等待著異性的入侵，等待著最原始的快樂，等待著一場戰爭送進來的無數精子，然後在粉紅的肥厚的宮殿裏就有了延續下去的小生命，是這樣的嗎？

我用一種略帶噁心的熱情滿足了自己，是的，永遠都帶著一絲絲的噁心。別的人用家破人亡，顛沛流離，來激勵自己寫出一部部傳世經典之作，而我呢，則是塗著上好的「鴉片」香水，七天七夜幽閉在Marily Manson毀滅性歌聲裏手淫著衝向我的勝利。

也許這是我最後的小說，因為我總覺得自己玩來玩去玩不出什麼花樣，我快要完蛋了，是的，使生我養我的父母蒙恥，使小蝴蝶般純潔無助的愛人失望。

七天之後，一個電話及時地把我從水底撈了上來。那天窗簾外面的陽光很好，風吹來附近長風公園裏三色堇和蒼蘭散發的清香。編輯鄧在電話裏告訴我一個意外的消息，我原先那本小說集打算再版發行，同時這次是與別人的小說集放在一起，取名為《城市季風》系列書系。

「那麼，印多少？」我緩慢地開口，一字一句，因為七天七夜裏沒說一句話，有些口舌不俐落。

「定下來一萬冊，當然，這不算太好，但你知道現在市場不景氣得很，受東南亞經濟危機的影響嘛。說實話一萬相當不錯了，出版社一開始還猶豫，可我告訴他們，你的這本書第一版在不長時間裏全賣完了。……」她謙虛地笑著，使得我不得不馬上當面向她道謝。

「版稅還是稿酬？」我問，我發覺自己腦子漸漸靈活了，好比一扇窗打開，外界的熱鬧、喧囂、混亂包括空氣中的結核菌，大腸桿菌等也都嘩啦一下全進來了。這種亂七八糟的活力啟動了我的頭臉，我又暫時離開了小說的牢籠，暫時獲釋。

「這樣吧，約個時間你出來一次，有幾個書商朋友想見見你。」鄧用和藹的口吻說，「他們從我這兒聽說你手頭在寫一個新長篇小說，很想跟你交流一下，看看有沒有合作的可能，我覺得這樣的機會多多益善，你認為呢？」她似乎什麼都替我考慮周詳了，她能做到細緻殷勤的，符合邏輯的跟著商品社會流通規律走的安排。我只需要安然接受這份隨時隨地到來的禮物就行了。我不知道她是真心喜歡我的寫作天份還是別的什麼，我還是看不出有提高警惕的必要，於是謝了她，答應以後再給她通電話，約具體時間和地點。

接下來我給馬當娜打電話，她還在床上，聲音聽上去含糊蒼老，她聽清是我打的電話後，使勁清了下嗓子，低聲對身邊的人（顯然是男人）說：「親愛的，謝謝你給我杯水好嗎？」她問。

然後她問我前一陣子在幹嘛，我原原本本把去海口找天天，天天進戒毒所，我蒙頭寫作告訴她。她顯然大為震驚，「怎麼搞的？哦，天哪。」她深深吸了一口煙，長長的噓聲。

「事情正在好轉，我相信他會恢復的。」我說，「你怎麼樣？」

她哼了一聲，「還能怎麼樣？我的生活永遠被酒精和男人包圍，永遠是個幻覺，只到有一天在迷天迷地裏隨風而去，——如果那一天真的到來，我會為此而感謝上帝的。對了，今天下午有空的話，我們碰一次面吧。我猜你的心裏不好受，我也很長時間沒見你了。去游泳怎麼樣？到東湖賓館遊露天泳，我有那兒的金卡。你知道，露天泳的好處就在於同時能娛樂別人和自己，女人想要簡潔快速地吸引男人，除了大跳辣身舞，還有就是游露天泳！」她「哈哈哈」地笑起來，像好萊塢驚悚片裏的女主角。

「寶貝，對不起，我現在像條急吼吼的母狗，阿Dick那個小雜種可把我整慘了，元氣大傷，好了，不說了，我開車來接你，還會有禮物送你。」

在藍色的一汪水邊，我和馬當娜躺在帆布椅上，頭頂著一片清亮的天，輕風拂面，陽光像一片蜜糖一樣用恰到好處的黏度親近著裸露出的皮膚。捂了一季的皮膚乍一下裸露出來顯得蒼白而缺乏說服力。我用浴巾掩住身體，注視著水裏的男人。他叫馬建軍，是馬當娜在非常戲劇化的場合下結識的。

某一個深夜馬當娜在街上飆車，這個時候路上是車少人稀，是個可以發瘋的安全時刻。但她將車逆向開進一條種滿了漂亮梧桐的單行道時，她意外地被從陰影裏斜刺著殺出的一輛警車擋住了道。車上下來兩個警察。其中一個寬肩長腿，長著像新版〇〇七主角皮爾斯・布洛斯南一般的眉眼。當他對馬當娜鄭重其事地說：「小姐，你犯了個錯誤」時也十足地像極了〇〇七的口吻，只不過他手裏沒有拿槍，也沒有那種小小的邪氣。

馬當娜在路燈光下迷糊地看了他一眼，三秒鐘後她就看上了這個漂亮警察。她乖乖地付了罰款，順便把手機號碼也給了他。至於是什麼促使這位帥警察下決心與一個深夜亂開車的寂寞女人發生點關係，則不得而知了。

「他說他覺得我的手好看，當我把錢遞過車窗的時候他注意到我有一雙迷人的手，纖長、白晰，手指在鑽戒光芒的襯托下就像被施了魔法，像石膏模特的一雙假手。」馬當娜低聲說著，哈哈笑起來。我發現那雙手與她的臉部反差極大，出奇地年輕，猶如豆蔻少女所擁有的尤物。

「隨他怎麼說，反正他願意跟我上床，做得很爽，每次他穿著制服來敲我的門，我就能在三秒鐘之內濕透。」她看了看我，我正在出神。

「嗨，高興一點，我們下水游泳吧。」她說著，走向泳池，噗通一下跳下去。此時，在水裏游泳的人漸漸多起來，一對有著黑色汗毛和羅圈腿的日本男人浸在水裏朝我這邊看過來。

我摘下墨鏡，掀開浴巾，露出紅色的比基尼，紅色配襯著蒼白皮膚在陽光下就像一道流著奶油的草莓沙拉。我急急地跳進水裏，一陣輕柔透明的力量托起我的身體，我在陽光下還是無處遁形，即使我閉上了眼睛，別人的目光還是可以穿透水面，看到這一道草莓沙拉。

我也不知道自己的心理感覺為什麼會變得怪怪的，陌生人看我半裸的眼神依然讓我有本能的滿足感，但一想到自己像道甜點一樣愚蠢地暴露在光天化日之下，我的潛意識裏又會變得怒不可遏，女權主義思想抬了頭，我憑什麼看上去像個徒有其表、毫無頭腦的芭比娃娃？那些男人大概怎麼也猜不到我是個已在房間裏幽閉了七天七夜的小說家，他們大概也不會在乎這一點，在公共場合留意一個陌生女人只需要打量她的三圍就可以了，至於她的頭腦裏裝了些什麼，這就像通向白宮有幾級臺階一樣用不著操心。

游完這場泳我的心情並未得到徹底的改善，特別是看到馬當娜和她的警察男友眉來眼去打得火熱的情景後，我倍感沮喪，在更衣室是我打起了噴嚏。

「小可憐，你內心的焦慮減低了內啡呔分泌，應該注意身體健康哦！」馬當娜用一塊大毛巾包住我，附在我耳邊溫柔地說，「你看我，交了男友後就從來沒得過感冒，知道為什麼？專家的答案是和睦的性關係可以提高人體免疫力，所以我不打噴嚏也不流鼻涕。」

她在我臉上親了一下，然後她突然想起手袋裏還有禮物沒有拿出來，「等一等，給你一個驚喜。」

「什麼？」

「閉上眼睛吧。」她大笑了起來。我閉上眼睛，心想沒什麼大不了，她總是喜歡玩噱頭。

「好了，睜開眼睛吧。」她把一樣東西猛地送到我鼻尖前，我退後一步，才發覺那是一個女性性用品，貨真價實的塑膠振盪器，這還不算，她還打開包裝，取出那粉紅色的陽具，托在手掌上向我細細展示。

「哦，謝謝，我不需要這個。」我連忙說。

「我可沒用過，是新的，阿Dick 那小雜種離開我後，我原本以為我會用得著這東西，可我最後沒用，這東西滿足不了開在心裏的那個洞。」她浮上一個怪異的笑容，彷彿又痛苦又淫蕩，「——我指的是精神上的慰藉。但現在我又有男人了，而你現在卻倍感鬱悶，肯定寂寞難耐，令人同情，這東西用得著。」

「不，不，謝謝。」我的臉都要紅了，因為那東西看上去勃起得非常厲害，大得嚇人。我心想我寧可用自己的手指，那更柔軟可靠。

「收下吧，求你了。」她還在笑。

「不。」我也笑起來。

「好吧，你真是個淑女，但其實呢，我們在骨子裏是相通的。」她一副看穿我的表情，裂嘴做了個醜陋的鬼臉，「說真的，約個時間一起去看看天天。……從我認識他以來，他就好像一直在做惡夢，當然，他碰上了你，是一樁幸運的事，我清楚像他那樣的人多麼渴望愛情。」

「……但我一直對他心懷歉疚，總覺得我是他的另一個惡夢，我們手拉手，像黑夜中的兩個旅伴。」

「親愛的，別想太多，我知道你心裏不好受，這種不是其他女人能夠對付得來的。事實上你與眾不同，感到寂寞的話，打我的電話吧，我可以把我的男朋友借給你，或者三個人一起上也行。」她又是一陣大笑。這是她表達對正常生活蔑視態度的特有方式。我相信她能說到做到，儘管這是不可思議的，聽上去令人感到一點點甜腥的噁心。

我們一起在臺灣人開的楊家廚房吃了晚餐。席間她的警察男友似乎對我頗有好感，我能感覺他呷了一口紅酒，然後拿膝蓋頂我的膝蓋。我不動聲色，嘴裏塞滿了烏魚子鮮美的汁液，腦子裏想一個警察在床上有何異於常人之處？也許會把身下每一個女人都當成像不良公民加以狠狠鎮壓，其勢也狠，其時也久？

我想著，舌尖泛起一股美妙的唾液，胃部有股特別的暖意，像被一隻大手捏著。

馬當娜大叫一聲，「這是他媽的怎麼回事？」

她火冒三丈，重重地扔下筷子。對面的膝蓋突然停止動作，我忍不住想笑。侍者連忙趨步過來。「為什麼會有這麼噁心的東西？我打賭你們的廚師最終會變成禿頭，我咒他一根毛不剩。」她粗魯地對著一盆湯做著手勢。

餐廳經理也過來了，他一連聲地道歉，讓侍者把她面前那盆飄著根頭髮的枸杞烏雞湯端走。一會兒功夫又送上一盆新湯外加一道贈送的甜點。

晚上我到家發現包裹還塞著馬當娜送的禮物，肯定是她偷偷放進去的。「真是個瘋女人。」我想著，搖搖頭，把那東西放進一個抽屜裏。洗了個澡後，上了床。

睡意像月半的潮汐一樣席捲了我的全身，這是多日以來最容易的一次入眠。我的天天，我的小說，我的焦慮，還有他媽的生活的難題，都統統扔到了無底洞裏去，先睡一個好覺再說。

親愛的CoCo，用不著憂傷，醒來以後又是一天之後的另一天。

第二天一早，隔壁的胖阿婆在我的信箱裏發現了一封信，一張明信片，她照例熱心地替我拿上來。

我謝了她，走到沙發前坐下，信是天天寫來的，明信片則是馬克寄自墨西哥。我猶豫了一下，決定先看明信片，畫面上是巨大像寶塔的仙人掌，矗立地在一片沙漠中，背面寫著潦草難辨的英文。

蜜糖，我出差到了墨西哥，一個有點髒但卻十分帶勁的地方，這兒隨處可見大麻、三輪車和黑頭髮藍眼睛的悲傷女人。我在飯店裏吃了不少全世界最辣的非勃辣椒，下次吻你的時候你一定會被辣到，我猜。

PS：我們的客戶，一家跨國的耐壓玻璃生產商很難纏，我還會去歐洲和我們德國本部的公司同事一起調查玻璃市場和客戶指名要調查的一家競爭對手的情況。半個月後能見到你。

PPS：我打你電話都不通，考慮上網吧，我可以幫你申請一個HOTMAIL的免費信箱。

吻你！

馬克

我吻了一下明信片，有一段時間我的電話一直掛著，我想他能猜到我在寫小說。我對他一點都不用操心，他是這個主流社會裏堪稱中流砥柱的男人，英俊聰明，有份令人羨慕的工作，善於處理各種複雜棘手的社會關係，善於平衡自我，（他是典型的天秤座），在與女人的關係上，他也是如魚得水。

只要他願意，我就算跑到南極島，他也能想辦法與我聯絡上。

他身上的能力似乎是由宙斯賜予的，而天天，則與他完完全全地相反，他們像是兩個世界中的人，他們用投射在我身體上的倒影彼此交錯著。

我在桌子上找到一把銀色拆信刀，通常我不用這種煞有介事的方式拆信，此時使用這種方式會讓我從容一點。

天天只寫了薄薄一張紙：

親愛的CoCo，在這樣的地方給你寫信有點像幻覺，我甚至不知道這封信能不能順利到你手裏。……現在我離你很遠，很遠，彷彿隔著幾億光年，回想有關我和你的所有事，滿腦子都是你，不停地做惡夢。

其中的一個夢是我不停地跑，身邊是鋪天蓋地的粉紅色花果，花上有刺，我一路跑，一路流血，然後我躍進一個深深的洞裏。……沒有一絲光線，隱約地有你說話的聲音，你彷彿在讀你的小說，我開始絕望地叫你的名字，然後我的手碰到了一團火燙的東西，它在濕淋淋地跳動著。

我猜那是一顆心臟，我不知道誰把自己的心丟在這個黑洞裏。

這樣的夢連續不斷地讓我歇斯底里，幾乎沒有一點點力氣。醫生說這是治療期間正常生理反應，可我真不想在這兒待下去了。四周都是陰鬱的沒有希望的面孔。

一個療程結束後我會回家，馬上回家。禱求上帝給我一雙自由的翅膀。吻你，一千個一萬個吻，如果說生存下去理由的話，愛你就是這樣一個理由。

難過的天天

六月三十日

他在信紙背後畫了一幅卡通自畫像，嘴角向下彎成月牙狀，頭髮稀稀疏疏地黏在頭皮上。我忍不住哭起來，眼淚像紅色岩漿一樣從熾熱的火山口不停地流出來。

我想上帝這是怎麼回事呀，我和這個男孩之間到底被安排了什麼樣的宿命結局，我的淚總是為他而流，心總是為他而痛，魂總是為他而飛。我不能確定我們之間到底是不是愛情，但肯定是一種被命運囚禁在密室裏的糟糕得不能再糟的、粹得不能再純粹的詩化的抒情，就像荒原上搖曳的丁香，就像在絕望深淵裏游泳的魚。

我們在尚未開始的地方就失去了所有可能的可能。而時代高速列車也正在城市史詩般的現代建構中呼嘯著漸行漸遠了。

我的眼淚是微不足道的，個人的悲喜是渺小的，因為那列車從來不會為任何人而止住那飛奔的鋼鐵巨輪。這就是他媽的工業時代城市文明的所有令人恐懼的秘密所在。

毒品、性、金錢、恐懼、心理醫生、功名誘惑、方向迷失，等等組成了一九九九年的城市迎接新世紀曙光的一杯喜慶雞尾酒。而對於我這樣一個年輕女孩而言，詩意的抒情永遠是賴以生存的最後一道意象，我會用流淚的眼睛看窗前的綠葉，用嘶啞的嗓音唱「甜蜜蜜」，用纖弱的手指抓住時光飛逝中的每一道小小縫隙，抓住夢想流動中的每一個溝坎，抓住上帝的尾巴，一直向上，向上。

22

與書商約會

讓我們在一起，寂寞的心，裸露在燈光下，列車在黑暗中飛快地轉移，這些上帝建造動搖時光構架的唯一辦法。

——ToriAmos

編輯鄧再次打電話來，體貼備至地問我飲食如何、睡眠如何、寫作進展怎樣，然後我可不可以去紹興路上的一家叫「中國通」的咖啡店，與她和她的幾個書商朋友見面。

我說好的。

車到了紹興路，這是一條頗具文化氣氛的小路，幾家出版社和書店分置在路的兩旁，取英文名為"Old China Hand"的咖啡店以其置於四壁琳琅滿目的書與三〇年代情調的古董擺設出名。咖啡店主人是滬上頗有聲名的攝影師爾東強，光顧其中的客人不乏文化圈名流，記者、出版商、作家、影視製片人、歌劇明星、西方學者，像夜空的星星一樣在優雅背景下閃爍發亮。書籍、爵士樂、咖啡香、古董的擺設同時符合了這座名城的豔情記憶和現代消費指南。

我推開店門，看見鄧和幾位男士在角落圍桌而坐，坐下來，發覺其中的一位書商頗為眼熟。他微笑著掏出名片遞給我，我這才想起他是誰。在復旦中文系讀書的時候，他就在系學生會文藝部，高我兩屆，曾是我當初暗戀的對象之一。因為經常戴義大利黑手黨式的帽子和墨鏡，外號就叫教父。

記得當時復旦有一齣堪稱上海高校首齣沙龍劇的戲，名叫「陷阱」，教父擔任那戲的導演，我排除萬難，力克群芳，爭取到了做女主角。藉著談劇本的理由，我常常去教父的三號樓宿舍，坐在一張「談心桌」（此桌因經常有人圍而談心，故取名「談心桌」）的旁邊，瞪著一雙因近視而霧矇矇的眼睛，凝視導演那英俊而雄辯的臉，幻想著他會突然住嘴，然後把臉隔著桌子伸過來，像塊磁鐵一樣粘住我的雙唇。

這幕場景遠比任何沙龍劇更令人激動難捱，但它從未發生過，我太年輕，十分怕難為情，而他呢，事後我聽說他喜歡上我們劇組的負責舞臺設計的女孩。那女孩常掛一串銀質鑰匙，長長的腿走起路來像跳華爾茲，笑起來臉上一左一右兩個小酒窩，經常煞有其事地指揮男生拿著榔頭、釘子滿場亂轉，對道具用紙似乎十分在行，常給「滙豐紙行」打電話，我私下裏叫她「滙豐」。

「滙豐」把教父徹底迷住了，在大家沙龍演出前夜我親眼見他們倆手拉手走在林蔭大道上賞月亮。我的心情就像一首「傷心月光之歌」。

第二天正式演出時因化妝師臨時有事沒有能來，教父讓「滙豐」給我化妝。只見她手拿一大把化妝筆，笑瞇瞇地走過來，像刷油漆似地給我上眼影、上腮紅，又疼又彆扭。事畢拿來一面鏡子一看，我幾乎站立不穩，好好一張臉被塗得像馬戲團的小丑，而教父幫腔說「十分好看」。於是舊仇新恨一起湧上心頭，我大哭一場宣佈罷演，直到教父柔聲細語地哄了我半小時。

他身上塗的古龍水像一種賠罪的語氣一樣薰得我甜蜜而傷感起來，然後新的化妝師給我上妝。當夜的演出十分成功，我演得有章有法，動情處淚如雨下，掌聲狂起。

兩個月後我就在毛主席像後的草地上，結識了那個基督徒外加莎士比亞崇拜者外加性欲超人的前男友。就像前面寫過的那樣，我們最終以撕破臉皮甚至動用有關安全部門的關係而告終。

回想起這前塵往事不可避免地有些愚蠢，但也是十分美妙受用。我想當初如果不是與那基督狂徒而是與教父談情說愛，不知以後的歷史是否會改寫，我是否會碰到那麼多事，是否會像現在一樣瘋狂地寫小說，似夢非夢，曖昧不明地混迹於這城市中？誰知道？

「嗨，教父。」我高興地握住他伸過來的手。

「妳愈來愈漂亮了。」他恭維著，此話雖然老套，但用在女孩子身上總是屢試不爽。鄧又把其他幾位男士介紹給我，他們彼此都是朋友，在鄧所在的那家出版社底下成立了工作室，名叫「左岸」。大概從復旦大學畢業出來的人才會想出這麼個文縐縐的出自法國新浪漫主義運動的名字。

鄧曾告知，「左岸」出過一套「千紙鶴」系列叢書，在全國書市上創下了銷量新記錄。據有關審計部門估計，「千紙鶴」這個品牌的無形資產現已價值逾千萬，聽上去令人鼓舞。

我的心情陡然變得輕鬆起來，在這個城市或在那個城市時不時地遇見復旦子弟，總讓我感到開心。燕園、相輝堂和邯鄲路上的排排梧桐，上空飄來飄去的少年輕狂、自由、機智、沒落貴族的氣息，是復旦孩子們在長長的人生路上抒情天真的部分，也是賴以辨別同類的秘密標誌。

「既然你們認識，那就太好了。CoCo，談談妳手頭的長篇小說吧。」鄧急於切入正題。

「我讀過妳的第一本小說集《尖叫的蝴蝶》，讀後感覺很奇妙，好像走進了一間四面牆上和天花板、地板都裝著鏡子的房間，映射不停地從這面鏡子進入那面鏡子，四周的光線就像一條被困住的蛇一樣來回遊擊。在精神混亂的內核中有匪夷所思的清晰動人的真實感，還有語言上的那種黑色的妖媚氣質，看妳的小說像經歷一場……」說到這兒，教父壓低了聲音，「像經歷一場美妙的性交。」

他頗含深意地瞪了我一眼，「那種文本閱讀具有誘惑性，尤其是對於受過高等教育那一層次的讀者而言。」

「文如其人嘛。」鄧插話。

「您作品的市場定位可界定在高校學生和白領階層當中，特別是女性讀者會有敏感的反應。」教父的朋友說。

「可我也不知道究竟會怎樣，我還沒寫完……」

「聽說以前就有不少讀者寫信給妳。」教父問。「還有寄照片的。」鄧抿嘴笑，中年女人偶爾的嬌態就像雨後鮮花倏而開放。「形形色色的熱情正是靈感的源泉。」另一個人說。「謝謝你們。」我喝了一口咖啡，目光從對面一架古董電話機上收回來，某種東西讓我微笑起來，我輕柔地說，「我總算發現了身為作家的意義，至少當作家比當一張一百元面值的人民幣要神氣多了。」

玻璃窗外，天色漸漸晚了，幾盞桔黃的壁燈依次亮起，教父提出去什麼地方吃晚飯。鄧推辭了，她上初三的女兒還在家等她去做晚飯。「她要考高中了，時間很緊，我得一直盯著她。」她向我們解釋。

這時門外又進來幾個男女，那個女人我經常在電視的談心節目上看到，一年三百六十五天她有三百六十四天作張愛玲式哀怨才女打扮，顴骨高高的擦成啡紅色，瘦骨伶仃，人影相吊的，在其他不少派對上也能時常碰上她。馬當娜告訴我，此女子有過三打以上的洋情人，綽號叫「小旗袍」。教父與這些人都熟，打了一圈招呼下來，然後我們坐車去吃晚餐。

飯後教父問我住哪裡，他可以送我回家。我不是笨女人，我看得出他在想什麼，可不行，事過境遷，今晚我特別想一人獨處。儘管他看上去依舊那麼吸引人。

我們相擁而別，約定到時小說一完成就通知他。「很高興再次遇見妳，也很後悔在復旦那會兒沒追妳。」他附在我耳邊半真半假地低語著。

我一個人慢慢地沿夜晚淮海路步行，很長時間沒有這樣子走一走了，慢慢地全身開始發熱，我想自己畢竟才二十五歲，多年輕，像一張高額信用卡，一切可以先使用著，帳到時再結。街上再多的霓紅燈也沒有我絢爛奪目，路邊銀行的自動提款機也沒有我富足。

我走到百盛商場的地鐵入口，在下面有一個很大的民營季風書屋，以品種齊全、從不打折的死硬作風著稱，我毫無目的地逛了一圈，在星座屬相占卜書專櫃前停留一會兒，書上說一月三日出生的人個人魅力非凡，有人稱「美腿姐姐」，身心修復能力皆強，並預測二〇〇〇年是我的快樂豐收年。這聽上去著實不壞。

我又走到地鐵站的Photome機器前，是個無人看管的小亭子。在馬克的寓所就掛滿了他從Photome自拍出來的漂亮前衛的一長排照片，其中的四張是他赤裸上身以站、蹲、伏、側四個姿勢拍成的自畫像。每張照片上都是他身體的某一部分，頭、胸、腹、腿而拼湊在一起看則有一種特別刺激的視覺效果，像機器人，也像被刀子肢解開來的人體，還有一套馬克自稱的「長臂猿」系列，他重複拍了一打手臂部位的映射，然後與上身連在一起大張的長臂，看上去像現代「泰山猿人」的翻版，NBA人的明星喬登更是要望臂興歎了，非常的怪誕，非常的性感，我記得第一次在馬克寓所裏與他做愛的時候，牆上懸掛的這些照片著實給了我不少的衝動。

我往小孔裏面投了足夠的錢，四下閃光燈閃過後，大約五分鐘的光景，我拿到了洗印烘乾後的四張一聯的照片，上面的臉分別表現出悲哀、憤怒、快樂、冷漠的表情，有那麼一瞬間我不能確定眼前這個女孩子到底是誰，她為什麼會有如此的喜怒哀樂，她住在地球的哪個角落，有什麼樣的人與她發生各種關係，她以何維生?

然後五秒鐘後我的神志恢復了正常，這就像把放散到空氣裏的無形的魂魄重新收回了大腦皮層後面。我看了一眼手中的自拍照，小心地放進包裏。

看看地鐵站裏的圓形電子鐘，十點半了，可我依舊沒有一點睡意，從火車站始發的末班地鐵還有半小時時間，我從自動售票機買了張單程票，塞進自動驗票機的口子，「啪」一下綠色的車票從中間小孔彈出來，轉動柵欄鬆開了，我走到樓梯下，在一排紅色的塑膠坐椅中挑了乾淨點的坐了下來。

可以打一會瞌睡，也可以看一會四周的陌生人。我曾寫過一篇叫「地鐵情人」的短篇小說，大意是一個略顯憔悴的美麗女人總是在人民廣場上坐末班地鐵時遇見一個乾淨整潔，渾身有煙草味、香氛味、空調味的白領男士，他們從不說話，但無形中已有某種默契的感情存在，有時碰到一個人沒有出現，另有一個人就會莫名地惆悵失落。直到有一天，因天冷下雪，車廂裏地面濕滑，一個搖晃使女人自然而然地滑到了男人的懷裏，他們緊緊地依偎在一起，四周的人也都沒有注意到他們的異常，一切自然而然地發生著，男人沒有在他應該下去的站臺下車。他跟這女人同時在終點站下車。在深夜的站臺上吻了她，然後像真正的白領紳士那樣向她道晚安，他走了。在考慮這個結尾時我頗費周折，我不知道是讓那個男人與女人至始至終都沒有身體的親密接觸妥當，還是讓他們上床成為親密愛人更會滿足讀者的審美心理傾向。

結果這個故事在一本時尚雜誌上發表後引發了不少白領麗人的迴響，我的表姐朱砂代表她的幾個同事對我的中庸折衷主義的結尾表示不滿，「你應該讓他們一點也不接觸或者就徹底放縱心底的激情，可他吻了她一下，又彬彬有禮地告別，扔下她一個人，這算什麼呢？感覺像隔靴搔癢，不清不爽的，比梅雨天還難受。我們都能想像到他們兩個人分開後會在各自家中的床上翻來覆去，徹夜難眠。現在的愛情故事都如此令人失望。」那時朱砂還沒與前夫離婚，但已處於半懸於空中四處不著落的尷尬境地，她的前夫是她的大學同班同學。這幾年下來他們彼此熟到沒有一點新鮮感的地步，像左手與右手一樣熟。

朱砂和幾乎所有的白領女性一樣在端莊嫻靜的外表下藏著一顆敏感而豐富的心，她們往往對自己的事業恪守職責，一絲不苟，對自己的私人生活亦抱有很高的要求，她們竭力朝心目中的現代獨立新女性形象靠攏，即自信、有錢、有魅力。她們有更大的選擇屬於自己的生活的餘地，她們喜歡易立信廣告中劉德華的一句話：「一切盡在掌握中。」也欣賞De Beers廣告中手戴鑽戒散發自信笑客的職業女性形象，畫外音是抒情的男中音：「是自信在閃爍，是魅力在閃光。」

末班車緩緩駛進了站臺，在跨進車廂的時刻，我嗅到了一股好聞的男性的體味，正是我在「地鐵情人」中描寫的那樣，「從他身上飄來混合著煙草味、香氛味、空調味和體味的氣息，這股迷人的氣息讓她微微覺得頭暈。」我情不自禁地扭頭打量四周，我想小說中的人物真的要在小說作者面前自動現身了嗎？可我無法確定剛才那氣息從四周的男性中的哪一位身上散發，我放棄了這浪漫的念頭，但的的確確地感覺到了城市生活中（尤其是夜晚）無處不在的細微搖曳著淡淡的美與淡淡的神秘感。

23

來自西班牙的母親

你永遠聽不見我說話，
你只是看見我穿的衣服，或者關心得更多的，
是我的頭髮的顏色，
每一個故事都有兩面，我和開始時不一樣了。
——Public Image Ltd.

「逐漸炎熱的天氣，蟬在老租界區的楊樹上吱吱鳴叫，沾著灰塵和汽車尾氣的石階一根根通向這個城市中那些秘密花園，古老豪宅和幽深莫測的畫伏夜出的時髦人群。高跟鞋走過長著青苔的弄堂，走過矗立著摩登人廈的街道，走過東南西北的夢境，咯噔咯噔的敲擊聲是這城市耳朵裏最完美的物質回音。……」

在沒有預兆的下午，我剛寫下上述一段詩意的文字，門外傳來清晰的鞋跟擊地的腳步聲，接著是低低的有節制的敲門聲。一個陌生中年女人敲開了我的門。

她那身過於精緻的打扮和捲著舌頭帶濃重異域色彩的口音，使我一瞬間就明白了眼前這個不速之客是誰。「畢天天他不在嗎？」她表情複雜地打量了我幾秒鐘，露出微笑，「你就是CoCo吧！」

我下意識地理了理披散在肩頭的頭髮，手背上還有一兩點墨水的黑色污漬，更要命的是我只穿了一件又薄又短的睡裙，透過白色的纖棉布面任何視力在〇・五以上的人都可以察覺到我裏面什麼也沒穿。我雙手相疊，放在肚子上，儘量裝作一切都很正常，把她請進了屋，然後鑽進洗手間以最快的速度從洗衣機裏取出昨晚剛換下的內褲穿上，只能這樣將就啦。對著鏡子紮起頭髮，檢查臉部是否有異，我從沒有想過天天的母親會這樣突然地出現在這個房間裏。

事情一開頭就令人尷尬緊張，我到現在還沒從正在寫的小說中回過神來。我相信任何女孩子在男朋友的母親突然來到他們同居的房子時都會有這樣的驚慌，尤其當那個男孩因為染上毒癮而被關在一個與世隔絕的可怕地方時，我該怎麼對她說她兒子的事，她會有什麼激烈的反應，會暈過去嗎？會對我尖叫問我為什麼沒有看好她的兒子，為什麼這麼不負責任還優哉優哉地住在這房子裏寫自己的小說？也許會用指甲掐我的脖子。

我走進廚房找了半天，冰箱裏幾乎空無一物，咖啡瓶裏只剩下一點點的咖啡末了，我心煩意躁地掃視了一眼四周，動手準備杯子、調匙、方糖，刮下那些棕色粉末，泡了一杯咖啡，表層飄著白色的泡沫，看上去像黑店裏賣的劣質咖啡，我嚐了一口，還好沒有酸味。

她坐在沙發上，還在打量房間四周的佈置，她的目光在掛在牆上的天天的自畫像上停留了好久，那是天天畫過的最出色的作品，他畫出了自己雙眼中如冰谷般透明的寒意，他的畫筆中醞釀著某種難以捉摸的情感，他似乎在對著鏡子描摹自己五官的時候，他在享受孤獨中那股難言的愉快，他拋棄了鏡中的男孩，然後又向那男孩注入施了魔法的血液，使他重生，使他像團霧氣一樣頃刻間升騰到了天宇最高處。

我把咖啡遞給了她，她道了謝，毫不掩飾地盯著我看，「妳比我預料的要好看，是我原本以為你是個大個子。」我笑了笑，內心七上八下的。「唉，對不起，我還沒有正式介紹自己吧。我是天天的母親，妳可以叫我康妮。」

她從手提包裏取出一盒精裝的古巴雪茄，我把一只打火機遞過去，她小心地點上火，屋裏瀰漫著一股藍灰色的煙霧，那股味道有點點刺鼻，但帶著異域情調令人愉快，我們都放鬆了一些。

「我沒有預先告訴你們我回來的時間，但我以為這樣子比較妥當，我的兒子在信裏說他不希望我回來。」她浮上一個傷心的笑容。保養得當的臉上幾乎沒有明顯的皺紋，焗過油的頭髮烏黑發亮，剪著斬羽西那樣的童花頭，在海外生活多年的華人中年女性似乎都鍾情於這樣的髮式，還有那樣咖啡色的眼影，那樣酒紅色的唇膏，那樣精緻剪裁的亮色衣裙，可能是海外的生活風氣鼓勵她們這樣隆重地修飾自我，以彌補華人種族向來被主流社會輕視的邊緣地位。

她長時間地凝視著天天的自畫像，有種特別陰鬱的表情像剛從深水裏撈上來。接著她的目光移向那張從不整理的大床，我手足無措地坐在她邊上，準備接受一切來自母愛的嚴厲審問。果然，她開口了：「天天什麼時候會回來？……都怪我沒預先打電話或寫信來。」

康妮終於問到了正題，她的雙眼裏充滿了期盼和不安，像個等著重要時刻來臨的年輕女孩那樣。我張張嘴，口乾舌燥，「他……」

「對了。」她從包裏取出一張照片，「這十年前我的兒子的照片，他那時候還是一張娃娃臉，個子也很小，等一下見到他，我恐怕是要認不出來了。」

她把那張照片遞給我，我看到的是一個瘦弱的、眼神安靜、穿一件咖啡色夾克、燈心絨長褲、白色球鞋的少年，他站在一叢火紅的美人蕉前，太陽光照下來，他的頭髮柔軟發亮像蒲公英一樣，隨時都可以被風吹散，這是一九八九年秋天的天天，像以前我在夢中見到的朦朦朧朧的某一個場景，我有似曾相識的感覺，從一些色彩和氣息上辨認出了蹤跡。

「事實上，天天很長時間沒有住在這裏了……」儘管這些話很難出口，但我還是向她如實托出整個事件的來龍去脈。我的大腦裏閃出一個又一個發著微光的飄行物，這是從記憶裏蒸餾出來的傷感而熱氣騰騰的東西。

康妮手裏的咖啡杯摔掉到了地板上，杯子沒有碎，但她的絳紅色的裙及膝蓋已全濕透了，她臉色蒼白，半晌沒有說話，也沒有對我尖叫，或作其他任何危險的舉動。

我有種莫名其妙的慰藉感，有另一個重要的女人來分享這份至深的傷痛之情，她看起來在竭力控制自己不失態。我跳起來去衛生間拿乾毛巾來擦她的裙子上的咖啡漬，她擺擺手，表示沒關係或沒有心情。

「我的衣櫥裏有乾淨裙子，妳可以挑選一條合適的換上。」

「我想去看看他，這可以嗎？」她向我仰起頭，無力的眼神。

「按規定這不行的，不過再過幾天他就可以出來了。」我柔聲說著，再次建議她把裙子擦乾或換下來。

「不用，」她喃喃地說，「都是我的錯，我不該讓他變成那樣子的，我恨我自己，這麼多年來什麼也沒給他，我早就該把他接出去陪在我身邊的，就算他不肯，我也應該強迫他那樣做，……」她哭起來，把紙巾掩在鼻子上哭。

「為什麼你從來沒想過海來看看他，直等到現在？」我直率地問她，即使她的哭聲感染了我，我的嗓子裏有東西在一抽一抽的，可我從來不認為她是個稱職的母親，不管這個來自西班牙的陌生女人有多少難言之隱，有多少道不明說不清的往事，我無權去評判她的生活，她的為人，但我始終認為天天飄滿迷魂暗影的生活與這個女人有致命的關係。他與她之間的關係就是嬰兒與子宮間的那根腐爛的臍帶，自從她拋家離子去了西班牙，自從她的丈夫的骨灰由一架麥道飛機運回來，某種混沌不明的命運的軌跡，就橫亙在她年幼的兒子面前，那是緩緩失去某種信念、天賦、狂熱、快樂的過程，就像一具機體內部的細胞，緩緩失去抵禦某種冷酷、腐蝕的免疫能力，母親兒子、煙霧、死亡、驚懼、冷淡、攫人的傷痛，一切都完全黏合在一起，有因必有果，如自然界的法輪常轉。

「他一定是對我厭惡到了極點了，他對我敬而遠之，儘量逃得遠遠的。」她喃喃自語，

「如果我回來，他可能更恨我，他一直都以為我害死了他爸爸……」她的眼睛裏陡然閃出一

絲堅冷的光，像打在玻璃上的一滴冬雨。

「都是因為那個老女人造謠中傷，我的兒子寧可相信她的話也不願對我多說一句話，我們幾乎沒有什麼交流，我寄錢給他是我唯一覺得欣慰的方式，而我又一直在忙於經營飯店，那一攤事，我想總有一天我會把賺來的錢都給我的兒子，那一天他也會真正明白世上最愛他的人是他的母親。」她淚如雨下，瞬間憔悴之態已畢露。

我不停地遞紙巾給她，我不能這樣看著一個女人在我面前痛哭流涕，女人的眼淚像銀色鼓點組成的小雨，會用特別的節奏感染人，使旁觀者頭腦某處區域瀕於崩潰。

我站起身，走到衣櫥前，取出一條黑色一片裙，自從我在一年前買過這裙子後一直沒穿過，我把裙子遞到她面前，只有這樣才可以止住她無窮無盡的眼淚，止住她越墮越深的悲哀想像。「現在我雖然回來了，但他也不一定肯見我吧。」她低聲說。

「妳想洗臉嗎？衛生間有熱水，這條裙子看上去挺適合妳的，請妳換上吧。」我關切地看著她，她臉上有被淚水沖出的粉痕，絳紅色裙子上咖啡色的污漬十分明顯。

「謝謝！」她擤了下鼻涕，「你是個善解人意的好女孩。」她伸手整理了一下額前的一綹瀏海，舉手投足之間某種女性特有的精緻優雅又恢復了。「我想再要杯咖啡，可以嗎？」

「哦，對不起，」我尷尬地微笑著，「那是最後一杯，廚房裏什麼也沒有了。」

臨走前她換上了我的乾淨裙子，前後左右看看，尺寸倒是非常相合，我找來一只棕色購物紙袋，幫她把髒裙子放進去。她擁抱了一下我，說好吧，她會等著與兒子相會的那一刻，這段時間她和她的西班牙丈夫需要與一家房屋仲介公司合作，查看幾處市中心的房子，看哪裏最適合做餐館，她把一張抄有和平飯店房號與電話的紙條遞給我。

「我們很快會再見面的，我還有件禮物忘了帶來，下次一定給妳，還有天天的那一份。」她的聲音很軟，目光中含著一絲感激的光。某種體恤而默契的氛圍存在於我們之間。到處都是經意或不經意犯下的錯，到處都是缺憾與折磨，它們存在於我的身體裏的每一條纖維，每一根神經，即使這個從天而降的叫康妮的女人手裏真黏有她死去丈夫的冤魂，即使她的心靈真的曾被這種或那種邪惡之魔浸染過，即使有成千上萬的真相終其一世都不能夠揭露，即使所有你鄙視的、厭惡的、抵制的、譴責的，並希望轉換成懲罰的事在心中源源流出……，總有那麼一刻，一種柔軟而無辜的東西會抓住所有人的心，就像上帝的一隻手伸出來，恍恍惚惚地對著世界作了個空洞無比的手勢。

24

十年後的晚餐

當我靠著你坐下，我感到巨大的悲哀，
那天，在花園裏，
然後有一天你回家來，
你回到家來是多麼地狂喜，
你找到了打開靈魂的鑰匙你真的打開了，
那一天你回來，
回到花園裏。

——Van Morrison《在花園裏》

乾燥而炎熱的這一天，接到馬克電話後的一小時（他說他已回到上海，希望可以馬上見到我，還問我想不想看一部德國的前衛小電影），天天回家了。他們就像月亮的陰面與陽面相附而存，彼此呼應，我生活中的兩個重要男人依次回到了我的視野中。

天天一推門進來，我呆了一呆，然後我們一話不說，緊緊抱在一起，彼此的身體都分外敏感，看不見的觸角伸向對方，細細地感受著令人迷惑的那種強烈的生理衝動，來自於頭腦中的愛，但愛又轉瞬之間抑制住了這種衝動。

然後他突然想起來計程車還停在樓下，等著他下去付車費。

「我來吧。」我說著拿起錢包走下樓梯，給了司機四十塊，他說「找不出零錢」，我說「那就算了。」我轉身走進樓房的門廊，遠遠地傳來司機的道謝聲，身後那一片融化似的白色陽光也在一晃之間舒緩了下來，眼睛重新適應了黝暗的層層樓道，走進房門時聽到浴室裏傳來叮咚水聲。

我走過去，倚在門楣上，邊抽煙邊看天天洗澡。熱水使他的身體變成了粉紅色，像一杯草莓奶昔也像一個初生嬰兒。「我要睡著了」他說著，閉上了眼睛，我走到浴缸邊上，拿起海綿擦輕輕地給他洗澡，屈臣氏浴露散發著淡淡的林間草木的清香，一隻小蜜蜂嗤嗤地撞擊著被陽光染成葡萄酒顏色的浴室的玻璃窗，這樣一種寧靜摸得著，看得見，偶爾會像汁液一樣潑出來。

我抽著煙，像聽Kreisler的「愛之甜蜜」小夜曲一樣看他沈睡中的纖巧俊美的臉和身體。他似乎已經恢復了健康。

天天突然睜開了眼睛，「今天晚上吃什麼？」

我微笑著，「你要吃什麼？」

「糖蕃茄、西芹百合、蒜蓉椰花菜、土豆沙拉、醬汁鵪鶉，還要一大杯巧克力霜淇淋、香草霜淇淋、草莓霜淇淋、……」他滿眼嚮往之情，粉紅色的舌頭吐出吐進。我吻了他一下，「啊呀呀，你的胃口從沒有這麼好過。」

「因為我剛從地底下鑽出來……」「去哪裏吃好呢？」他抓住我的胳膊咬了一口，像一頭小小的食肉類動物。

「和你母親一起吃晚餐吧！」他愣了一下，放開我的胳膊，一下子從水裏站起來，「什麼？」

「她回來了，還有她的西班牙丈夫。」他赤著腳跨出了浴缸，也不擦乾身體逕直往臥室走。

「你很不高興嗎？」我追過去。

「你以為呢？」他的聲音很響，在床上躺下來，雙臂枕在腦袋後面。

「可她已經來了，」我坐在他旁邊，定定地看著他，他則定定地看著天花板。「我懂你的心思，無需害怕這種複雜的場面，也不要厭惡什麼，迴避什麼，現在就面對她吧，正視發生的所有一切。你需要的就是這樣。」

「她從來沒有愛過我，我不知道她是誰，她只是個按時給我寄錢的女人，而寄錢給我也僅僅是她自欺欺人，減輕罪惡感的一種解脫方式。無論如何，她永遠只在乎她自己的感受、自己的生活。」

「你喜歡不喜歡她這個問題我不關心也沒有興趣，我只在乎一件事：那就是你不快樂，而這又與你母親脫不了干係。如果能早一天理順你與她的關係，我就能早一天看到你發自內心的快樂。」我說著俯下身去抱住他：「求求你，擺脫身上所有的束縛吧，就像蛹咬破繭就變成了美麗的蝴蝶。愛你自己，幫助你自己吧。」

沉默。房間裏有種奇異的深邃，像縱橫交錯的一個原野，我們擁抱著，越抱越緊，身體也越來越輕越來越渺小，直到緊密而小巧的花骨朵的幻像佈滿了頭腦四處。

然後我們靜靜地做愛，用不能趨於完美但也永遠無法被替代的方式做，他的腹部蒼白而平滑，幾乎可以像玻璃一樣映出我的嘴唇，那像柔柔燕草般的陰毛，發出小動物般（比如小兔子，他的屬相生肖）熱烘烘甜絲絲的腺素的味道。他的蛋蛋圓潤而乾淨，吸進嘴裏的時候就像吸進一個世上沒有的珍寶，粉紅色的陰莖裏就像藏了一隻受驚的小鳥，隨時都會展翅飛走。我用另一隻手撫摸自己，可以感覺到的陰道壁在手指的抽刮下逐漸變得肥厚而灼熱起來。手指和嘴唇滑過的地方，就能燃起幽密的藍色的小火花，帶著濕漉漉的唾液帶著溫情飄忽不定地吻過去，混亂、空虛、遺憾、憂懼都退至遠遠的地方，也許我從來沒有像這樣發狂地吻過一個人，我根本不去想我怎麼會這樣。

我只知道他是我失而復得的幸福，是我生命火焰的熱烈，是我表達自我的努力，是說不出的甜蜜和痛，是永不可企及的古波斯花園裏以煉金術重生的絕美的玫瑰。

在他崩潰的時候我也得到了高潮，我濕漉漉的多汁的手指從陰道裏抽出來，我放到嘴邊，我嗅到了自己的味道，他咬住我的手指吮吸著，「是甜的，帶一點麝香味，像煮了茴香桂皮鴨湯的味道，」他歎了口氣，翻轉身，不一會兒就沈沈睡去。一隻手還緊緊地攥著我的手指。

晚上七點半，我和天天坐車來到外灘的和平飯店，在燈光明亮的大堂，我們見到了正焦急等待著的康妮和她的丈夫。

康妮一身盛裝打扮，描金的紅旗袍，很高的高跟鞋，臉上一絲不苟地畫出濃墨山水，雍容的精神勁兒，有五、六〇年代好萊塢華人女星盧燕的派頭。她一見到天天就哭起來，朝天天伸出兩隻手，卻被天天躲避開去，西班牙男人朝她靠近一步，她順勢依在丈夫的胸口不停地拿絹帕擦眼淚。

她即刻恢復了常態，臉上露出微笑，對天天說：「我真的沒想到你長得這麼瘦又這麼好看，我實在，……太高興了。哦，我來介紹一下，」她攙著丈夫的手向我們走近一步，

「這是我的先生胡安，」她又扭頭對胡安說：「這是天天和CoCo。」

我們相互握了握手，「大家肯定都餓了，去吃晚飯吧。」胡安用一口西班牙口音的英語說。他是典型的西班牙鬥牛士的形像，四十多歲的樣子，高大、健壯、英俊，一頭栗色的捲髮，淺棕色的眼睛，高鼻樑，厚厚的嘴唇下方有一道西方人特有的凹痕，似乎用刀刻出來，使下巴顯得格外有力而性感。他與康妮看上去很般配，美女與英雄故事的中年版，似乎康妮還年長了三、四歲左右。

我們坐一輛車來到衡山路，一路上大家都沒有說話，天天坐在後排我與康妮當中，身體僵硬像塊大鉛鉈一樣。

胡安不時地用西班牙語輕歎，大概是說車窗外的城市夜景很美吧，他第一次來中國，在達克斯那個小鎮上，只在張藝謀、陳凱歌的電影裏見過哀怨的中國女人，穿大衣褂的中國男人。他娶的中國女人也很少談論家鄉，所以眼前的上海如此摩登豔麗實在於他預料的相差千萬里。

從一條小巷子穿進去，在路燈和兩邊纏滿長青藤牆面中走了幾分鐘，就看到了幾幢比鄰而置的歐式老洋房。走進亮著燈箱的院子，是一家叫「楊家廚房」的中餐館，裏面佈置並不誇張，菜也都是清爽簡單的家常菜。我不太清楚才來上海沒多久的康妮是如何找到這深巷裏的小餐館，但這的確是個不錯的吃飯說話的幽靜地方。

康妮請我點菜，餐館老闆是個臺灣人，他走過來與康妮寒暄，似乎雙方竟已很熟識。胡安報了兩個生硬的中文單詞「鳳爪」、「豬肚」，他解釋說他不要吃這兩樣菜，剛到上海時他就嚐過，當天晚上就腹瀉了。康妮補充說：「還送去華山醫院打點滴，也許只是初來乍到水土不服，與鳳爪、豬肚不一定有關係。」

天天一直安靜地坐在我的旁邊，只管抽煙發呆，對我們的談話似乎不聞不問。他能同意今夜出來一趟見親生母親已是很不易了，所以不能一下子又強迫他笑臉相迎或熱淚潸然。

這頓飯吃得很緩慢，康妮一直在回憶她做孕婦直至生下天天到天天十三歲以前的那段時光，種種細枝末節她仍牢記著，如數家珍般地一一道來，「我懷孕的那段時間，經常坐在床頭盯著一張日曆看，日曆上是個外國小女孩在草地上玩氣球的照片，我覺得那個小女孩好看得要命，就總是想我也會生那麼好看的一個小孩子，果然後來我在醫院裏就得到了一個十分漂亮的小寶寶，雖然是男孩，但五官十分精緻美麗。」

她邊說著邊凝視著天天，天天面無表情地剝著一隻竹節蝦蝦殼，她用簡短的西班牙文對丈夫解釋剛才她所說的話，胡安顯出贊同的表情，對我說，「他真的很漂亮，有一點點像女孩子。」我不置可否慢慢喝著紅酒。

「在天天五、六歲的時候，他就能畫畫了，他畫了一幅畫叫『媽媽在沙發上織毛衣』，畫得很有趣，地板上的毛線團長著小貓的眼睛，媽媽織毛衣的手有四隻。他總問我為什麼可以邊看電視邊打毛衣，手又動得那麼快，……」康妮的聲音低低地，笑聲卻很響，像是有人在命令她必須這麼大聲地笑出來似的。

「我只畫過爸爸修自行車，」天天冷不防地插了一句話，我睜大眼睛瞥了他一眼，伸手過去輕輕握住了他的手，有點涼，席間陷入一片突如其來的沈默，連胡安也似乎聽懂了天天說話的意思，天天的話無形中打破了眾人都不願涉及的一個禁忌，有關他死去的生父的任何事都是微妙而不祥的。

「我還記得天天九歲那年喜歡上了鄰居家的一個六歲小女孩，喜歡是喜歡的來……」康妮用上海話繼續講述往事，她臉上擺出自然而嗔怪的表情，任何母親在回憶兒子小時候軼事野史時都應該有這種表情的，然而她的雙眼充滿了幽暗的陰鬱之情，但她繼續說下去，彷彿正面臨一場有關大局安危的考驗，她不得不凝聚起力量與某種東西對抗。

「他把家裏漂亮的小玩意兒，鬧鐘、花瓶、玻璃球、卡通畫、巧克力罐，甚至還偷了我的口紅和項鍊一骨腦兒送給了隔壁那小姑娘，真是厲害呀，差點把家都偷空了，」她誇張地作了個手勢，又是大聲地笑，像是彈一架壞了鼓簧片的鋼琴，在空氣中引起了震動和恐慌。

「我的兒子為了他喜歡的人可以不顧一切，」她低語著，看著我，微微一笑，燈光不太亮，但我還是能感覺到她眼中的一絲複雜的表情，有妒忌也有愛。

「我們可以回家了嗎？」天天打了個哈欠，轉臉問我。康妮顯得有一絲緊張，「既然你累了，那就早點回去休息吧。」她對天天說，然後招手示意結帳，又示意丈夫從包裏拿點東西出來，是兩份用花紙精心包裝好的禮物，「謝謝。」天天淡淡地道了謝，這麼些年來，康妮給他的錢與禮物，他只是順其自然地收下，他對此談不上愛也談不上恨，就像每天都要睡覺吃飯一樣，他本能在需要這些，僅此而已。我也道了謝。

「我和胡安送你們回家，然後我們再去別人的地方轉轉。」胡安用英語說，「我看了一份英文雜誌《*Shang Hai Now*》聽說外灘停泊了一艘豪華的奧麗安娜號遊船，已開始對遊客開放，你們不想一起去看看嗎？」

「親愛的，反正機會很多，下次再去吧，天天已經累了。」康妮握住丈夫的手說，「哦」她似乎猛然想起了什麼，「等一下出去的時候，可以順便看一下我們訂下來做餐館的房子，就在隔壁的院子裏。」

月亮很圓很亮地掛在空中，月光下的一切透著淡淡的神秘，淡淡的冷。走進眼前這個亮著一圓燈，圍著一圈雕花鐵欄，鋪了淡紅地磚的院子，迎面是一幢三層樓高的老洋房，似乎已修葺整理過，整幢建築依舊顯得生氣勃勃，而那種經歷七〇年代歷史積澱下來的優雅、華美，又是從建築物的房子裏透出來的，是歷歷風塵掩不住的，也是新房所無法摹仿的。房子東、南兩面都有石階迤邐而上，占去那麼寬闊開朗的空間，在寸地千金的上海老租界區裏顯得很奢侈。

幾棵百年樟樹、梧桐把茂密濃厚的綠蔭伸展開來，像裙裾上蕾絲花邊一樣點綴了這個院子和這幢三層洋房。

洋房的第二層還有一個巨大的露臺，在春夏間可以設計成浪漫十足的露天咖啡座。胡安說，到時還可以請穿紅裙的西班牙女郎在露臺上大跳佛朗明哥舞。可以想像那種熱烈濃郁的異國情調。

我們只在臺階上站了一會兒，沒有進到各個房間裏去，裏面還沒有開始裝修，也沒什麼好看的。

燈光和月光交織著落在地上、身上，一瞬間有種恍惚如夢的感覺。計程車把我們送回了住所，康妮和胡安招了招手，然後車子又開動起來。我和天天手拉手，慢慢走上樓梯，走進我們房間，坐在沙發上拆開禮物。

一份是送我的，鑲寶石的手鍊，另一份是西班牙畫家達利的畫冊和拉威爾的CD，那分別是天天最喜歡的畫家和古典音樂大師。

25

是愛還是欲望

男子的幸福是：我要
女子的幸福是：他要

——尼采《蘇魯支語錄》

同女人做愛和同女人睡覺是兩種互不相關的感情，前者是情欲，後者是愛情。

——米蘭·昆德拉

天天回來了，我生活中一個重要的空間再次被填滿，每個夜晚我們呼吸著彼此的呼吸入眠，每個清晨我們在肚子咕咕叫的時候睜開雙眼，滿懷饑餓感地親吻。越吻越餓，我想肯定是愛讓我們如此饑餓。

冰箱裏塞滿了水果、各種牌子的霜淇淋、適宜做蔬菜沙拉的原料。我們渴望過一段素食主義者的生活，儘量地簡單樸素，像幾萬年前住在森林裏類人猿那樣，儘管牠們沒有冰箱、霜淇淋、席夢思和抽水馬桶。

「線團」依舊野性難改，保持著街角垃圾桶與我們家兩頭住的習慣，在兩點一線間很有規律地來來回回，週五週六在我們的床尾打呼嚕，渾身散發沐浴露的香氣（天天負責給牠洗澡消毒），而星期一一到，牠又像上班族一樣夾著尾巴準時離開公寓，在街上任意遊蕩，夜幕降臨的時候，呼朋引友，喵喵叫春，縱然是在遍地垃圾污物穢氣上徜徉，依然有自得其樂享受其中的感覺。

有一段時間深夜能聽到樓下群貓叫聲此起彼伏，居委會組織人力整頓街區所有能藏貓的地方，特別是垃圾桶，野貓果然少了很多，但線團安然無恙地照舊在這一片街區活動。

彷彿有逃過任何劫數的異常能力，天大命也大，偶爾還會帶一隻雄貓回來過夜，我們猜想如果有個「貓幫」的話，線團可能就是個女幫主，可以寵幸幫中任何一隻大公貓。

而我，則開始陷入了一個寫作上的癱瘓，離小說收尾還有五萬字左右，但我的大腦空空如也，好像所有的想像、才智、火焰一夜之間都從兩隻耳朵洞裏漏了出來。筆下的文字又臭又澀，寫了又撕，乾脆把圓珠筆也一下扔進廢物簍裏，連說話也有些口吃了。無論打電話還是與天天閒聊，我儘量避免使用形容詞，主語＋謂語＋賓語，或者是祈使句，諸如「不要安慰我，請折磨我吧。」

天天則躲在另一個房間，聚精會神地為我手頭這本暫告崩潰的小說畫插圖。他大部分時間都在那屋子裏閉門不出，當我因為某種猜測而擔心起來，突然地推門而進，我並沒有聞到空氣裏有那種異常的氣味，也沒看到他有何異常的舉動。

自從他從戒毒所回來後，我仔細地打掃了一遍屋子，花了一個上午檢查各個角落是否還有大麻或別的可疑之物，確認屋裏不再存有與過去相連的殘痕後，我在我們四周築起了安全感。

他置身於一堆顏料裏面，像達文西那樣從紛亂混沌的世界裏尋找事物的本來面目。像蘋果園裏的亞當一樣用肋骨創造愛和奇蹟。

「我無能為力，我想我要完蛋了，什麼熱情什麼靈感都沒有，我可能是個普通得不能再普通的女孩子，患了要寫書出名的妄想症。」我倍感軟弱地說，一邊看著桌上攤滿的漂亮圖畫，覺得真是傷心，要辜負他的愛和自己的夢想。

「你不會的。」他頭也不抬地說，「妳只是想休息一陣，乘機發發牢騷，撒撒嬌。」

「你這麼認為？」我吃驚地看他，他的話聽上去與眾不同，挺有意思。

「對自己發牢騷，對你喜歡的人撒嬌。」他很聰明地說。「這是釋緩內心壓力的方式之一。」

「聽上去像我的心理醫生吳大維的邏輯，不過你能這樣認為，我挺高興的。」

「出版商會同意用這些插圖嗎？」他放下筆問我，我走近桌子，一張張地翻看那些作品，有些只是草稿，另一些則是精巧的成品，水粉的顏色薄而柔軟，人物線條簡潔，稍帶誇張，蒙裏狄格阿尼式的脖子一律都是長長的，眼睛則是東方人特有的狹長單薄，傳達出一絲悲傷，還有滑稽和天真。

而這正是我的文字與他的畫之間共同擁有的一個特質。

「我愛這些插畫，就算我的小說沒能完成，它們也能獨立存在，也能當眾展出。人們會喜歡的。」我伸臉過去，在他唇上吻了一下，「答應我，一定要畫下去，我相信你會成為一個了不起的畫家。」

「我還沒想過這個。」他平靜地說，「並且我不一定要成名畫家。」這是老實話，他從來沒什麼野心，將來也不會有。中國人就有句老話「三歲看到八十」，意思是一個人即使從三歲長到八十歲，也絕不會從骨子裏改變自己某些東西，這樣的話很多人都可以早早地預見到自己老之將至時的生活圖景了。

「不是出名不出名的問題，而是給自己心理一個穩固的支撐，一個可以歡樂走完一生的理由。」我堅持地說，還有一句話我沒有說出口：「也是使你永久脫離毒品與幽閉生活的一股推力。」如果他有做大畫家的願望，他的絕大部分注意力就會集中在這一點上。

我曾在以前寫過一句話：人生像一場慢性病，而給自己找一件有意義的事去做就成了漫長的治療手段。

「所有問題的癥結只是：永遠不要自己騙自己。」他簡單地說，目光犀利地盯了我一眼（他很少有這樣的眼神，從戒毒所出來後，他身上某些細微的變化陸陸續續地顯露出來），彷彿我在用正義凜然的人生大道理自欺欺人，製造了一個香噴噴、甜絲絲的陷阱。

「好吧，你說得對，」我邊說邊往外走，「這就是我愛你的原因。」

「CoCo，」他在身後叫住我，用紙巾抹著手上的濕顏料，神情緊張而愉快，「我的意思你也明白，——每天一早睜開眼睛就能看到你在我的枕頭邊，我就感到了百分之百的快樂。」

見馬克前我曾為找個什麼樣的理由出門而躊躇，結果卻發現出門幽會根本不需要藉口。天天在馬當娜家裏玩「帝國反擊」遊戲，說要通宵打連擊，我把電話掛了，穿上掐腰的透明長衫和黑色低腰褲，在顴骨上塗了銀粉就出門了。

我在永福路復興十字交叉口看到了長手長腳的馬克，他穿得整潔、芬芳，站在一盞路燈下，像剛從電影上走下來，從太平洋飄流過來。我的異國情人，有一雙美得邪氣的藍眼睛，一個無與倫比的翹屁股，和大得嚇人的陰莖。每次見到他，我就想我願意為他而死，死在他身下，每次離開他，我就又會想應該去死的人是他。

當他從我身上跌下來，搖搖晃晃地抱起我，走進浴室，當他用黏著浴露的手伸進我的兩腿間，細細地洗著他殘留下來的精液和從陰道分泌出來的愛液，當他再次衝動著勃起，一把拎起我，放在他的小腹上，當我們在浴露的潤滑下再次做愛，當我看到他在我分開的大腿下喘息，叫我的名字，當所有的汗所有的水所有的高潮同時向我們的身體襲來時，我就想這個德國人應該去死。

閉上眼睛，性的本能與死的本能永遠都只有一線之隔。我曾在小說《欲望手槍》裏安排了女主角的父親在女兒與軍官情人第一次也是最後一次做愛時達到高潮時死去。那篇小說為我帶來男性仰慕者和媒體的惡意中傷。

我們擁抱親吻，手拉手走進一扇鐵門，穿過一個花園，在紫色繡球花的迷香中走進小小的錄影放映廳。我遠遠地站在座位後面的牆角，看馬克與他的金髮朋友們用德語問好、交談。其中一個短髮的女人不時地朝我這邊看過來，外國女人看自己同胞帶來的中國情婦的眼光總是很微妙，有點像看一個入侵者。在華的洋女人選擇情人或丈夫的範圍遠遠小於洋男人，她們一般不喜歡中國男人，可無數中國女人又跟她們爭洋男人。

跟馬克在一起的某些時刻，我會有深深的羞恥感，我怕被別人當成與其他釣洋龜的中國女人一樣，因為那樣的女人都很賤，並不擇手段只為了出國。為此我總是板著臉站在角落，對馬克飄過來的脈脈含情之眼神報以怒視和冷瞥。很好笑。

馬克走過來，對我說，電影結束後和女導演一起喝杯咖啡吧。

人太多，我們一直都站著看，我承認那些夢遊似的冰川與火車的畫面我都看不太懂。但我想這個女導演是在嘗試表現一種人類共有的生存恐懼感、無助感，她選擇用了一種強有力的表現形式，而且電影畫面的色彩很迷人，在白與黑的強烈對比中又有紫色與藍色的奇妙和諧，逛遍上海時裝店也不會找到這種純藝術的而又吸引人的色彩拼貼。我喜歡能拍出這樣電影的導演。

電影結束時我見到了導演莎米爾，一個頭髮剃成男人男子般、穿黑色短裙的雅利安種女人，她有一雙散發狂熱的碧色眼睛，長而筆挺的腿。馬克向她介紹了我，她用那種很特別的眼神看著我，拘謹地伸出手，我卻伸臂對她行了擁抱禮，她似乎有些意外，但很高興。

就像馬克事先對我說的那樣，莎米爾是個道地的lesbian（女同性戀）。從她看我的眼神裏有一種幽然情挑的有別於一般女性間交流的東西。

我們坐在Park 97二樓的雕花護欄邊，在碎金閃爍的燈光和薰暖的壁畫、氤氳的音樂氣味中喝酒。Park的老闆之一美籍華人Tony在樓下來回穿梭地應酬著，他一抬頭看到了我們，匆匆作了個「你們好」的手勢。

莎米爾咳嗽了一聲，把我的紅緞刺繡手袋拿過去，細細看了一會兒，對我微微一笑，說，「很可愛。」我點點頭，對她微笑。「我必須承認，我沒有完全看懂你的電影。」馬克首先對莎米爾說。

「我也是，」我說，「但我被畫面上的色彩迷住了，那些光線彼此對抗，但又彼此誘惑，很難在別的電影或街頭時裝店裏看到這種色彩組合。」

她笑起來，「我沒有想過時裝店與我的電影的關係。」

「看完之後覺得像以前做過的夢，或者是別人告訴我的一個故事，也許是以前讀CoCo小說時一瞬間產生的情緒，總而言之我很喜歡這種的感覺。……比如先把什麼東西打碎了，然後重新拼湊起來，令人多愁善感。」

莎米爾做了個用手掩胸的姿勢，「真的嗎？」她說話的聲音裏有種奇怪的童音，舉手投足忽而沈靜如水，然後又會突然爆發，當她同意你的意見時就會伸手抓住你的手腕，用令人信服的口氣強調說，「是的，就是這樣子的。」

這是個能給人留下深刻印象的女人。她經歷豐富，去過北極洲拍片，爬上過一道冰凍凝固住的大瀑布，叫「哀泣之牆」，像凝滯住的眼淚變成的牆。目前她在德國最大的文化交流機構DAAD工作，負責影視圖象這一領域，認識北京和上海所有的地下電影從事者和前衛新銳的電影人。每年這個機構都會舉辦交流活動，邀請包括中國在內的國家的藝術家赴德。有很多人喜歡她，而我對她的好感則直接地來自於剛看過的電影《飛行旅程》。

她問起我的小說，我說講的都是發生在上海這個後殖民情調花園裏的混亂而真實的故事。「有一篇譯成德文的小說，如果你有興趣，我可以送給你。」我情直意切地說。那還是在復旦讀書時一個讀德文的男生愛上我以後替我翻譯的，他是個優等生，沒等畢業就去了柏林留學。

她對我微笑，那笑像叫不出名的花兒開在春風裏。她把一張寫有電子信箱、電話、傳真、地址的名片遞給我，「不要丟，以後我們還會有機會見面的。」她說。

「哦，你愛上CoCo了。」馬克開玩笑地說。「So what ?」莎米爾笑起來，「這是個不一樣的女孩，不僅聰明，還很美，是個可怕的寶貝，……我相信她什麼都會說，什麼都會做的。」這句話一下子打動了我，我一瞬間渾身凝固，有觸電的感覺。我至今都不明白為什麼最瞭解女人的無一例外地總是女人。一個女人總是能精確無誤地揭示出另一個女人最細微最秘密的特質。

為了這句有知遇之恩的話，臨別之前我們站在Park門口的樹影裏親密接吻。她的嘴唇裏的潮濕和溫暖像奇異的花蕊吸引住了我，肉體的喜悅突如其來，我們的舌頭像名貴絲綢那樣柔滑而危險地疊繞在一起。我分不清與陌生女人的這一道曖昧的界限如何越過，從談話到親吻，從告別的吻到情欲的吻。

一盞路燈突然熄滅，某種沈重如重擊的但又超脫的感覺降臨，她的一隻手撫到了我的胸，隔著胸衣輕撚那突起如花蕾的乳頭，另一隻手滑到了我的大腿。

路燈光又突然地重放光明，我如夢初醒，從那股莫名其妙的吸引力中掙脫出來，馬克站在一邊安靜地欣賞著這一幕，彷彿對此情此景很是享受。

「你太可愛，——可惜我明天就要回國了。」莎米爾輕聲說，然後她與馬克擁抱，「再見吧。」

坐在馬克的別克車上，我還有些恍惚。「我也不知道為什麼會……那樣。」我輕撫著頭髮說。

「你首先被她的電影迷住了，」馬克抓起我的手吻了吻，「一個聰敏女人吻另一個聰敏女人真是讓人驚心動魂，聰敏的就是性感的。」這話聽上去一點都不男權，相反體恤寬容令女人感動。

為了這句話，我一路上濕漉漉地飛翔，然後到了他那大得可以四處發瘋的公寓。打開唱機，放上一張徐麗仙的評彈唱斷，一邊脫衣服一邊向廚房走去。

他突然想起冰箱裏還有我特別愛吃的藍莓水果凍，示意我稍等片刻，然後走進廚房，聽到一陣盤盞的叮噹聲，然後他赤身裸體端著一盤果凍和銀匙走到床邊。「蜜糖，吃一口吧，」他用銀匙餵到我的嘴邊。

我們一人一口地分享著這盤美味果凍，四目相望，突然笑起來。他一把把我推倒，像個亞得里亞海邊穴居的野蠻人那樣拱著腦袋，用冰涼甜味的舌頭舔我的陰部。「你有一個美妙無比的私處，從柏林到上海這段距離再也找不出第二個如此尤物。」我張著眼睛茫然地盯著天花板，肉體的快樂麻痺了我大腦的知覺，奪去了我所有的智商。「最美私處獎」聽上去不錯，也許遠比「年度最佳小說獎」更令一個女人心動吧。

他吃一口果凍再吃一口我，像食人族的酋長。當他挺身而進的時候我很快就遏制不住地爆發了。「想不想要一個孩子？」他很不負責任地咕噥著，用力戳到了我子宮的最深處。一瞬間，性的感覺如此地排山倒海，我像跟天底下所有的男人做了愛。

26

初夏的樣子

我們尋找著微兆，但什麼也沒顯露

——Suzanne Vega《不經意的火柴》

快樂，快樂，青春是什麼？

——Suede

五月八日，美國戰機用炸彈轟炸了中國駐南斯拉夫領事館，三顆炸彈從屋頂穿越五層樓，直抵地下室，《參考消息》和《光明日報》的一位記者殉職身亡，另外二十多人受傷。當天下午五點半，在上海烏魯木齊路美國領事館前聚集了上海各高校的大學生，他們舉著標語呼喊「反對強權暴力，擁護主權與和平」，一些雞蛋和礦泉水瓶像長了翅膀一樣飛進美國領事館圍牆內，學生越來越多，抗議活動持續到了次日。

馬當娜帶著一幫歐美老外朋友前去探視，拍了照片回來給我們看。照片裏給我印像深刻的是一對上戲編導專業的情侶，每人高舉雙手舉一塊紙牌，上面寫著「主權啊」、「PEACE」。馬當娜說他們在現場站了一個多小時一動不動，像雕塑一樣。那女孩濃眉大眼，像五、六〇年代的青年，兩個人穿著情侶裝。

馬當娜的一個朋友Johnson還從錢包裏抽出一疊一元面值的美金送給學生們點火焚燒。「不會打仗吧。」天天擔心地說。他母親康妮現在是西班牙人，我的秘密情人馬克是德國人，他們都屬於被討伐的北歐（NATO），馬當娜身邊更有一幫貪玩的大剌剌的美國佬。

五月九日，深市、滬市股價大跌，五角場一家肯德基店關門大吉。從晚上開始，大批駭客攻擊美國數百個網站，美國能源部、內政部等被駭掉，其中能源部的主頁被加進了幾張受害人照片和中國國旗。北約網站：http://www.nato/org亦關閉。

五月十日，我在上視英文頻道IBS晚間新聞特別報導中意外地看到了馬克的臉，他代表他們公司對轟炸事件表示遺憾，向死難者家屬致予深深歉意。同時出現的還有滬市其他大型外資公司，如摩托羅拉、大眾汽車、IBM。

看完電視後，天天在洗澡，我給馬克打了個電話，他說他愛我，吻我，晚上睡個好覺吧。

我的寫作繼續瀕於崩潰，那種感覺就像在咖啡店裏要與一個人談公事，但你的眼神總不能聚集，你總是說著說著就走神了，不由自主地看咖啡店玻璃窗外的行人和風景。當然把個人生命的寫作比作在咖啡店與陌生人談公事顯得不甚妥當，怎麼可能呢？如果寫作有一天淪落到那種勉強而傷心的地步，我想我寧可就放棄了。

鄧和教父分別打過電話來，小說集《蝴蝶的尖叫》第二版快要出來了，出版後的操作流程也已在安排中。復旦、華師大、上師大都有人聯繫去開與大學生們的座談會暨簽名售書活動。報刊雜誌也會有消息發佈。鄧還把一串時尚雜誌的編輯名單開給我，說都是人家找上門來，希望我提供一些時尚漂亮的隨筆小文章，稿費高，又不失體面。

不知不覺中，鄧已經擔任起我的經紀人的角色，可是她現在還沒說明，我也沒有付酬給她，我不知道她為什麼對我這麼熱心，唯一的解釋是她善良，而且看好我的小說（可以把小說家比喻成股票，按各人發展會有升有降）。

我的小說寫不下去，但天天的插圖畫得很快。接下去他就得再等我往下寫了。

蜘蛛賣給我一台奔騰II電腦，還免費裝了modem和不少電腦遊戲軟體，這樣沒事做的時候我和天天一起玩遊戲，天天玩帝國反擊戰已經成癮，我還在電腦上寫詩，然後發電子郵件給朋友們，包括給莎米爾和馬克的英文版。

「找個理由聚一聚吧，我好想我的寶貝天天呀，」馬當娜在電話裏聲音混濁地說。

「給你唸一首詩，……日子過得他媽慢，一顆心浸在溫吞水裏飽受美麗時光的煎熬，愛人憐憫的雙眸，打量鏡中新添的每一條皺紋，一覺醒來再也不能開著時速一百八的快車去海邊了，我活著，我也死了。」

她一唸完就把自己逗得哈哈大笑，「這是我今天一覺醒來後做的一首小詩，不差吧？真正的詩人不在文壇上，而是在瘋狂的床上。」

「我完蛋了，這些天寫不出一個字。」我向她坦白，「所以你就該開個派對嘛，沖沖楣運，把晦氣趕走，除了美酒、音樂、朋友、狂歡，難道還有別的解決方法嗎？」

我分頭打了一些電話，八月份沒有什麼奇蹟發生，「為了天天新畫的一系列水粉畫，為了我寫不下去的小說，為了大家的友誼、健康和快樂，請你們來參加我們的一＋一＋一派對。」我一遍遍地重複這樣的話。

在派對舉行的前一天，我意外地收到了一個來自北京的電話，是那個自稱常為男女朋友們心碎的雙性戀化妝師、漂亮寶貝飛蘋果打來的。他說次日飛到上海來為沙宣系列化妝品宣傳活動中的模特兒做造型。「來吧，」我高興地說，「我有個更有意思的派對。」

那一個晚上八點半，「一＋一＋一」派對在我們的寓所盛大舉行。

所謂「一＋一＋一」就是「一個人＋一朵玫瑰＋一首詩」，我精心策劃了這個派對的所有細節，在來客名單上細加斟酌，男女要有基本合適的比例，而且太嚴肅、沒有幽默感的人絕對不請，以免破壞整個夜晚的氣氛，好在這些朋友們的骨子裏都很酷，是崇尚享樂與浪漫的死硬派。房間稍微收拾了一下，不用太乾淨，反正翌日清晨結束的時候我會在一地狼藉中醒來。

天天顯得很開心，一身白色塔夫綢中式衫褲，使他看上去像來自古希臘月光海島的美少年。

門開著，一個個朋友依次來到，他們和天天擁抱，然後由我檢查他們是否帶全了我們所要求的可愛小禮物。朱砂和阿Dick最先到。朱砂看上去神采奕奕，穿著淡紅的細肩帶裙子，有點像本屆奧斯卡上最佳女主角《莎翁情史》中的葛妮絲·派特洛，比上一次見到還要顯得年輕，新房已經裝修完畢，阿Dick也搬了進去與她同住。

「阿Dick的畫在清逸畫廊賣得很好，下個月還要去威尼斯、里斯本參加一個國際性藝術展。」朱砂微笑著說。

「去多久？」我問阿Dick。

「大概三個月吧。」他說，他的小辮子已經剪掉了，除了右手手指上一個骷髏戒指，渾身已顯得如辦公室男人一樣光滑整潔，這其中應該有朱砂的潛移默化作用。我原本以為他們在一起不會超過三個月，但現在似乎證明了兩個人是般配的。

「我想看看你的畫。」天天對阿Dick說。

「先讓我來看你的畫，」阿Dick伸手一指牆上的一排水粉畫，「不把它放在畫廊公開展出，真有點可惜了。」他說。

「以後會的。」我對天天笑笑。

馬當娜和一個美國小男生一起出現了，看來警察馬建軍已成為她漫長戀愛史上一個句號，留在翻過去的一頁裏，她的情愛怎是建築在一次次的分手上。

馬當娜照舊臉色蒼白，手指叼著一根煙，穿黑色緊身衫，寶藍色織錦中褲，塑膠厚底鞋都是GUCCI牌子的，戴著墨鏡使她成為夜晚不尋常的女人，雖然有些矯情（夜晚戴墨鏡真的是很矯情吧）。她介紹一頭金髮、長相酷似好萊塢壞男孩李奧納多的美國男生給我們認識：「Johnson，」又拿手一指：「CoCo、天天。」

Johnson 沒有帶詩，馬當娜說「我曾讓他馬上寫一首的，」她對我壞壞地一笑，「知道我們怎麼認識的？在東視『相約星期六』電視徵婚節目中認識的，他是六號男佳賓的後援團團長，我是三號女佳賓後援團團長，嗨，其實那都是無聊的白領們玩的調情遊戲，只不過當著百萬觀眾公開調情比較刺激來勁一點，那三號女孩我也不記得在哪兒認識她的，反正她說她認識我，並且讓我做她的後援團，就這樣我們錄了一整天節目，我和Johnson認識了，他能說很好的中文，等一下可以寫一首像李白那樣又短又小的中文詩。」她笑起來。

Johnson有一點shy（害羞），像李奧納多還沒大紅大紫以前的那種精怪可愛的樣子。「不許喜歡上我的寶貝哦，我會很吃醋的。」馬當娜笑著說。他們與朱砂、阿Dick碰在一起並沒有什麼尷尬，馬當娜大大方方地跟朱砂擁抱，與阿Dick閒聊，大概給任何女人一個新的可愛情人，她就會自然而然地擁有了一個寬廣的胸襟，既往不咎了。女人在喜新厭舊上一點不輸於男人，這也是幫助自己恢復作為女性的信心的重要手段。

然後是蜘蛛帶著一個復旦留學生，一個男老外來了，蜘蛛擁住天天，又擁住我，作狂吻狀，「這是伊沙，」他介紹道，「塞爾維亞人。」一聽這話，我格外留心起來，他有一種永遠都不會太高興的表情，但他禮貌地吻著我的手，說「妳在復旦很有名，很多小女生讀了妳的東西都想成為像妳這樣的小說家，而且我讀過妳的小說集《蝴蝶的尖叫》。」

他的話和他臉上飽受家破人亡之痛的滄桑讓我大為感動，我不由擔心起來，如果他知道這屋裏還有個美國佬的話，他會不會火冒三丈大動干戈？想想美國人在南聯盟上空投下的成千上萬噸炸藥，無數婦女兒童被炸得面目全非。換了我，我也會跳起來打倒離我最近的一個美國人。

「請隨便挑地方坐吧，」天天做了個手勢，「有很多食物、酒，小心不要那麼快把盤子酒瓶打碎。」蜘蛛吹了聲口哨，「只要你們使用塑膠製品，它們就不容易碎。」

然後是出版商、昔日復旦學長兼暗戀情人教父和他的幾個朋友捧著玫瑰，揣著四年前在復旦「詩耕地」上發表的舊詩前來。我介紹他們與天天認識，這種介紹來介紹去的活我總是幹得不錯，像調雞尾酒或者從一個電影院趕到另一個電影院一樣。

最後到的是飛蘋果，他帶來了好幾位閃閃發光的模特兒，都是他的工作夥伴，這些靚女總是出沒於T台、電視、酒會等各種在普羅大眾眼裏分外遙遠香豔的場所，可望而不可及，就像玻璃缸裏的美麗金魚一樣。

飛蘋果頭髮像孔雀羽毛一樣繽紛，遠看更像一幅立體主義油畫，架了一幅漂亮的黑框眼鏡（儘管他並不近視），穿著D & G的T恤和黑白格子窄腿褲，褲子外包著一塊薄薄的暗紅色泰國印花布，像裙子，但似乎比裙子更性感。他皮膚白而不冷，甜而不膩。我們擁抱親吻，把嘴巴親得嘖嘖有聲。

天天喝著酒遠遠地看著，沒有走過來，他對雙性戀或gay（男同性戀）有種莫名的恐懼感，只能接受異性戀與lesbian（女同性戀）。

一屋子的人都在柔和的燈光和幻美的電子音樂裏嗡嗡嗡地說著話，不時有人端著酒站在天天的畫前比手畫腳，飛蘋果不時做出誇張的表情，似乎看那些水粉畫也能給他生理上的高潮。「我要愛上你的男朋友了，」他對我喃喃地說。

我用銀匙敲了敲酒杯，宣佈一＋一＋一節目正式開始，可以把一朵玫瑰花獻給你認為最美的人（不管對方是同性還是異性），把一首詩獻給你認為最聰明的人（不管同性還是異性），根據數字統計會評選出美人和聰明人。願意的話，把自己這個人獻給你最想獻身的人（不管同性還是異性）。當然第三項也可以留在派對後再發生，我的房間雖然是夠大，但我無法預料這場集體聚會會朝什麼樣的趨勢發展。

當我口齒清楚地公佈了這個派對規則後，一陣駭人的尖叫聲、口哨聲、跺腳聲、酒杯破碎的聲音驟然從房間裏發出，幾乎掀翻了天花板，令正在打呼嚕的「線團」幾乎心肌梗塞而死。線團像離弦之箭一樣一閃而出跳下了陽臺，「牠自殺了！」飛蘋果帶來的女孩子銳聲尖叫。

「不是，」我盯了她們一眼，我對喜歡尖叫的女孩沒有好感，她們濫用美好雌性的聲帶，「牠沿著水管爬下去，上街散步去了。」

「你家的貓真酷，」飛蘋果哼哼笑著，像隻掉進油缸的老鼠，這樣的刺激場合正中他下懷，一個一生都不會停止尋求刺激的貨真價實新人類。「妳怎麼會想出這麼個玩法？」蜘蛛傻笑著，兩邊分別夾了兩根雪白香煙，像裝修隊的小木匠似的，「如果我想獻身的人是妳呢？」馬當娜開玩笑似地瞇起眼，「那就試試，」我也瞇起眼，喝紅酒抽雪茄聽電子樂真是讓人渾身都爽。

「如果我想獻身的是妳男朋友呢？」飛蘋果咬著嘴唇，一臉嫵媚。「我有權拒絕，」天天安靜地說。「對，一切都必須是兩廂情願的，但玫瑰與詩這兩樣相信不會有人拒絕，」我笑了起來，「這兒很安全，像天堂一樣，大家放鬆就是了，儘量把自己哄得高興一點。從誰開始呢？馬當娜，親愛的妳開頭吧。」

她依舊戴著墨鏡，脫了皮鞋赤了腳，把統統插在大水瓶裏的玫瑰抽出一支來，「玫瑰獻給最美的天天，這首詩獻給最聰明的CoCo，至於把我自己獻給誰，等一下看情緒再定，還沒喝完，怎麼知道今宵與誰共度？」她嘎嘎笑出，把玫瑰丟給席地而坐的天天，從手袋裏抽出一張紙，暫時把墨鏡頂到頭頂，單膝跪地，用誇張的戲劇動作唸那首詩「那不是你的，別吻，快放下，……」一唸完大家一起鼓掌，我以飛吻示謝，接下去是Johnson，他把玫瑰獻給他眼中最美的女人，我的表姐朱砂小姐，把詩獻給他認為最聰明的馬當娜，果然是首短小的詩：「美麗姑娘，一起遠遊，北極的企鵝請我們喝北極的水，豈不快樂？」至於第三項節目，他也說以後再說，馬當娜問他：「你是不是喜歡上朱小姐？中國人說『情人眼裏出西施』，你既然認為她最美，那麼你一定喜歡她。」Johnson一下子臉紅起來。

這期間朱砂一直安安靜靜地與阿Dick 相擁坐在一角的沙發上，端著酒杯任別人如何狂呼亂叫都神閒氣定，若閒庭閉花，雅致而迷人。與馬當娜的性格及氣質截然不同，反差就如一個是水一個是火。馬當娜用怪怪的口氣說：「Don't worry，你是自由的美國公民，有喜歡一個人的自由。」阿Dick聽他們說話，情不自禁笑出聲來，用力把朱砂往自己懷裏抱了抱，「親愛的，有人喜歡妳總是好的，因為妳是真正迷人。」「本派對杜絕任何妒意和敵視，玩遊戲就該玩得開心才對。」我說。「對嘛！」飛蘋果附和著，順勢從背後摟著我的腰，把腦袋放在我的肩上，天天視若無睹，專心地拿雪茄銀剪剪熄壞的雪茄頭，我敲了一下他的腦袋，「輪到你了，甜心。」「我把玫瑰獻給最美的自己，把詩獻給最聰明的CoCo，把自己獻給能激發我熱情的任何一位，不管你是男是女。」他邊說邊對衣櫥的鏡子理了理褲子外的裏花布，「我真的覺得自己蠻美的。」「我們也覺得，」幾個模特兒順口附和。她們團團抱住飛蘋果，像一群美女蛇纏住一只大蘋果。「別人都不把玫瑰獻給我，豈不丟面子，不如我就先給自己一朵啦，」飛蘋果把玫瑰叼在嘴上，在音樂裏做了個伸臂飛天的姿態，極盡妖冶柔美，連他的下巴蓄的小鬍子都增加了這種人妖不分的美。

「我把玫瑰獻給你，因為我也認為你最美，」那個塞爾維亞人突然用流利的中文說，

「詩獻給我的朋友蜘蛛，他玩電腦玩得一級棒，是我見過智商最高的人，至於獻身，當然是獻給我認為最美的人嘍。」眾人齊刷刷把眼睛投向伊沙，彷彿看天外來客一樣。

一陣笑聲，是美國人Johnson發出來的，伊沙一下子從地上站起身，拍拍身上的煙灰，「很好笑嗎？」他直勾勾地盯住Johnson。

「對不起，」Johnson還在笑：「對不起，我只是忍不住。」

「就像你們的飛機一樣忍不住飛到我們的國家投炸彈嗎？就像你們的軍隊忍不住把那麼多無辜的人殺死嗎？What a lie！美國人！……是我一想起就要嘔吐的一群人，你們什麼都要管，你們厚顏無恥貪得無厭，你們粗鄙愚蠢沒有文化，只是自大狂妄只配被人吐一口痰，you motherfuck！」

Johnson一下子站起來，「What the hell are you talking？我跟那些該死的投炸藥的飛機有什麼關係？為什麼羞辱我？」

「因為你是motherfuck的美國人。」

「算了，算了，喝酒喝多了，不要激動。」蜘蛛一下子竄上去把兩個人分開，教父正坐在一堆模特兒美女身邊，不聞不問地繼續用一手多年練就的玩紙牌絕技吸引美女的注意力，但她們都不時拿眼覷著那一對爭吵得面紅耳赤的老外。從道義上支援科索夫人，可從審美角度，她們同情長得像「李奧納多」的Johnson。

「有種就打一架分高下，」馬當娜笑嘻嘻地鼓動著，她唯恐天下不亂。飛蘋果也走上前拉住伊沙的手，是因為伊沙說喜歡他才引起了這一場爭執，他蠻感動的。

「你們要洗個冷水澡麼？」天天問伊沙和Johnson。這話一點都沒譏諷的意思，是出自他善良單純的本性。在他看來，洗澡是一切麻煩事的首選解決之道，浴缸是像母親子宮般溫暖安全的福地，以清水洗濯身心可以使自己感到遠離塵埃，遠離喧囂的搖滾樂，遠離黑幫流氓團夥，遠離折磨自己的種種問題、苦痛。

國際人士爭執平息了，節目繼續，天天把花、詩和自己都獻給我，我也是把這一切獻給他，馬當娜譏諷地笑著：「你們當眾扮夫妻情深，肉麻不肉麻？」「對不起，不是故意讓你嫉妒的，」天天展露一個微笑，我卻暗含一絲愧意，馬當娜與朱砂都知道我與馬克的事，但我又怎能向天天坦白這一點呢？何況他給我身體上的感覺不同於馬克，兩者不可比較。天天用他非同一般的執著與愛深入我的身體某個部位，那是馬克所無法抵達的地方，我不得不承認在這一點上我貪婪而自私，我也承認我對此無法遏制，並且一直找各種藉口在原諒自己。

「我不能原諒我自己，」我曾這樣對朱砂說，朱砂的回答就是：「事實上，你一直在原諒你自己。」是的，是這樣的。

朱砂和阿Dick也只把三樣東西統統送給對方，蜘蛛、教父、教父的二位朋友則統統把詩送給我（很幸運地，我理所當然地成了今夜最聰明的女人，我收到了一長串或香或臭的詩歌，比如「你的微笑使人起死回生，是三上極品。」這是恭維我的，又比如「她像一片捲曲的鋼，不像生物……」則是貶低我，再如「她會大笑，她會哭泣，她是真實，她是夢幻。」則是恰到好處、恰如其分的），把玫瑰和他們的身體心甘情願地獻給了飛蘋果帶來的幾位model，有意思的是，這四位男士中有三位半是復旦子弟。這半個自然是蜘蛛，他中途被勒令從復旦退了學。復旦子弟與美豔模特兒互相眉來眼去的，隔壁的客房有沙發有床有地毯，應該夠得下他們。

阿Dick在看天天掛在牆上的畫，我和朱砂坐在一盤草莓前聊天，「你最近見過馬克嗎？」她眼睛並沒盯著我，只是低聲問。

「有啊，」我輕輕晃著腿，天天剛換上去一張酸性爵士樂唱片，屋內一片狼藉，每個人的眼神都像散黃的雞蛋一樣渙散開去了。大家都沒閒著，各玩各的。

「怎麼啦？」我轉頭過去看看她。

「公司裏有謠傳，說馬克要馬上離開中國去柏林總公司了。」

「是嗎？」我想表現得若無其事一點，一股極酸的草莓汁在舌尖瀰漫開來，令人反胃。

「他可能因為在中國出眾的業績得到提升，回到柏林總部擔任要職。」

「……誰知道呢？可能是真的吧。」我站起身，踢開腳邊的一本雜誌，一個紅緞面繡花坐墊，走到陽臺上。朱砂也跟了過來，「別想得太多了，」她輕輕說。

「這麼多星星，挺美的。」我仰頭看天空，星星們在深冷的天空裏就像炸出來的小傷口，流淌的是銀色的血液，如果我有翅膀我會飛到上面去親吻每一道小傷口。而和馬克的每一次肌膚相親都給我這種微痛而飛翔著的感覺。我曾經讓自己相信一個女人的身與心可以分開，男人可以做到這一點，女人為什麼不可以？但事實上，我發現自己花越來越多的時間在想馬克，想那欲仙欲死的片刻。

朱砂和阿Dick告辭離去，臨走前，朱砂特地走過去Johnson握了握手，謝謝他的玫瑰。Johnson看上去並不開心，與塞爾維亞人吵了一架後，美麗的朱砂又要離開。馬當娜摟住他，建議到陽臺上看一會兒星星。

這個夜晚不預料地混亂、紛雜、毫無控制。凌晨三點的時候，飛蘋果帶著塞爾維亞人到了他下榻的新錦江酒店。教父、蜘蛛他們四個與飛蘋果帶來的四個模特兒在隔壁的客房裏折騰。我和天天、馬當娜睡在臥室的大床上，Johnson睡在沙發上。

凌晨五點我被很多人同時做愛的聲音再次驚醒。隔壁有女人歇斯底里的尖叫聲，如夜晚屋頂上的貓頭鷹。馬當娜已從床上溜到了沙發上，雪白的裸體細細瘦瘦，像條大白蛇一樣纏在Johnson的身上，她的右手還夾著一支香煙，一邊抽煙一邊在Johnson身上做活塞推進運動。

我定定地看了一會兒，覺得她是真的很酷，很特別。她換了個體位，一轉眼也看到了我，對我做了個飛吻，示意我想的話可以加入。大天突然抱住我，原來他也醒了。空氣裏飄來飄去的都是腎上腺素的氣味，還有煙酒汗味，足以嗆死我家的貓。

唱機裏一直翻來覆去放著同一首歌「Green Light」，沒有人能真正睡著，我和天天安靜而深沈地接吻，我們沒完沒了地吻著，在馬當娜和 **Johnson** 的大聲呻吟過後，我們又相擁著睡去。

次日午後醒來時，所有人都消失得無影無蹤了，連一張紙條也沒留下，地板上、桌上、沙發上都是食物殘渣、煙灰、保險套空盒、污穢的紙巾，還有一隻臭襪子和一條黑色蕾絲女內褲。真正可怖的景像。

既然死咽活氣的蒼白情緒已在這個一＋一＋一派對上爛到了極點，所謂物極必反，我扔掉垃圾，整理房間，重新做人。

然後我毫不吃驚地發現我又能寫作了。那種可以操縱語言的無形的魔力重新回到了我的身上，感謝上帝！

我的所有注意力放在長篇小說的結尾上，天天也照例呆在另一個房間裏自娛自樂，偶爾他去馬當娜家打遊戲或飆車來消磨時間，廚房重新變得令人失望地空而髒，不再自己變著花樣做菜煮飯。小四川的外賣又準時地送上門來，原先的男孩子小丁已經辭了工不做了，我想知道他最終有沒有按自己的理想去寫作。但問新來的男孩，他一問三不知。

27

亂

在深藍與魔鬼之間，是我。

——Billy Bragg《簡短的回答》

一個寫作的人要是老想到自己的性別，是很要命的。

身為單純又簡單的男人或女人，也是很要命的。

——Virginia Wolf

家裏突然來了個電話，媽媽的左腿骨折了，是有一天停電電梯不開，她走樓梯時摔的。我定定地發了會兒呆，然後飛快地收拾了一下，坐車回到家裏。父親正在學校上課，家裏有一個保姆在走來走去地忙，除此之外，屋子裏是一片令人輕飄飄得要耳鳴的寂靜。

媽媽躺在床上，閉著眼睛，瘦削蒼白的臉上泛著舊而不真實的光，就像四周擺放著的家具那樣的光。她的左腿腳踝骨的地方已經打上了厚厚的石膏。我輕手輕腳地走去，在床邊的椅子上坐下來。

她睜開了眼睛，「妳來了。」她只是這樣簡單地說。

「很痛嗎？」我也是簡單地問候。她伸出手，摸了摸我的手指，指甲上面的五顏六色的指甲油已褪去一半，看上去很奇怪。

她歎了口氣，「小說寫得怎麼樣？」

「不怎麼樣。……每天都寫一點，不知道最後有多少人會喜歡看。」

「既然要當作家，就不要害怕那樣的問題。……」她第一次用這樣的口氣跟我談我的小說。我無言地看著她，想俯身緊緊地擁抱她，想說其實我是那麼愛她，那麼需要她的哪怕是片言隻語的鼓勵，那會給我鎮靜和力量。「想吃點什麼嗎？」我坐著終於沒有動沒有伸手去抱抱她，我只是靜靜地問。

她搖搖頭，「妳男朋友好嗎？」她始終都不知道天天去過戒毒所的事。

「他畫了很多畫，非常好的畫。可能會用在我的書裏。」

「妳，不能搬回來住一段時間嗎？……一星期也行啊。」我對她笑笑，「好的，我的床還在老地方吧。」

保姆幫著我一起整理我的小臥室，朱砂搬出去後這房間就一直空著。書架上有一層薄薄的灰，長毛絨猩猩依舊放在書架最頂層。落日的餘暉穿過窗戶，在房間裏投下暖色的一抹光。

我在床上躺了一會兒，我做了一個夢，夢見我騎著唸高中時的一輛舊自行車從路的這頭到那頭，沿途見到了不少熟人。然後在一個十字路口一輛黑色卡車突然衝向我，一群蒙面人從車上跳下來。為首的人揮舞著粉紅色的手機，指揮著手下把我和我的車一起扔到卡車車廂裏。他們用手電筒照著我的眼睛，讓我說出一個重要人物藏身所在，「將軍在哪裏？」他們迫切地盯著我，大聲地問我。「快說，將軍在哪裏？」

「我不知道。」

「不要說謊，那是徒勞的，瞧瞧你手上的戒指，一個連自己丈夫藏在哪裏都不知道的女人真該死。」我茫然地看了看左手，無名指上果然戴著一枚奢華耀眼的鑽戒。

我絕望地揮舞著雙手，「我真的不知道，殺了我也不知道啊。」

我醒來時，父親已經從學校回來，為了怕吵到我，屋子裏還是一片安靜，但從陽臺上飄來的雪茄煙的味道讓我知道父親回來了，並且快到晚餐時間了。

我起身下床，走到陽臺上與爸爸打招呼。他換上了便服，在暮色中挺著微胖的肚子，漸白的頭髮在風中輕舞。他沈默地注視了我一會兒，「你睡著了嗎？」我點點頭，浮上一個笑容，「現在我精神很好，可以上山打老虎去。」

「好吧，該吃晚飯了。」他扶著我的肩，走進屋子。

媽媽已經被扶著坐在一把鋪絲絨墊子的椅子裏，餐桌上擺得滿滿當當，一鼻子的食物暖香。

晚上我陪爸爸玩了會兒國際象棋，媽媽斜倚在床上，不時地看一眼我們下棋。我們有一搭沒一搭地說著日常瑣聞，最後話題又扯到我的終生大事上。我不願多談，匆匆收了棋，在浴室洗了澡，回到自己的房間。

我在電話裏告訴天天我要在這兒住一星期，然後又把下午做到的夢說給他聽，問他是什麼意思。他說我對自己寫作上有成功的預感，但又陷入了無法克服的生存的焦慮感中。「真的嗎？」我半信半疑。「你可以向吳大維證實一下。」他說。

這一星期很快在我陪著媽媽看電視、玩紙牌，吃綠豆百合湯、山芋芝麻糕、蘿蔔絲餅之類亂七八糟的甜點中度過了，在臨走前的一夜，我被父親叫到了書房裏，促膝談心到很晚。

「記得小時候你就愛一個人出去玩，結果總是迷路，你一直是個愛迷路的女孩子。」他說。

我坐在他對面的搖椅裏抽煙，「是的，」我說，「現在我仍然經常迷路。」

「說到底，你太喜歡冒險，喜歡奇蹟的發生，這都不算是致命的缺點。……但很多事都沒有你想得那麼簡單，你在我們父母的眼裏永遠是個天真的小孩子，……」

「可是……」我試圖辯解。他揮揮手，「我們不會阻止你做任何想做的事，因為我們阻止不了，……但有一點很重要，不管你做了什麼，你都應該負起一切可能的後果。你經常掛在嘴邊的沙特筆下的自由，只是『選擇的自由』，一種有前提的自由。」

「我同意。」我吐了一口煙，窗開著，書房裏有插在花瓶裏的香水百合的淡香。「父母總是瞭解自己的孩子的，不要用『老套』這樣的字眼來貶低長輩。」

「我沒有。」我口是心非地說。

「你太情緒化，絕望的時候兩眼一抹黑，高興的時候又樂得過頭。」

「可說實話，我喜歡自己這樣子。」

「做一個真正出色的作家的前提是摒棄不必要的虛榮心，在浮躁的環境中學會保持心靈的獨立。不要對作家這個身分沾沾自喜，你首先是一個人，一個女人，其次才是作家。」

「所以我總是穿著吊帶裙和涼鞋去跳舞，熱衷於與心理醫生做朋友，聽好音樂，讀好書，吃富含維生素C和A的水果，還吃鈣片，做聰明出色的女人。——我會經常回來看你和媽媽的。我發誓。」

康妮邀請天天和我共進晚餐，並參觀她那完成基本裝修的餐館。

晚餐是在露臺上搭起來的木製與籐製桌椅上吃的。太陽落下去了，但天色還很亮，楊樹、槐樹的枝葉斜傾而出，飄在頭頂上。已被僱傭並在進一步培訓中的服務生穿了黑白分明的制服，迤邐地穿過大理石臺階，把一道道菜依次送到露臺上來。

康妮面帶一絲倦意，仍然化著精細的妝，手夾一支哈瓦那牌雪茄，讓侍者把雪茄剪送上來，檢查這個男孩子服侍客人剪雪茄的動作是否專業。「我這兒只招毫無從業經驗但聰明伶俐的孩子，希望他們沒有任何不良習慣，並且一學就會。」她說。

胡安不在，他暫時回了西班牙，下星期再帶著一班當地的廚子來上海，按預計六月初餐館就可以正式開張了。

應她事先之約，我們帶了部分小說手稿和書中的插圖來給她看。她抽著雪茄，逐一翻看了天天的畫，讚不絕口。「瞧瞧這些與眾不同的色彩，還有這些能給人驚喜的線條，從小我就知道我的兒子是有天分的。——看到這些畫，媽媽真的好開心。」

天天不吭聲，低頭自顧自吃一盤油紙焙鱈魚。覆於盤子上的油紙被切開，雪白的魚肉和佐料的香味都完整地保存在紙套裏面，烤得恰到好處，色香誘人。「謝謝。」天天吃著魚，蹦出這麼一句話。母與子之間已經沒有激烈的對抗，與掙扎著的猜忌，但那種暗暗的戒備、不甘、悵然，也還是存在著。

「餐館二樓有兩面牆還沒有什麼裝飾，天天願意的話，就幫著在那上面畫點東西，好嗎？」唐妮突然這樣提議。我看了看天天，「你會做得很棒的。」我說。

吃完飯康妮領著我們看二樓交錯相連的幾個廳堂，漂亮的燈與自製桃心木桌椅已大致準備好，其中兩個房間分別鑿出了紅磚壁爐，外面貼了一層暗紅色的護壁木，壁爐下面堆著一排裝葡萄酒與威士忌的酒瓶。

壁爐的對面牆上還空著，康妮說，「你們覺得什麼樣風格的畫適合這裏呢？」「馬蒂斯，不，還是莫裏迪格阿尼最好。」我說。天天點點頭，「他的畫有種使人輕微中毒的豔美與冷淡，使人情不自禁想親近，但永遠親近不到，……看著莫裏迪格阿尼，會在壁爐前喝紅酒抽雪茄，就像一次去天堂的旅行。」

「你同意了嗎?」康妮笑吟吟地看著自己的兒子。「我一直在用妳的錢，作為交換，我應該為你做點力所能及的事。」兒子這樣回答母親。

我們留在康妮的餐館裏聽拉丁情歌，喝酒，直到深夜。

天天開始穿著工裝褲提著一大把畫筆與各色顏料去他母親那兒打工，畫牆壁。因為路遠，為了省麻煩，他乾脆睡在餐館裏，康妮為他準備了一個舒適的房間作暫居地。

而我，繼續伏案疾書，寫寫扔扔，為手頭這個長篇小說尋找一個完美的結局。晚上，臨睡前我會坐在電腦前收閱朋友們發自各地的電子郵件。飛蘋果與塞爾維亞人伊沙正在熱戀，他們去了香港參加一個同志電影節，他拍下了一些照片用網路傳給我，我看到他和一群妖冶的男孩子在沙灘上做性的雞尾酒，人疊著人，他們都裸露著上身，其中的幾個傢伙在乳頭上、肚臍上、舌頭上穿了銀環，「這個美麗而瘋狂的世界啊。」他用粗重的字體寫道。莎米爾用英文給我寫電子信件，說我一直深深地印在她的腦海裏，像一幅東方浮水印畫，既柔美又有想像不到的狂熱，能在一瞬間釋放出難以言傳的感情，像深夜花園裏一朵轉瞬即逝的玫瑰。她忘不了我的嘴唇裏那股美妙而危險的氣息，像風暴，像暗流，像花瓣。

這是我迄今收到的最不顧一切的情書，出自一個女人的手筆，好奇怪的感覺。

蜘蛛問我還打不打算設立個人網頁，他隨時奉候，最近公司生意不好做，閒著也是閒著。馬當娜說發郵件比接電話累，這是她第一封也是最後一封，只想告訴我，上次那個party挺爛的，也挺爽，事後她丟了手機，不知道我有沒有看到。

我給朋友們一一回信，用想得起來的漂亮、俏皮、駭世驚俗的語言。某種意義上，我和我的朋友們都是用越來越誇張、越來越失控的話語製造追命奪魂的快感的一群紈袴子弟，一群吃著想像的翅膀和藍色、幽惑、不惹真實的脈脈溫情相互依存的小蟲子，是附在這座城市骨頭上的蛆蟲，但又萬分性感、甜蜜地蠕動，城市的古怪的浪漫與真正的詩意正是由我們這群人創造的。

有人叫我們另類，有人罵我們垃圾，有人渴望走進這個圈子，從衣著髮型到談吐與性愛方式統統抄襲我們，有人詛咒我們應該帶著狗屁似地生活方式躲進冰箱裏立刻消失。

關上電腦時一道從電腦螢幕上一閃而過，唱機裏是Sonic Youth 的《*Green Light*》，也剛好放完，最後一句「她的光芒是我的夜晚，嗯嗯嗯。」走進浴缸，躺在溫水裏，有時我會躺著一動不動地睡著，在遍身是水和浴露的夢裏寫一首關於夜晚的詩歌，只記得這麼一句，「白晝消失前永遠都不知道夜晚為何物，床單上的線條嘴唇裏的渴念為何物。嗯嗯嗯。」

在某一個沒有徵兆的夜晚，氣壓很低，沒有風悶得很，馬克逕直坐車來到我住的樓下，在車子裏給樓上的我打電話，「我不知道是不是打擾妳了，但現在我很想見到妳。」他的聲音在手機受到干擾的通話訊息裏模糊不清，滋滋滋地響，話音剛落，電話也斷了，可能是手機沒電了，我能想像他在車上把手機一摔，說「damned」，我放下筆，第一次不事修飾地跑到樓下。

車裏的燈暈黃地亮著，他把車門打開，幾乎是一把拎著我的腰把我放到車子後座上。「看看你在幹什麼呀？」我看著西裝筆挺的他，又看看自己，光腳穿拖鞋、睡袍被他揉得皺皺的怪樣子，不由笑起來，笑得前俯後仰。

他也笑起來，很快止住笑：「CoCo，我要告訴妳一個不太好的消息，我要回德國了。」

我摸摸自己驟然凝結的臉部肌肉，「什麼？」我定定地看了他一會兒，他也沈默無語地盯著我，「看來不是謠傳，」我喃喃地說，「我表姐曾經告訴我，你要調回公司總部。」

他伸手過來抱住我：「我要和妳在一起。」

「不可能！」我心裏大叫一聲，但我嘴上什麼也沒說，只是用嘴唇、用舌頭、用牙齒迎合他向我襲來的洶湧激流。不得不如此，即使我用拳頭捶住他的胸，用嘴唇含住他的陰莖，用伎倆偷走他身上的每一分錢、每一張金卡、每一個證件，都阻止不了這樣的一個事實，我的德國情人，這給了我別的男人加起來也比不上的性高潮和銷魂記憶的西洋男人，終究要離開我了，不得不如此。

我把他一把推開，「好吧，你什麼時候會走？」

「最晚是下個月底，我要每一分每一秒都與妳在一起。」他把腦袋俯低，貼在我的胸前，隔著薄薄的睡袍，我的乳頭在他頭髮的磨擦下很快地堅挺出來，就像夜晚絕望的花。

我們把車開得又快又輕，夢的顏色變深，夢的邊緣逐漸起皺，像月亮背面的罅谷幽岩。上海的夜晚總是有太多讓人動情傷神的氣息，我們在光滑的馬路上飛，在城市一地的霓虹碎金中飛，Iggy pop的歌從擴音器中傳出：「我們只是過客，匆匆過客，看滿天的星星，等待和我們一起消失。」

盡情地做愛，沒完沒了的憂鬱，創造真理毀滅夢境，幹什麼都行，但唯一讓人不明白的就是，我們為什麼隨時會流淚，就像上帝為什麼也會在下流星雨的夜晚恐懼失聲？有那麼一刻，我以為今晚會有意外毫不意外地出現，比如這輛車子會撞上什麼東西，我們在莫名其妙的激情與沮喪中與車禍相逢。

但沒有車禍，車子開到了浦東的中央公園，公園關著，我們在圍牆外一抹樹的陰影下做了愛。放倒的座椅發出皮革浮躁的味道。我的腳底抽筋了，但我沒有說話，就讓這種不適的感覺持續發展，直到大腿裏側沾滿了夢的汁液。

到次日淩晨在他的公寓裏醒來，我都以為發生的一切只是一場夢而已，性是那麼容易渲染開來，像國畫紙上的一抹墨汁一樣，可性無力改變什麼，尤其在陽光照進來看到鏡子中自己的黑眼圈的時候。

任何故事付出代價才能有結局，而肉體伸出觸角與另一具肉體的廝殺糾纏，彷彿只是為了一切萬劫不復後的分離。

馬克向我宣佈從這一天起到下月底的每一天都是臨別假期，他再也不用繫著領帶每天九點四十五分準時去公司了。他決心好好enjoy（享受）每一天。他請求我可以多一點時間在他身邊，我的男朋友在他母親的餐館用莫裏迪格阿尼的風格畫壁畫。我的小說也只差最後幾頁，而幾十天後他卻很可能再也見不到我了。

此生此世！我只是覺得頭像裂開來似地痛。

他把唱機裏的評彈說唱聲放低，從藥櫥裏找來阿斯匹林，他用一手從滿上海掛「pure massage」（純按摩）招牌的店裏學來的業餘手藝給我做背部、足部按摩，他用蹩腳至極的上海話逗我開心。他自始至終都受虐似地服侍著他心目中的東方公主，長了一頭垂至腰際的黑髮和一雙多愁善感眼睛的小才女。

而我，終於明白自己陷入了這個原本只是sex partner（性伴侶）的德國男人的愛欲陷阱，他從我的子宮穿透到了我的脆弱的心臟，佔據了我雙眼背後的迷情。女性主義論調以來讓能破解這種性的催眠術，我從自己身上找到了這個身為女人的破綻。

我騙自己說，這其實還是一種遊戲，娛樂別人又娛樂自己，生活是一個大遊樂場，我們不能停止尋找。

而我的男朋友應該還在一個餐館裏沈迷於他一個人的世界，他用顏料和線條抒情，以此拯救他眼中的失去秩序的世界和他自己。

我留在馬克的公寓裏，我們赤身裸體地待在床上聽評彈看影碟，玩國際象棋，肚子餓的時候我們在廚房裏煮義大利通心粉或中國小餛飩。我們很少真正入眠，我們不再仔細察看對方的眼神，那只會徒勞地增加煩憂。

當精液、唾液、汗水黏滿我們全身每個毛孔的時候，我們就會帶著泳衣和泳鏡、貴賓卡去貴都游泳。泳池裏幾乎沒有旁人，我們像兩條稀奇古怪的魚，游來游去的魚，游在巨大的浸滿橙色燈光的虛無裏。越疲倦越美麗，越墮落越歡樂。

回到床上，我們用一種魔鬼才有的勁頭檢驗存在於我們之間的性能量，究竟達到了什麼程度，我們發現那是一種完全發瘋的，十足邪惡的力量。上帝說這是塵埃，我們要歸於塵埃，上帝說這是末日，我們就在末日。那彷彿是用橡膠做成的陰莖始終都在勃起的狀態，永不言敗，從無頹相，直到我的陰道流出了血，我猜想我的子宮的某處細胞已經壞死脫落了。

他太太的電話救了我，他從床上搖搖晃晃地起身，去接電話，伊娃在電話裏責問他為什麼一直不答覆她發出的那些電子郵件。

我心想，上帝，除了操個不停，我們連打開電腦的力氣都沒有了。

她只好打電話來問丈夫，最終決定了什麼時候回國。他們用我聽不懂的德語說了一些話，聲音有些大，但不是在爭吵。

等到他放下電話，爬上床來，我一腳把他踢開，他翻身坐在地板上。

「我要發瘋了，這樣子是不對的，遲早會出事。」我說著，開始暈頭漲腦地穿衣服。

他抱著我的腳吻了一下，從地板上一堆紙巾和性用品中找到香煙，點上一支，叼在嘴上。「我們已經瘋了，從我遇見妳一直到現在。知道我為什麼這麼迷戀妳？妳根本不忠實，但又完全值得信任。這兩點無與倫比地結合在妳身上。」

「謝謝你這麼說，」我沮喪地看著自己穿上衣服的樣子，太醜陋，像被強姦過度的一具玩具娃娃，但只要再次脫下衣服，惑人的魅力就會在這肉體上重現。「我要回去了，」我低聲說。

「妳看上去臉色十分可怕。」他溫柔地抱住我。

「是的。」我說著，心情糟到不能再糟了，下了地獄也不過如此吧。想哭一哭，討厭自己又可憐自己。他抱住我，渾身的金色汁毛像伸出來的無數的觸角撫慰我。

「甜心，我相信妳是太累了，身體消耗越多，產生的愛也越多，我愛妳。」

我不要聽這些話，我要像一陣風似的逃離這裏，回到原來的地方，也許任何地方都不能給我安全感，但我還像老鼠一樣從這裏到那裏地逃竄。

街上的太陽光像刀刃一樣白晃晃地能割傷人的眼睛，我聽到自己的血液在汩汩流動，一瞬間面對摩肩接踵的街道上的人流我不知所措，不知今夕是何年，不知自己是誰？

28

愛人的眼淚

所有的玩笑，所有丟失的卡通

——艾倫·金斯堡《笑氣》

在這以後，在黑夜結束時，要拒絕已經太晚了，想不再愛你已為時太晚。

——杜拉絲《烏髮碧眼》

打開房間門，眼前空蕩蕩，靜悄悄。一隻蜘蛛迅速地從牆壁爬到天花板上。房間一切是老樣子，天天不在，也許還在餐館裏，也許是回來後找不到我又出去了。

我已經意識到我的突然消失也許是個致死的錯誤，這是我第一次沒有任何表示地消失，天天肯定會給我打電話，他如果發現我不在家……我沒有力氣去考慮別的事，洗了澡，強迫自己吃了二粒安定片，在床上躺下來。

夢裏是一條濁黃寬闊令人生畏的大江，沒有橋索，只有一葉會漏水的竹編小舟，一個白鬍子壞脾氣的老頭看管這條船。我和一個看不清面目的人結伴過江，在江中央的時候，一股大浪打過來，我銳聲尖叫，臀部已經被漏進來的水打濕，那個面目不清的人從背後緊緊抱住我，「不要擔心，」他（她）輕輕耳語，然後用身體平衡了我們的小船。當下一個危險即將出現的時候，夢結束了。電話鈴響驚醒了我。

我不想接電話，剛剛發生的夢中情節迷住了我，那個與我同舟共濟的人是誰，有句古話說：「十年修得同船渡，百年修得共枕眠。」

我的心臟不適地搏動著，終於我接起話筒，是康妮的聲音，她顯得很不安，問我知不知道天天在哪裡。我的頭劇烈痛起來，「不，我也不知道。」

我討厭自己虛假的聲音，如果康妮知道我這些天在什麼地方做了些什麼勾當，她可能再也不願與我說話，她甚至會找人打死我吧，如果她真的曾經在西班牙謀害了她的前夫，如果她真的有一顆毒辣的卻又充盈著母性汁液的心，她就該知道她一直牽腸掛肚的獨生子怎樣被他最愛的女孩所背叛，所欺騙。

「我打過幾次電話，沒人接，我真擔心你們兩人同時消失了。」她的話裏有話，我假想聽不出她的意思：「我這些天在父母家裏。」

她嘆了口氣，「你母親的腿好了嗎？」

「謝謝，她已經沒事了」我轉念一想，問康妮：「天天不是在餐館那兒畫畫嗎？」

「還剩最後一部分沒有完成，他就走了，我以為他回家來了，他不會出事吧？」她焦慮的聲音。

「不會，可能去了其他朋友家了吧，我馬上打電話問一問。」我第一個想到了馬當娜，打電話過去，馬當娜的聲音沙啞地響起，天天果然在她那兒。

「他說還想在這兒住幾天，」馬當娜的聲音暗示著什麼，天天不想回來了嗎？他不想見我。因為我消失了幾天都沒有通知他，我猜他可能給我父母家裏打過電話，那麼我的謊言立不住腳了。

我煩燥地在屋裏走了幾圈，抽了幾支煙，最後決定去馬當娜家，我必須要見到天天。

坐在車裏，我大腦空無一物，編了一〇一個給自己開脫的理由，一個比一個立不住腳，誰會相信我突然消失是為了赴一個遠在廣州的大學同學的婚禮，或被上門打劫的蒙面人擄走了。

所以，我不準備撒謊了，告訴他我這幾天都做了些什麼，我做不到面對一個有著嬰兒般純潔眼神、天才般智商的、瘋子般愛情的男孩說謊。我不能那樣子羞辱他的心智，除了告知真相，我已經做好最惡劣的打算，我在這短短的幾天裏同時失去生命中的兩個最難忘的男人。

我總是在妥協、折衷、說謊，同時又總是對愛情和現實抱有過於詩意的態度，我覺得全世界受過高等教育的女孩，都沒有我這樣糟糕，復旦的校長應該收回我的畢業證書，夢想家協會會長應公布我的墓誌銘，而只有上帝在剪著手指甲微笑。

一路上，我在心裏默念：「好了，說出來吧，好了，我受不了了，天天我愛你，如果你感到我噁心，就衝我吐口痰吧！」一路上我都在精疲力盡地等待路的盡頭的出現，我累壞了，化妝鏡裏是個陌生的有著黑眼圈和幹嘴唇的女人，她因為多重人格和膽怯的愛而病入膏肓了。

馬當娜的白色別墅座落在鄉下的一片花紅柳綠之間，她特意讓人做了條長而又長、彎而又彎的車道，按照美國人的《格調》一書的論點，一條長到看不見門口的車道暗示著主人的高貴社會身份和所處的上流階層。但車道兩邊的杜鵑和楊柳以俗麗的風景破壞了這種象徵。

我對著門口的應答機說話，我來了，請他們快開門。

門自動開了，一條獵犬虎虎生威地躍出來。我一眼就看到了躺在草坪上抽煙的天天。

我繞開獵犬，到天天旁邊，他睜開眼看了我一眼：「嗨！」他睡意朦朧地說。「嗨！」我打著招呼，不知所以地站了一會兒。

身穿鮮紅便服的馬當娜從門廊的臺階上走下來，「要喝點什麼嗎？」她掛著懶洋洋的笑問我，保姆送來了一大杯摻紅酒的蘋果汁。

我問天天這兩天過得好嗎，他說：「蠻好。」馬當娜打了個哈欠說：「這兒什麼都有，你也可以住下來，好熱鬧的。」樓房的陽臺上又陸續出現了幾個身影。我這才發現這兒有一幫人，包括Jonathan在內的幾個老外，老五和女友，還有幾個模特兒長相，又瘦又高的姑娘，臉上都有種懶洋洋的表情，像一大群遊移在毒窩裏的蛇一樣。

那樣的眼神，那樣的氛圍讓我嗅到了大麻的存在。我走到天天的身邊，他把臉俯在草葉上，好像在半昏睡狀態中與土地作某種交流，恍若古希臘神話中的大地之子泰坦，離開土地就會死去。與他面面相對，有時就像與突如其來的憂鬱相對，同時還隱藏著某種難以置信的狂熱。

「你不想跟我談一談嗎？」我握住他的手。

他抽出手，用令人迷惘的笑容對我說：「CoCo，你知道嗎？如果你的左腳痛，我也會感到右腳痛。」這是他喜歡的西班牙作家烏納穆諾所表達的天主教愛情定義。

我沉默地看著他，他的眼睛裏突然籠罩著二十多層深淺不一的灰霧，被霧層層包裹的中心則是一粒堅硬得令人感到疼痛的鑽石，那束堅硬的光使我意識到，他已經知道他該知道的東西，他是世上唯一一個能用難以預料的直覺完全走進我世界的人，我們被繩綁在同一根神經末梢上，當我的左腳痛的時候，他就能馬上感到右腳的痛，完全沒有說謊的餘地。

我感到眼前一黑，疲倦萬分地向他身邊的草地倒下去，在身體失去控制的一瞬間，我看到馬當娜尖瘦的小臉泛著冷冷的白光，突然晃向一邊，像傾斜折斷的帆，而一排灰色的波浪很快地托起了我，一隻巨大的貝殼發出天天的聲音：「CoCo，CoCo。」

我睜開眼睛的時候，四周很安靜，我像被潮汐偶爾沖上了海灘的一枚卵石，沈重地匍伏在軟綿綿的床墊上，我認出這是馬當娜的家，無數臥室中的一間，充滿棕色的過於奢華而毫無意義的裝飾。

我的額頭上放著一塊冰涼的毛巾，眼光越過床頭櫃上一杯水，看到了坐在沙發上的天天。他走了過來，輕緩地摸了一下我的臉，把毛巾拿掉：「你覺得好一點了嗎？」

我在他的觸摸下不由自主地退縮了一下。那股令人暈眩的東西還在平滑地壓著我，我依然感到極度的疲倦和低落，他坐在床邊，一動不動，只是用眼睛定定地看著我。「我一直在對你說謊。」我虛弱地說，「但有一點我從來沒有騙過你，」我瞪大了眼睛看著天花板：「那就是我愛你。」

他不說話。

「是不是馬當娜告訴過你什麼？」我的耳朵裏有血在奔湧：「她答應什麼都不告訴你的……你是不是覺得我很無恥？」我閉不上自己的嘴，愈虛脫愈有演講慾，而愈說卻愈愚蠢，我的眼淚流出來，弄髒了腮邊的一縷縷髮絲。「我不知道這是為什麼，我要你至少給我一次完美無瑕的性愛，我那麼渴望你，因為我愛你。」「是的，親愛的，愛將我們撕裂。」一九八〇年自殺身亡的Iancortis這樣唱著。

天天俯下身抱住了我，「我恨你！」他從牙縫裏擠出幾個字，每一個字好像隨時會爆炸，「因為你讓我恨我自己。」他也哭起來，「我不會做愛，我的存在只是個錯誤。不要可憐我，我應該馬上消失。」

如果你的左腳痛，我的右腳就痛起來；如果你被生活窒息，我的呼吸同樣將會停止；如果你對愛的表達出現了黑洞，我也沒法在完美的抒情中飛翔；如果你把靈魂出賣給惡魔後，我的胸膛裏也會被插上匕首。我們抱在一起，我們存在我們存在著，除此之外，沒有別的存在了。

29

重回噩夢

上帝啊，請聽我們的禱告。

——德蕾莎修女

天天又一次開始吸毒，又一次向魔鬼靠攏。

我陷入了無數個噩夢，一次次地在夢中看到天天被警察帶走，看到他蘸著手腕上汩汩而出的血在畫布上寫他自己的墓誌銘，看到地震突然發生，天花板像凝固的波浪一樣拍打下來。我忍受不住這樣的恐懼。

在一個晚上，他扔下針筒，鬆開胳膊上的橡皮筋，躺在浴室瓷磚的時候，我剪下裙子上的一根腰帶，我走近他，毫不費力地綁住他的雙手。

「無論你對我做過什麼……我，我都不怪你，我愛你，CoCo，聽見嗎？CoCo，愛你。」他咕噥著，頭一歪，昏睡過去。

我一屁股坐在地上，捧住自己的臉，眼淚從我的指縫裏漏出來，就像可遇不可求的幸福那樣漏出來。面對這個沒有知覺、沒有意志力的男孩，我的躺在冰涼浴室裏的心碎愛人，我只能這樣哭泣哭到喉嚨被堵住。局勢變得如此不可救藥，誰應該對此負責？我的確是想找到一個人，對發生的一切負責的呀，那樣我就會有一個目標去憎恨它，去撕碎它。

我哀求他，威脅他，摔東西，離家出走，這一切都沒有用，他永遠掛著哀怨而天真的微笑說：「CoCo，無論你對我做什麼，我都不會怪你，我愛你，CoCo，記住吧，記住這一點吧。」

終於有一天，我違背了他要我發過的誓言，我把天天的情況如實透露給康妮。在電話裏，我說我害怕到了極點，天天正走在一個危險邊緣，他隨時會離開我。

放下電話不久，康妮臉色慘白地走進我們的公寓。

「天天，」她試圖對他溫柔地微笑。但她臉上的皺紋堆起來的樣子像在哭，她一下子露出了老態。「媽媽求你了，媽媽知道這輩子已做過不少錯事，媽媽最不應該的就是離開你十年，那麼長的時間都不在你身邊，媽媽是個自私的媽媽……可是現在我們又在一起了，我們可以重新開始，你給媽媽也給自己一個機會，好不好？看到你變成這樣子，我真是比死還難受……」。

天天從電視螢幕上轉過眼睛來，看了看坐在沙發上張惶失色的母親，「請你不要哭了，」他用憐憫的口氣說，「既然那十年過得很幸福，以後你依然會過得幸福，我不是你的致命問題，不是你幸福生活的障礙與陰影，我希望你一直都漂亮、富裕、安寧，只要你願意，你可以做到的。」

康妮驚愕地用手掩鼻，彷彿聽不懂天天說的這番話，一個兒子居然這樣對母親說話，再次哭起來。

「不要哭了，那樣會老得快，況且我也不喜歡聽人家哭，我覺得自己這樣子很好。」他站起身，把電視關掉，那上面一直在放一個科學探險節目，一對法國夫婦終身致力於研究世界各地的火山，而今年夏天去日本考察時被急速翻滾的岩漿吞沒了，那股駭人的火紅色岩漿，翻滾著咆哮著，遇難科學家的以前說過的一段話插播進來：「火山是我們的情人，那股火熱的激流就像從地球心臟裏流出來的鮮血，地球最深處有生命在顫抖在爆發，就算有一天我們葬身於其中，那也是一種無法言喻的幸福。」而在電視結尾，他們果真被自己言中了，雙雙死在血般滾燙的融岩漿中。

天天自言自語，說：「你們猜，這對法國人臨死前是怎麼樣的心情？他們肯定是心甘情願的。」他用做夢的聲音回答自己。一直到現在，我都不認為天天的死可以跟那對火山學家相提並論，但我同時又清楚地明白，是類似於火山爆發這樣無法抵禦不可言傳的力量把他帶走了，地球都會在人類無法控制的瞬間流出憤怒而致命的血液，更不用說人類本身就在物質的暴增與心靈的墮落中戕害自我，毀滅自我。

是的，無法抑制，不可理喻。就算你為愛人的離去哭乾了眼淚，愛人還是帶著破碎成灰的記憶永遠離去，空餘孤魂幾縷。

30

再見，柏林情人

它們穿過你的悲傷，留下你無比平靜地坐在紀念品的中間。

——Dan Fogelberg《紀念品》

這個令人難以釋懷的夏天。

馬克是想方設法延長了一些日子才最終離開上海。我們最後一次約會是在他從西藏旅遊回來的當天晚上，我們在新錦江飯店頂層的旋轉餐廳吃自助餐，之所以選在這個懸在空中的地方，是因為馬克想最近一次俯瞰夜上海的燈光、街道、大廈、人群東流、在離開上海前呼吸一次上海特有的豔糜、神秘和脆弱的氣息。然後在第二天一早搭乘九點三十五分往柏林的班機回國。

我們的胃口都很糟糕，感到說不出來的疲倦。

他曬黑了，像非洲混血人種。在西藏旅遊時他發過一次高燒，差點沒命。他說從西藏給我帶了禮物來，但沒帶在身上，所以現在不能給我。

那是當然的，我說：「我會去你的公寓拿。」因為我們都知道晚餐過後自然而然就有一場最後的愛要去做。

他溫柔地一笑，「兩星期不見，你瘦得這麼厲害。」

「怎麼會呢？」我摸了摸自己的臉，「真的很瘦嗎？」

我把臉朝向玻璃牆外，餐廳從一開始對著花園飯店的位置又重新轉回來了。眼前矗立著花園扁平微曲的造型，像天外飛來的UFO。

「我的男朋友又開始吸毒了，他好像下了決心，終有一天我會失去他。」我輕聲說，凝視著馬克如藍色多瑙河的眼睛，「是不是我做錯了什麼，上帝才會這樣懲罰我？」

「不，你沒有做錯什麼。」他肯定地說。

「也許我不該遇上你，不該去你的家上你的床。」我略帶譏諷地笑了笑。「而這一次我出來見你，我還是撒了謊。雖然他能猜到，但我永遠做不到對他坦白，把那一層紙捅破不僅艱難，而且太無恥了。」我說著，沈默。

「可我們這麼有默契，我們迷戀著對方。」

「好了，不說這個了，乾了這杯酒。」我們都一口喝光了杯中的紅酒，酒精真是個好東西，溫暖你的胃，驅除你血液中的冷寂，無處不在地陪伴著你。鮮花、美女、銀質食具、美味佳肴包圍著每一個食客，樂隊演奏起鐵達尼號沉沒前的音樂，而我們所在的這艘浮在空中的大船不會沈沒。

因為這城市屬於夜晚的快樂永不曾沉沒。

我們坐在飛馳的車子裏，巡遊夜上海，每一條散滿梧桐綠葉的街道，每一個燈光明亮、優雅迷人的咖啡館、餐館，每一幢華美得令人不能呼吸的現代樓廈。一路接吻，他把車子開得飛快又危險，在這種刺激的邊緣，縱情纏綿就像在刀刃上跳舞，又痛又快樂。

在五原路永福路口，我們被一輛警車攔住。「這是單行道，不能逆向開。知道嗎？」一個聲音粗魯地說。

然後他們嗅到了酒氣，「啊！居然還酒後駕車。」我和馬克裝作聽不懂一句中文，我們像無厘頭一樣用英語和警察開玩笑，直到一束手電光打過來，然後有人叫了聲「倪可，居然是你！」

我醉熏熏地把腦袋伸到車窗外，定睛看了半天，才認出是馬建軍，馬當娜的前男友之一。我衝他做了個飛吻，「hello，我依舊用英語說。然後看到馬與另一個警察在邊上嘀咕了一會兒，我似乎聽到他說：「算了吧，那兩個人剛從國外來，不懂這兒規矩，那女孩還是我的朋友的朋友……」

另一個警察雙嘀咕了幾句，我聽不清，最後馬克掏出一百塊錢算是罰款，馬建軍在我耳邊說：「只能幫到這程度，一百塊還是打了半折的。」

車子繼續上路，我們大笑一陣，笑過之後我說：「什麼都沒意思，回你那兒吧。」

忘了一夜之間跟他做了多少次愛，一直到最後連用潤滑劑也都覺得疼痛難忍了。他像個野獸一樣毫不留情，像個戰士一樣衝鋒陷陣，像個歹徒一樣弄得我陰部酸痛不已。可還是繼續施虐與受虐。

我說過，女人喜歡在床上遇到臉上掛著長統靴的法西斯分子。脫離了頭腦，肉體還有它自身的記憶存在，它用一套精密的生理體系保存著每一個與異性接觸的記憶，即使歲月飛逝，一切成為過去，但這種性愛記憶仍會以經久不衰的奇異光輝朝內裏發展，在夢中，在深思冥想中，在街上行走時，在讀一本書時，在與陌生人交談時，在同另一個男人做愛時，這時記憶會突然之間跳出來，我能數出今生中曾有過的男人。1、2、3、4、5……

在向他告別時，我把這層意思跟馬克說了，馬克緊緊抱住我，濕濕的睫毛刷過我的腮，我不想看一個即將分手的男人眼中的潮濕。

我提著一個大大的包，裏面塞滿了馬克送我的唱片、衣服、書、飾物，這些讓我發瘋的愛的垃圾啊。

我平靜地和他招手說再見。計程車的門關上了，他衝動地跑過來，「你真的不想送我去機場嗎？」

「不」我搖搖頭。

他揪了揪自己的頭髮，「剩下的三個小時我怎麼打發？我怕自己又會坐車來找你。」

「你不會的，」我對他微笑，身體卻像風中的落英那樣顫抖，「你可以給伊娃打電話，給其他你想得起來的人打電話，回憶你家人的臉吧，他們會在十幾個小時後出現在你面前，他們會在機場接你的。」

他煩躁不安地不住地用手摸頭髮，然後伸臉過來吻我：「好吧，好吧，你這個冷血的女人。」

「忘了我吧。」我低聲說著，關上窗，讓司機快點開車。這種時刻一生中最好少碰到，因為實在讓人受不了，尤其是一對根本就沒有希望的情人，他有妻子有孩子，又遠在柏林，而我，現在去不了柏林，柏林只是我從電影中從小說得到的一個有著青灰色背景，機械又傷感的城市印象，太遠太不一樣了。

我沒有扭頭去看馬克矗立在路邊的身影，我也沒有回到天天的公寓，車子徑直去了我父母家。

電梯還沒開，我拎著那一大包古怪玩意從第一層樓爬到第二十層樓。腳步像掛了鉛一樣，人類登月球也不會比此時此刻的我更困難，我想我隨時會虛脫，會半途暈倒，但我不想休息不想拖延，只想馬上回到家裏。

使勁敲門，門開了，母親一臉的驚愕，我扔下包抱住她，「媽媽，我很餓。」我哭著對媽媽說。

「你怎麼啦？怎麼啦？」她衝著臥室喊父親：「CoCo回來了，快來幫個忙。」

父母一起把我抱到床上睡下，他們眼睛裏面一片驚疑。他們不會知道有什麼樣亂七八糟的事在女兒身上發生，他們永遠不會真正瞭解女兒眼中浮躁喧擾的世界和難以形容的空虛，他們不知道女兒的男友是吸毒者，女兒的情人幾小時後就要坐飛機回德國，女兒手頭正在寫的小說又是如此混亂、直率、露骨、充滿形而上的思索和赤裸裸的性愛。

他們永遠不知道女兒心中的恐懼，還有死也不會克制的慾望，生活對於她永遠是一把隨時會走火會死人的欲望手槍。

「對不起，我只是想吃粥，我餓了。」我控制住自己，喃喃重複著，努力想笑一下，然後他們消失了，我一頭栽進睡眠的黑洞。

31

死亡的顏色

他是死是活，知與不知，對我來說已經無關緊要。……因為他已經消失了，只是在此時此刻，從投向大海的樂聲中，她才發現他，找到他。

——杜拉絲《情人》

現在我的小說已臨近尾聲，在手中的筆換了一支又一支後，我終於找到了那種從山頂沿著滑雪道衝進山腳的驟然鬆馳的感覺，還有一絲奇怪的惆悵。

我想我不能預料擺在這本書面前的命運，那也是我自身的一部分命運，而我並沒有力量去控制。同樣也不能對我筆下的人物和故事負責，既然一切都寫出來了，那麼就讓它們自生自滅。

我又累又瘦，在鏡子裏我不敢多看自己。

離天天的死已有二個月零八天，但我長久地保留著某種幽玄的通靈感覺。

在廚房煮咖啡的時候，耳邊突然會傳來嘩嘩的水聲，那是從隔壁的浴室傳來的，一瞬間我想是天天在浴室洗澡，馬上衝過去，但浴缸是空的。

當我會在書桌前翻動一頁稿紙，我又突然能覺到有個人坐在我背後的沙發上。他沈默而溫柔地看著我，看著我，我不敢回頭，因為怕驚走了他。我知道天天一直在這屋子裏陪伴著我，他會執拗地等待著，直到我完成這部曾給他熱情的小說。

而最難捱的就是在深夜無人私語時，我在床上輾轉反側，抱住他的枕頭，祈禱神把他送到我無休止的夢裏來；灰色的霧從窗外斜逸而入，很輕又很重地壓在頭頂，我聽到一個遙遠的聲音在輕喚我的名字，他身著白衣，帶著經久不敗的美貌和愛走向我，我們用玻璃絲般透明的翅膀飛翔，草坪房屋、街道，一個又一個掠過我們。青黛色的天空被光線扯開幾道口子。

清晨像魔法即將消失的警訊一樣降臨，大地四處上的夜晚被驅逐。夢醒了，愛人不見了，只餘下胸口一絲餘溫和眼角的濕痕。從天天在那一個清晨死在我身邊開始，以後每一個清晨降臨對於我而言都像是一次冷酷攫人的雪崩。

馬克離開上海的那一天，我一直躲在父母的家裏。第二天我離開那兒回西郊的公寓，臨行前沒帶去那個裝滿了馬克送的禮物的大包，只從包裏找到了一枚鑲了藍寶石的鉑金婚戒，取出來戴在手上。那是我趁馬克昏睡片刻的時候從他無名指上脫下來的。

他那麼惶惶然，上飛機的時候都不會察覺到我偷了這枚戒指。而我沒有更多的用意，也許只是跟他開了個最後的玩笑，也許是心存不甘，留作紀念。

戒指很美，可惜稍大了些，我把它套在大拇指上。回到公寓前我脫下它，放在口袋裏。

回到公寓，天天在看電視，桌上堆著爆米花、巧克力、可樂，他看到我一進門就張開雙臂，「我以為你逃走了，再也見不到你了。」他抱住我。

「我母親做了些菜肉餛飩，要不要我現在煮給你吃？」我晃了晃手裏的一隻食品袋。

「我想出去兜兜風，想在草地上躺一會兒了，」他把頭放在我胸前，「和你一起去。」

我們戴著墨鏡和水出門，計程車把我們載到我的母校復旦，那兒的草坪很舒服，又比公園裏隨意放鬆，畢業幾年，我始終留戀復旦園裏那樣可以讓人隨意發瘋但又雅致清新的氣氛。

我們躺在樟樹濃蔭下，天天想背點詩，但一首也想不起來，「等你的小說集出來了，我們可以在這裏的草地上朗誦，大聲點再大聲點，大學生們喜歡這一套吧？」他高興地說。

我們一直躺著，晚飯也在學生餐廳裏吃的。政通路上有家緊靠復旦留學生院的酒吧，叫Hard Rock，由一個叫「瘋子」的樂隊經常出沒，吉他手曾濤就是酒吧老闆。我們進去喝想喝杯啤酒。

吧台後面是熟悉的幾張面孔，朋友們都老了，「瘋子」的主唱周勇也很長時間沒有出現了，我和天天聽過去年夏天瘋子在華師大agogo的專場演出。那種令人著魔的後朋克音樂讓我們渾身蒸發，跳舞跳到暈倒。

蜘蛛帶著幾個留學生模樣的人走進來，我們擁抱，說：「你好你好，這麼巧遇上了。」最近蜘蛛老跟留學生混在一起玩，是因為電腦公司生意難做，他已萌生去意，想到什麼國家讀書去。他現在能說不錯的英文、湊合的法文和西班牙語。

音樂是我喜歡的portishead的「numy」。有人在跳舞，而吧台後面的面孔依舊不動聲色，日夜在酒吧裏泡著的人都有這種不動聲色，又酷又憔悴的神情。聽著毒品般的音樂，天天溜進酒吧洗手間，很長時間才搖搖晃晃地出來。

我知道他在幹什麼，我永遠不能正視，正視他此時此刻這樣的眼神，呆呆的、空洞的、魂已飛在九天外。隨後我也喝醉了，他的毒癮只需要我的酒癮來相對的，在這種或那種癮裏我們反抗自我，漠視痛苦，跳動得像太空裏的一束光。

在音樂裏跳，在快樂裏飛，淩晨一點多我們回到了寓所。沒洗澡，脫光了衣服就往床上一躺，空調開得很大，我的夢境裏都有空調嗡嗡嗡的聲音，像昆蟲在鳴叫。整個夢境都是空白的，只有這種令人困惑的聲音。

當我在翌日清晨，在第一束陽光照進來的時候，睜開眼睛，我轉身去親吻身邊的天天，熱熱的吻印在他冷冷的泛著白光的身上，我使勁推他，喚他，吻他，揪自己的頭髮，然後又莫名其妙地赤身跳下床，跑到陽臺上。我隔著窗玻璃久久地凝視著屋內的床上，那躺著的愛人的身體，久久地凝望。

我淚流滿面，咬住自己的手指，尖叫了一聲：「你這傻瓜！」他沒有一絲反應。他死了，我也死了。

葬禮上來了不少朋友、親戚，唯獨不見天天寡身獨居的奶奶。一切都是輕飄飄的，令人的心惶惶然。不知道這份驚懼還會怎麼樣，不知道他的肉身如何化成無知無覺的灰燼，他天真的靈魂如何會從地底下突圍，從一堆恐怖的死亡殘骸中逃逸而出，一飛沖天，直沖到九重天。天的最上面，該有上帝畫出的一片澄明清朗，那會是別樣的境地，別樣的情懷。

康妮主持葬禮，她一身黑，額上還附了一片薄薄的黑色輕紗，像電影中的人，端莊得體，但絕不親切，那哀情竟彷彿不是入骨入裏的，沒有一個母親在失去兒子後的迷亂癲狂，只有一個美麗中年女人穿著黑衣站在兒子棺木前的端莊。做一個女人，真實可能更重要，僅有端莊與得體是不夠的。所以我突然很不想看到她的臉，很厭惡她念悼詞時的語調。

我匆匆地念完一首送給天天的詩，「……最後一閃，我看到你的臉，在黑色之上，在痛楚之上，在你呼出的在玻璃的水汽之上，在夜的中央……從夢到夢的悲傷，我已縝口，我已不能說再見。」

然後我躲到人群背後，我無所適從，這麼多人，這麼多與我無關的人在這裏，可這並不是一個節日，它只是一個惡夢，像個洞開在心臟上的惡夢。

我竭力想躲起來，可天天不在了，房間四壁的牆也就沒了。

32

我是誰

我思，故我在。

——笛卡兒

我就是我，一個女人，而不是什麼「第二性」。

——Lacy Stone

一切一切都是這樣開始的，都是從這光豔奪目又疲憊憔悴的面容開始的。這就是experiment。

——杜拉絲

事情就是這樣發生的，讓人頭疼，讓人尖叫，讓人變瘋。

我不是冷血的女人，我也沒有變瘋。我的上一本小說集《蝴蝶的尖叫》再次出版了。教父和鄧安排我去各高校做宣傳。回答男生的諸如「倪可小姐，你有一天會裸奔嗎？」這樣的問題，跟女生們討論「女人是不是第二性」，「女權主義者到底想要什麼」。去復旦的時候我在草坪上躺了會兒，看看天空，想想那個人。

接下來的日子，朱砂第二次披起婚紗，新郎是志得意滿的青年畫家，比她小八歲的阿dick。婚禮舉行的日子與天天的葬禮隔了三個月二十天，可能大部分人都沒意識到這一點，除了我。

婚禮在復興公園內一家勞倫斯的畫廊舉行，那一天也是新郎的個人畫展舉辦的日子。來了中外很多賓客，包括馬當娜。馬當娜給新人送了一份厚禮，一對歐米茄金錶，她以此來表示她的氣度，阿dick畢竟是她最在乎的男人之一。

我沒有與她多說話，我突然不再那麼喜歡她，也許她並沒有對天天說過些什麼多餘的話，也許她並不是那麼存心要控制她認識的朋友們。可我不再想與她走得太近。

人太多，悶熱的空氣使人不適，我早早告退了。

德國方面一直有電子郵件發過來，馬克的，莎米爾的。我告訴了他們有關天天的死訊，我說現在我的心趨於平靜，因為我的小說即將完成，這是送給天天和那一段生活的最好禮物。

莎米爾邀請我在完成小說後去德國，「這對你的恢復有好處，來看看這兒的尖頂教堂、黑森林和人群吧。相信馬克也盼望見到你。」

而馬克的郵件總是長而又長，不厭其煩地告訴我他最近又做了些什麼，去過什麼地方，還有與妻子的爭吵，我不知道是什麼樣的信賴感使他有對我傾吐的衝動，也許一個寫小說的女性在理解力和直覺上是可以被信賴的，即使我偷了他藍寶石婚戒。這個戒指我一直戴在拇指上，因為它真的很好看。

定下來在十月底過完鬼節後去柏林，鬼節是我喜歡的節日，它浪漫而有想像力，用假面裝扮的遊戲驅走死的腐味。

臨去德國前我做了一些整理，整理小說文稿，整理西郊的那套公寓。我打算搬回父母家住，公寓的鑰匙則要交給康妮。天天的東西都還在那兒。我從中挑了一張天天的自畫像，一本他喜歡的狄蘭托馬斯的詩集和一件他常穿的白襯衣。

襯衣上面還有他的體味，把臉深深埋在其中，那種熟悉的味道使人想起什麼是丟失的幸福。

那一夜恰好是周末，我徒步走了很長時間，穿過梧桐深深的衡山路，走進條懷舊的弄堂。

康妮的西班牙餐館就在眼前，燈火明亮，花影婆娑，窗口有衣著光鮮的人影晃動，再走近了，可以聽到有人在唱拉丁情歌，禮貌的掌聲隨後響起。

我走上臺階，詢問門口的服務生，康妮在哪裡，服務生領著我，穿過曲曲折折門廓，我在一大群站立著的人當中看到了盛妝打扮的康妮。她穿露肩晚裝，頭髮高高地梳成一個髻，塗了濃稠欲滴的口紅，看上去得體、聰明，像隻優雅的鶴。

人群中間正有一對穿著綴珠黑色舞裝的拉丁男女在歌聲裏跳拉丁舞，他們年輕又漂亮，女孩子的腿被優美地握在男子手中，然後中一連串令人眼花繚亂的飛旋。康妮結束了與身邊一個白頭髮老紳士的談話，一轉臉就看到了我。她對身邊的人欠欠身，朝我這邊走過來。

「親愛的，你好嗎？」她說著，擁抱住我。我微笑著，點點頭，「你很美，永遠都很美。」我說，然後我從手袋裏拿出一串鑰匙，遞給她。在電話裏我已經告訴了她我目前的打算。

她看著鑰匙，沈默了片刻，接過來，「我至今都不明白，……怎麼會變成這樣的。我做錯了什麼？上帝這樣對我。ＯＫ，——忘了這些吧，你是個聰明的女孩子，照顧好自己。」我們親吻告別，胡安也走過來同我擁抱。「再見。」我揮揮手，很快地走出門口。音樂和舞蹈還在繼續，但跟我無關。

走到底樓院子裏，剛走出門口，卻迎面撞上了一個老太太，一頭白髮，戴著眼鏡，皮膚白晰，看上去像個教授夫人，我連聲說「對不起」，她卻不理不睬，徑直往鐵門裏走。

門房一見她就急急地把雕花大鐵門關上了，老太太開始用力推門，此舉不奏效後，她開始大聲叫，「狐狸精，害人精，十年前你害死我的兒子，還不夠，又害死我的孫子，你的心肯定是黑的，我咒你一出門被車撞死，……」

她的聲音很沙啞，我定定地站在她的身邊，我已經知道這個憤怒而失控的老太太是誰。這還是我第一次見到她本人。

在天天的喪禮上她沒有出現，想必是康妮不想讓她參加。康妮一直都怕她，都躲著她，可天天的奶奶還是找上了門。

門房對她細聲細語地勸說，「老阿婆，您都來了不下幾十趟了，可苦呢，這麼大把年紀了，回家休息吧。」

「呸，」老太太怒目以對，「沒有人可以把我送進精神病院的，——她以為她施捨了十幾塊萬塊養費給我就算沒事了，我一定要討個說法。」她開始再一次推門，我快步上前攙住老太太。

「奶奶。」我輕輕叫了一聲，我送您回家吧，天要下雨了。

她懷疑地盯了我一眼，又看看頭上的天，天上有厚厚的被城市燈火照成暗紅色的雲朵。

「你是誰？」她低聲問，我怔怔地想了一會兒，一股溫柔而生澀的暗流席捲了我全身，使我一瞬間不知道如何回答這個疲倦而無助的老婦人。

是啊，我是誰？我是誰？

台灣版上海寶貝後記

這是我的第一個長篇，從一九九九年的春天寫到夏天，寫得有些恍恍惚惚，期間情緒並不算穩定，在電腦上打完最後一個字的時候，剛好接到一通越洋長途，聽到那一頭傳來的“Hello”，很久沒有反應過來，窗外的陽光已黯淡下去了，常春藤爬在法式老洋房的鏤花鐵窗上，樓上的小孩正在練琴，彈的是「致愛麗絲」，然後我把手中的香煙扔進煙灰缸裡，對著話筒用德語說「我愛你」。

是的，幾乎在所有的小說裡我都在說這句「我愛你」，有時是溫柔優雅地說，有時是狂躁絕望地說，也有時是貪婪地、不顧一切地，或者是膽怯害怕地說。不管怎樣，我說出來了，而且有讀者告訴我，他們喜歡，非常地喜歡。

這是一本可以說是半自傳體的書，在字裡行間我總想把自己隱藏得好一點，更好一點，可是我發覺那很困難，我無法背叛我簡單真實的生活哲學，無法掩飾那種從腳底升起的戰慄、疼痛和激情，儘管很多時候我總在很被動地接受命運賦予我的一切，我是那麼宿命、那麼矛盾、那麼不可理喻的一個年輕女人。

所以我寫出這本書，寫出我所有想表達的意思，不想設防。

「我不知道這本書的最終命運會被引向何方，但我知道一本書一旦完成，它的命運就不由它的作者控制」，這句話我曾寫在此書大陸版的後記裡，不料此後發生的事件是那樣地有戲劇性。

這本書在大陸連續五個月成為小說銷售榜的榜首後，突然在四月底遭禁，出版社也因此停業整頓三個月，社長被撤職。我對發生的一切感到遺憾，一本書牽涉到了太多的人和事，這絕非我當初所能預料到的。

認真的想一想，我一直都是以非常單純的動機寫作，那就是用漂亮的語言、用清晰的結構、用誠實的態度寫出一個個故事，在娛人也娛己的基礎上給讀者一些激發或啟示，如此而已。

二〇〇〇年應該是不尋常的一年，在這一年我的書得以在台灣出版，我願把這本書做為送給喜歡我的讀者的禮物，對於我本人，當然也是一種紀念，一種可以繼續保持對這世界好奇和愛的理由。

謝謝生智文化，謝謝所有給過我幫助的人，這其中有我母校的師長，有大陸出版社的編輯，也有我的父母。

最後衹想說，當面對筆下的文字和你的眼睛，我只有感恩的權利。

上海寶貝

著　　者／衛慧
出 版 者／生智文化事業有限公司
發 行 人／林新倫
總 編 輯／孟　樊
登 記 證／局版北市業字第 677 號
地　　址／台北市文山區溪洲街 67 號地下樓
電　　話／886-2-23660309　886-2-23660313
傳　　真／886-2-23660310
印　　刷／科樂印刷事業股份有限公司
法律顧問／北辰著作權事務所　蕭雄淋律師
初版一刷／2000 年 8 月
ISBN／957-818-155-8
定　　價／新台幣 250 元

北區總經銷／揚智文化事業股份有限公司
地　　址／台北市新生南路三段 88 號 5 樓之六
電　　話／886-2-23660309　886-2-23660313
傳　　真／886-2-23660310

南區總經銷／昱泓圖書有限公司
地　　址／嘉義市通化四街 45 號
電　　話／886-5-2311949　886-5-2311572
傳　　真／886-5-2311002

郵政劃撥／14534976
帳　　戶／揚智文化事業股份有限公司
E-mail／tn605547@ms6.tisnet.net.tw
網　　址／http://www.ycrc.com.tw

國家圖書館出版品預行編目資料

上海寶貝／衛慧著. -- 初版. -- 台北市：生智，
2000〔民 89〕
面；　公分

ISBN　957-818-155-8（平裝）

857.7　　　　　　　　　　　　　　　89008610

訂購辦法：

＊.請向全省各大書局選購。
＊.可利用郵政劃撥、現金袋、匯票訂講：
郵政帳號：14534976
戶名：揚智文化事業股份有限公司
地址：台北市新生南路三段 88 號 5 樓之六
＊.大批採購者請電洽本公司業務部：
TEL：02-23660309
FAX：02-23660310
＊.可利用網路資詢服務：http://www.ycrc.com.tw
＊.郵購圖書服務：
❑.請將書名、著者、數量及郵購者姓名、住址，詳細正楷書寫，以免誤寄。
❑.依書的定價銷售，每次訂購（不論本數）另加掛號郵資 NT.60 元整。